Bărba
nevoie de amante

Andrei Vulpescu

– dar au nevoie de fantezie

București 2016

ISBN: 978-973-0-21651-6

București 2016

Cuvânt înainte

Nu m-am gândit vreodată că voi scoate o carte! Nici ai mei :) Ați văzut vreo oaie neagră să publice cărți? Am făcut-o la „presiunea" oamenilor care mă citesc pe blog. Ideea asta este veche - are mai bine de un an. Însă atunci nu a fost momentul.

Nu îmi place să mă grăbesc doar pentru că e okay să fii primul sau că e „cool" să te tipărești înaintea altuia. Nu, nu sunt competitiv. Mă interesează ceea ce scot eu. Mă interesează tot ceea ce fac, fiecare gând, fiecare cuvânt, fiecare literă.

Pentru că această carte este o bucată din mine, sunt 300 de shoturi de viață; cu bune, cu rele, cu întrebări, cu răspunsuri, cu bucurii și tristeți. Așa cum a fost viața mea până acum, la aproape 40 de ani.

Cum mă văd eu? Cam așa: „Eu sunt țiganul care-și permite să pună întrebări, drogatul care nu se droghează, bețivul care nu se îmbată, misoginul care jignește femeile, feministul care le mângâie... sunt doar un OM!

Eu sunt gay-ul heterosexual și heterosexualul care nu este homofob, sunt parșivul care scrie cuvinte siropoase „ca să agațe multe femei" și iubitorul care face terapie prin scris, neavând nevoie de mai mult de o femeie... sunt doar un OM! Eu sunt CIUDATUL!

Nu sunt nici mai bun, nici mai rău; nici mai frumos, nici mai urât; nici mai deștept, nici mai prost; nici mai educat, nici mai bădăran... sunt doar un OM! Ca oricare ALTUL!

Sunt porcul care vrea să le fută și gentlemanul care le oferă haina sa atunci când dârdâie de frig; sunt iubitorul care le ține în brațe și le complimentează și criticul care încearcă să le vindece de clișeită cronică... sunt doar un OM!

Sunt ipocritul care-și trădează genul, pescarul care nu mănâncă pește, psihologul fără diplomă, bărbatul care-și poate ține în frâu instinctele, cel care-i enervează pe semenii săi, sunt trădătorul de gen, sunt cel care a gustat întunericul și acum urcă spre lumină, ateul care nu crede în Dumnezeu și credinciosul care este prieten cu Dumnezeu; sunt păcătosul care nu crede în păcate și scriitorul care nu crede în religie, sunt omul care își pune întrebări, frustratul fără frustrări, jegul care emite păreri fără să fie credibil... sunt doar un OM! Sunt incomodul!

Eu sunt mondenul care nu a fost niciodată monden, jurnalistul care nu a fost niciodată jurnalist, scriitorul care nu a fost niciodată scriitor, criticul care nu a fost niciodată critic, rapperul care nu a fost niciodată rapper, alunecosul care nu alunecă... sunt doar un OM! Enervantul!

Sunt cel pe care bărbații îl trimit la curve, atunci când nu îl fac gay, iubitorul care are față de dur, bărbatul care poate să-ți dea un cap în gură fără avertisment, dar care poate să-ți și plonjeze în suflet, sunt cel care scrie despre iubire, deși cearcănele îl recomandă mai degrabă pentru un consum crâncen de stupefiante, sunt cel care așterne pe net gânduri stupefiante și provoacă reacții agresive... sunt doar un OM! Mă doare-n...

Sunt individul care iubește, dorește, plânge, refuză, înjură, vorbește frumos, citește, se dezvoltă, își bagă pula, își scoate pula, are chef de joacă, vrea să iubească doar una, cunoaște, se dezbracă de armuri, adoră nuditatea gândurilor... sunt doar un OM! Și simt!

Sunt javra hulită de javre, țiganul pe care l-ar ucide arienii, poponarul pe care l-ar ucide poponarii reprimați, păcătosul pe care l-ar arde pe rug credincioșii fanatici, iubitorul pe care l-ar lua cu pietre nesigurii, cel care poate ajunge acolo unde mulți nu vor putea ajunge vreodată... și nu oricum, ci plonjând... în sufletul lor! Sunt doar un OM! Eu sunt oglinda!“

"Nu știu să ofer dovezi de iubire,
știu doar să fiu acolo, lângă tine,
de fiecare dată când e nevoie –
și la bine și la greu."

I. BABY, AȘ VREA SĂ TE...

Vreau să plonjez în sufletul tău

Sunt un tip normal. Genul de tip care nu are prea mari șanse să-ți bântuie gândurile erotice sau proiecțiile. Sunt opusul lui Făt-Frumos și, sincer, mă bucur, pentru că ieri, când m-am întâlnit cu el în cartier, era supărat foc. Mi-a zis că s-a săturat să fie păcălit de tot felul de Cenușărese și că își dorește să iubească și el, în sfârșit, un suflet curat. „Join the club", i-am zis și l-am lăsat să-și savureze băutura. Sunt convins că s-a trezit cu o durere crâncenă de cap. Cunosc, am fost și eu pe acolo.

Sunt un băiat educat, fairplay, un băiat care acceptă măștile doar în jocurile sexuale... însă sunt un tip care e puțin revoltat din cauza prietenelor tale. Ei, cum care prietene? Lasă că știi tu la cine mă refer. Doar n-ai atât de multe! Păi, hai să-ți spun... Până la vârsta asta, prietenele tale mi-au tot spus cum ar trebui să fiu. Una mi-a recomandat șarmul lui Humphrey Bogart – complicată sarcină. Ar fi trebuit să am păr, acea privire de șmecheraș de Manhattan și să fumez mult. Or, eu nu am păr, am cearcăne, stau în București și am renunțat la fumat.

Altă prietenă de-a ta mi-a recomandat abordarea de dandy a lui Clark Gable. Iar nasol, pentru că nu mi-aș da nici mort cu gel în cap... Ca să nu mai spun că nici ea nu aducea cu Vivien Leigh, așa că am refuzat să valsez cu ea pe aripile vântului. Una, ceva mai îndrăzneață și dornică de adrenalină, mi-a recomandat stilul lui Tom Cruise din „Misiune Imposibilă". Da, voia să fac parkour printre rafturile de la supermarket și bunjee jumping în copacii din fața blocului. Hm, eu? Care am chef să merg liniștit printre rafturi? Sărăcuța, își dorea prea multe. Eu aș fi preferat să mai renunțe puțin la blocajele sexuale care o îndepărtau din start de ghișeul cu pretenții. Ea însăși era o Misiune Imposibilă, așa că nu a avut sens să mă chinui.

Alta m-ar fi văzut un soi de Brad Pitt în „Meet Joe Black". I-am tăiat-o brusc, deja visa prea tare. Cmon... sunt eu, femeie, ești dusă? Ești sigură că nu vrei ceva de la farmacie? M-au obosit tare prietenele astea ale tale. Am purtat la haine care m-au strâns, pantaloni care îmi intrau în cur sau îmi torturau piersicile de nu-ți poți imagina. Niciuna nu voia să mă vadă pe mine, băiatul ăla fairplay, imperfect, dar care-și dorește să plonjeze fără coardă în sufletul unei femei.

Niciuna, toate voiau ba să fiu Tom Cruise, ba Vin Diesel – mai ales în pat. Dap, voiau să fiu armăsarul total. Uneori mi-a ieșit, alteori, nu. Așa e în viață. Nu ai cum să le satisfaci pe toate. Poți însă să le faci se simtă ca și când ar fi iubitele tale, chiar dacă a doua oară nu le mai vezi.

Și totuși, niciuna nu părea să-și dorească să mă cunoască. Ba, mai mult, majoritatea prietenelor tale au fost rele, agresive, răzbunătoare și mi-au închis sufletul între patru pereți groși de gheață. Am ajuns un congelator care ascunde un vulcan gata oricând să erupă. Paradoxal, dar adevărat! Marea problemă este că și tu pari la fel. Din câte văd, nici pe tine nu te interesează cine sunt, ci mai degrabă cine vrei tu să fiu.

Da, e adevărat, pot să fiu bad boy dacă vrei. Fața mă ajută din plin. Am și atitudinea necesară. Dar nu mă pune să mă cațăr în copaci sau să mă bat pentru tine. Nu trăim în filme, iar viața e scurtă, crede-mă. Pune-mă mai bine să te fac să râzi. La asta chiar mă pricep destul de bine... Dă-mi voie să mă prezint, sunt eu și tot ce vreau este să plonjez în sufletul tău. Fără coardă de siguranță.

De tine depinde dacă vrei să ții în continuare poarta închisă sau dacă vrei să-mi deschizi. E posibil să crezi că sunt într-un anumit fel. O să fiu sincer și o să-ți spun că tot ce pot să-ți ofer este stilul meu, adică imperfect, dar fair.

Nu fac promisiuni, nu mă joc cu mințile tale, nu te mint, nu te înșel, ba, mai mult, îți ofer pe tavă sufletul și încrederea mea. Ia-le, le poți avea! Tu trebuie să te hotărăști exact ce vrei – un partener care să te iubească sau un instalator? Așa că îți spun din start că nu pot să-ți ofer prea multe – un umăr pe care să-ți pui capul atunci când ești tristă; două urechi care să te asculte atunci când ai ceva pe suflet; două brațe care să te cuprindă atunci când ai nevoie de tandrețe, o companie plăcută și corectă, un bagaj de umor fin și o inimă mare. Cam puțin, nu? Scuze, dar iubirea nu poate fi măsurată, așa că nu ştiu cum să-ţi prezint iubirea mea. Prefer să ai curajul să accepţi să o laşi să se dezvolte. Sunt sigur că o vei simţi.

Nu ştiu să ofer dovezi de iubire, ştiu doar să fiu acolo, lângă tine, de fiecare dată când e nevoie – şi la bine, şi la greu. Nu-mi doresc nici măcar o secundă să ne tranformăm în doi oameni care-şi ruinează reciproc vieţile dând vina unul pe celălalt. Nu vreau decât o viaţă aşezată, frumoasă, liniştită... simplă! Nimic flamboaiant, hollywoodian sau şablonistic. Pentru asta însă şi tu trebuie să faci ceva. Pentru început, trebuie să distrugi lacătele cu care ţi-ai ferecat sufletul. Apoi trebuie să trimiţi câinii ăia la plimbare. Cum care? Câinii care-ţi mişună pe la porţi – câinii aia plini de convingeri.

Serios acum, chiar mă vezi stând în genunchi în faţa unui rotweiller cu un biscuit în formă de os în gură? Jur că nu semăn cu Mel Gibson şi aia chiar era o scenă dintr-un film. Drept urmare, dacă vrei să-mi cunoşti stilul, nu trebuie decât să mă vezi şi să-ţi doreşti să mă cunoşti. Aşa cum sunt. Nu caut femeia perfectă, aşa că nu are sens să te ascunzi. Dacă vrei, ştii unde să mă găseşti. Dacă nu, mai caută... E posibil ca, la un moment dat, Tom Cruise să-şi facă timp şi pentru tine, deşi mi-e teamă că va fi mereu ocupat cu câte o porţie de placentă.

Semnat

Cel care nu-ţi apare niciodată în vis, dar care îţi poate mângâia sufletul.

Nu am chef să fiu al tău!

Vrei să ai ceva în posesie? Ia-ți un câine! Eu sunt om și aparțin unei singure persoane – MIE! Ești în stare să respecți asta? Atunci ne vom înțelege de minune? Nu? Îți doresc succes.

Ce vrei, de fapt? Un om lângă care să funcționezi, sau un preș pe care să-ți ștergi frustrările zilnic? Vrei o persoană, o ființă care să te sprijine să-ți realizezi obiectivele sau un cobai pe care să-ți exersezi tacticile de exterminare mentală?

Baby, iartă-mă, dar chiar nu am chef să fiu al tău. Mă iubești? Și atunci de ce vrei să mă controlezi?

Nu poți să mă iubești fără să fiu al tău? De unde setea asta de posesie? Ți-a luat cineva păpușile când erai mică? Nu cumva vrei să semnăm și un act atunci când devenim parteneri? Un act în care să scrie că mă abandonez ție total, fără comentarii; un act prin care să ai dreptul să faci orice cu mine? Baby, îmi place când îți râd ochii, însă acum e singura dată când „zâmbetul" din ochii tăi mă sperie. Asta vrei? Să ai putere totală asupra mea?

Îmi pare rău, dar mi-e teamă că înțelegi greșit iubirea! Am senzația că nu ai nevoie de un partener, ci de un sclav. Baby, chiar nu am chef să fiu al tău. Știi ce? Am făcut greșeala asta... M-am neglijat în nenumărate rânduri crezând că asta înseamnă dragoste adevărată. Și știi ce? Nu a fost dragoste adevărată, ci suferință pură! Drumul meu prin viață m-a învățat un lucru – poți avea mașini, case, animale de companie, cărţi, haine etc... Un singur lucru nu poţi avea – OAMENI!

Oamenii nu îţi vor aparţine niciodată. Aşa că, baby, sper că ai înţeles, chiar nu pot fi al tău! Deci, gândeşte-te bine, vrei un om sau un animal de casă? De lătrat nu ştiu şi nici nu am de gând să învăţ. Deci, cum e?

Ce mişto eşti când taci!

Baby, ce mişto eşti când taci!

Îmi place să te sărut pe tâmplă atunci când te simt încordată. Ador să te ţin în braţe atunci când te simt dezorientată. Căldura ta mă încarcă, mă linişteşte, mă face să merg înainte, îmi dă putere.

Nu ai idee cât de mult îmi place să te privesc atunci când faci ceva, orice. Eşti superbă când eşti atentă... pupilele ţi se dilată, faţa ţi se destinde, până şi părul parcă pluteşte...

Shhh, nu spune nimic. Baby, ce mişto eşti când taci!

Ce mişto mă simt atunci când te văd că te întinzi ca o pisică şi îmi zâmbeşti! Adorabilă. Ce mişto mă simt atunci când mă priveşti complice, atunci când mă inviţi parcă să-ţi gust existenţa! Ce frumoase sunt clipele când te privesc dormind! Eşti ca un înger. Sunt clipele alea când stau ca un bou şi mă întreb – oare unde intră atâtea cuvinte? Shhh, nu spune nimic.

Ador să-ți înăbuș revolta într-un sărut, să-ți iau tensiunea cu trupul meu, să-ți gust fiecare pulsație. Ador să te țin de mână atunci când te privesc în ochi. Ador să-ți respir aerul, să-ți simt inima bătând cu putere când ne unim în tangoul iubirii. Shhh, nu spune nimic...

Ce mișto ești când taci, baby! Ce mult îmi place să te admir, să te observ fără să fiu văzut! Ce mult îmi place să-ți desenez trupul cu privirea, să-ți scanez gândurile, să te îmbrățișez în complimente... Te iubesc, te iubesc ca un nebun... da, știu, am o față tâmpă, dar te iubesc, mi se rupe de detaliile fizice. Existența mea vibrează lângă tine, explodează în prezența ta, totul pare că plutește, gravitația dispare...

Shhh, nu spune nimic... Ce mișto ești când taci!

– MMM...

– Ce e, baby?

– MMM...

– Fie, spune...

– Baby, și eu te iubesc, dar hai totuși să lăsăm prostiile. Ai tăi sună la ușă și pe toate telefoanele de juma“ de oră. Lasă că îți promit să fim romantici mai încolo...

– Da, ai dreptate. Ți-am zis azi că ești mișto?

– Da, când tac, acum vorbesc și tu te duci și deschizi ușa...

De ce ești proastă?

Baby, de ce ești proastă? Da, tu, nu te uita în dreapta și stânga... nu mai e o altă „baby“ în zonă!

De ce ești proastă? De ce nu înțelegi că te-am ales pentru că simt că ești femeia care mă completează? De ce ești paranoică și geloasă? Nu fug nicăieri!

Baby, de ce ești naivă? De ce visezi la Făt-Frumos? Încă nu te-ai prins că lumea e plină de murături care încă îl așteaptă?

Baby, de ce ești încăpățânată? De ce vrei să mă schimbi? De ce nu vrei să mă vezi așa cum sunt de la bun început și proiectezi tot felul de personaje pe mine?

Nu te-ai săturat să tot repeți – „Nu mai ești cel de care m-am îndrăgostit“?

Baby, de ce îmi refuzi prietenia? Cum poți să crezi că iubirea poate exista fără prietenie? Sex fără prietenie se poate... iubire – nu.

Baby, de ce ești mincinoasă? De ce vrei să mă prinzi în mrejele tale și abia atunci să-ți dezvălui intențiile reale? Crezi că te voi iubi mai mult așa? Te înșeli amarnic!

De ce ești căpoasă și vrei să mă schimbi cu orice preț? Nu știi că oamenii oricum se schimbă cu trecerea timpului și lucrurile nu mai au cum să fie „ca la început”?

De ce te sperii și vrei să fugi atunci când îți spun cum sunt și ce vreau, franc, deschis, fără perdea și fără rețineri? Vrei să te mint și să mă dau drept ceea ce nu sunt? Nu poți accepta adevărul așa cum este? Nu te-ai săturat de minciuni? Vrei să iubești un om, sau o iluzie?

Baby, de ce ești proastă? De ce vrei să facem sex cu lumina stinsă? Sunt bărbat, mă bazez pe vizual, de ce vrei să-mi răpești plăcerea de a te admira în timp ce facem dragoste?

De ce te crizezi când mă vezi vorbind cu alte femei? Nu ți-am zis de la început să te potolești? Am ales să fiu cu tine și nu cu altă femeie. Deci, stai calmă, nu mă răpește nimeni. Baby, de ce ești răzbunătoare și vrei să mă faci pe mine să plătesc pentru greșelile foștilor tăi iubiți? Crezi că am vreo vină? Ai senzația că sunt atât de prost încât să nu-mi dau seama?

Baby, de ce accepți să facem dragoste când nu ai chef? Ai senzația că nu te simt? Te simt și, cu cât te prefaci mai mult, cu atât mă îndepărtez mai mult... de tine.

Baby, de ce ești proastă și încerci să-mi cauți în telefon? Ce dovezi vrei să găsești? Vreau să iubesc o femeie, nu o paranoică...

De ce crezi că toți bărbații sunt curvari sau porci? Nu sunt porc, baby, poate doar puțin bou pentru că accept să-ți dau explicații. Și te mai întrebi de ce rămâi mereu singură...

De ce cauți perfecțiunea? Ți-am cerut eu așa ceva? De ce vrei să arăți ca toate celelalte „perfecte", adică senină și cretină? De ce vrei să porți uniforma lor? Eu te vreau pe tine, așa cum ești, e greu de înțeles?

Iubire, mai lasă clișeele alea și mai judecă și cu mintea ta. Ți-am mai spus, clișeele îți blochează șansa de a evolua. Deschide-te spre evoluție, nu sta pe loc!

Baby, de ce ești proastă? De ce te interesează atât de mult gura lumii? De ce îi lași pe alții să-ți spună cum să trăiești?

Baby, de ce ești...? La dracu'! De ce nu înțelegi că tot ce ți-am enumerat mai sus nu mă lasă să te iubesc? Ești sigură că știi ce vrei? Ești sigură că mă vrei pe mine?

De ce vrei să mă controlezi, să mă sufoci? Crezi că asta înseamnă iubire?

De ce vrei tot timpul să fiu un soi de clarvăzător? Nu e mai simplu să-mi spui ce simți?

Hai că m-am enervat. Gata, baby, ajunge, hai să îți zic o chestie – baby, dacă eram vreun Nostradamus, crezi că nu mă prindeam cum ești? Crezi că ajungeam la discuția asta?

Chiar ai impresia că, dacă știam dinainte cum ești, mai stăteam să înghit atâtea?

Iartă-mă, dar țineam să-ți spun toate astea. Ar fi fost nepoliticos să-ți spun prin sms că s-a terminat.

Mi-ai rămas mică

Oamenii sunt precum hainele - se pot asorta perfect sau pot forma un mare kitsch împreună. Să admitem - așa cum unele culori nu merg în combinație, așa și unii oameni nu se potrivesc neam.

Soția lui Victor Ciutacu are dreptate - bărbații își schimbă femeile atât de des, încât ai senzația că le rămân mici. Da, nu râdeți, cred că vorba asta este valabilă și pentru bărbați, și pentru femei. Chiar cred că putem să rămânem mici!

Relația este ca un copil - crește constant. Și ca orice copil aflat în dezvoltare... o relație are nevoie destul de des de o garderobă nouă. Oamenii pot să rămână mici! Este o certitudine. Însă nu rămân mici din cauza faptului că relația lor crește și se dezvoltă, ci pentru că nu vor să renunțe la suzetă. Le place al dracului de mult să molfăie suzeta aia, să stea pe spate și să aștepte mângâieri pe burtică, le place ca cineva să-i șteargă la gură, adoră să murdărească bavețica.

Le place să fie hrăniți, alintați, spălați, îmbrăcați... Cred și eu... asta nu necesită niciun efort. Oamenii rămân mici pentru că stau pe spate și așteaptă ca celălalt să le aducă soare în viață. Din păcate, celălalt nu are nicio obligație în acest sens - nu scrie sclav pe fruntea lui (ei). Drept urmare, atunci când unul dintre parteneri stă pe spate și așteaptă ca celălalt să facă totul, el riscă să rămână mic la manșete. Or, haideți să fim serioși, cui îi place să poarte o cămașă care-l strânge? Ce frumos sună o asemenea despărțire – „Baby, mi-e teamă că mă strângi la umeri și uite... mi-ai rămas mică la gât :)) Îmi pare rău, dar în curând vei crăpa pe mine. Am nevoie de o măsură mai mare".

Nu ar suna mai frumos decât avalanșa de reproșuri și de înjurături care se întâmplă în foarte multe cazuri? Din păcate, prea mulți oameni preferă suzeta și statul pe spate, fără să înțeleagă că dacă nu vor să rămână mici, trebuie să facă un singur lucru – să accepte faptul că o relație funcțională este formată din doi oameni maturi.

În concluzie, dacă vreți să nu rămâneți mici – RENUNȚAȚI LA SUZETE!

Baby, aș vrea să te...

Baby, aș vrea să te... strâng în brațe! Când mă uit în ochii tăi, simt cum timpul se dilată, pulsul o ia razna, inima pompează ca o sondă arabă, iar fluxul sangvin invadează ca un tsunami liniștitele mele ținuturi pelviene, producând daune totale. Baby, aș vrea să te... simt lipită de mine, într-o comuniune care ar face cuvintele din cărți să devină geloase, pielea noastră să se electrizeze în așa fel încât să facă tablourile să roșească pe pereți, porii să se deschidă ca mugurii de primăvară...

Baby, ce m-aș ascunde în tine, ce m-aș hidrata cu respirațiile tale calde, m-aș îmbăia în văile tale umede, ce m-aș arunca în vâltoarea simțirilor tale ca într-o partidă rafting. Baby, aș vrea să mă pierd în tine, să simt cum fiecare celulă din trupul meu devine una cu fiecare celulă din trupul tău. Aș face dragoste cu tine până când timpul și-ar cere scuze că se scurge în clepsidră, aș face dragoste cu tine până când soarele ar striga „piua“, ostenit de atâtea mângâieri trimise peste trupurile noastre încinse.

Baby, te-aș sorbi ca pe cea mai fină cafea, ți-aș asezona gustul cu un deget fin de frișcă și puțină scorțișoară. Te-aș sorbi liniștit, fără urmă de grabă, să-ți simt fiecare fibră cum asediază papilele mele gustative într-un ultim atac la baionetă. Baby, ce te-aș mai gusta, ce m-aș bucura de aroma emanată de căldura ta.

Te-aș transforma într-o hidrocentrală turată la maximum, ți-aș primi gemetele așa cum o insulă exotică primește uraganele. M-aș pierde în ochii tăi ca un astronaut în Univers. M-aș lăsa complet în voia sorții alături de tine. Nu mi-ar păsa nici de timp, nici de alții, de nimic...

Aș fi disponibil doar pentru noi!

Of, baby, ce te-aș fute, dar jur că nu știu cum să ți-o spun direct!

De ce nu vreau o curvă în pat

„Femeia trebuie să fie doamnă în societate, gospodină în bucătărie și curvă în pat.“ Hm, de mic copil am rumegat formularea asta și jur că ceva m-a deranjat mereu. Să o luăm pe rând – „Femeia trebuie să fie doamnă în societate“ – aici sunt de acord. Am avut parte de o femeie care-și băga p**a cu talent atunci când se afla în societate şi, ca să fiu sincer, deşi sunt un bărbat care vorbeşte fără perdea, nu m-am simţit deloc confortabil.

O femeie care-şi lasă limbajul slobod fără să ţină cont de context e ceva nasol. Mergem mai departe – „Femeia trebuie să fie gospodină în bucătărie". Dacă aş fi vreun gurmand, probabil că nu aş avea nimic de comentat. Nefiind, voi comenta puţin. Să fim serioşi, trăim în era cateringului. E suficient să pui mâna pe telefon şi în 30 de minute ai haleală la uşă. Nu tu mirosuri în casă sau pe piele, nu tu chinuri în bucătărie...

Simplu, eficient şi cât se poate de variat. Asta în cazul în care nu ai o cârciumă aproape unde poţi servi ce doreşti. Aşa că asta cu femeia gospodină nu prea ţine. Uneori asociez gospodina cu femeia cantină, iar în contextul ăsta, cine are chef să se combine cu o cantină? Nu mi se pare un detaliu important de selecţie.

Bun, şi acum ajungem la „Femeia trebuie să fie curvă în pat". Aici sunt mai multe plaje de discuţie:

1. Nu vi se pare mişto că femeia este îndemnată să fie fix ce urăşte ea mai mult? Adică prestatoare de servicii sexuale? Maşinărie de sex? Vicleană foc vorba asta! Şi mai mişto este în cazul femeilor care nu corespund în pat şi sunt înşelate – cealaltă este automat „curvă". Funny, nu?

2. De ce doar curvele sunt posesoare ale sexului bun? Asta e o întrebare la care nu ştiu dacă voi obţine vreodată un răspuns. Am întâlnit o grămadă

de femei experimentate în pat și nu erau nici pe departe curve. Oare cum or fi învățat ele să facă sex? Și-au vândut trupul sau, pur și simplu, au avut o capacitatea fantastică de a experimenta plăcerea?

3. De ce aș vrea o curvă în pat? Mi se pare egoistă formularea asta cu femeia care trebuie să fie curvă în pat. De ce? Pentru că atunci când te duci la curve sexul este unidirecțional - adică, ea îți face ție cam totul, iar tu nu prea. Să fim serioși, doar nu te duci la curve să faci cunilingus. N-ai cum să ai un asemenea instinct sinucigaș.

Mai mult, curvele nu se implică - excepțiile sunt extrem de rare. Curvele sunt niște mașinării de sex, sunt niște tonomate de poziții... te duci, plătești, ejaculezi și te cari. Sigur, primești și câteva minciuni de genul - „Ohh, cum simt pula ta în mine... da, baby, fute-mă cum știi tu“... „Hello, abia am intrat în tine, ești sigură că ai avut timp să afli?“

În fine, chiar nu mi-aș dori o curvă în pat! Deloc! Nu, domnule, îmi doresc o femeie în pat... o femeie deschisă, dornică să se lase condusă pe culmile plăcerii, o femeie implicată și pasională, o femeie caldă și sexuală în același timp - adică exact ceea ce o curvă nu-ți poate oferi.

Așa că dacă ar fi să fac un rezumat al vorbei de început - „Femeia trebuie să fie doamnă în societate, gospodină în bucătărie și curvă în pat“, aș fi de acord doar cu prima parte - aceea că femeia trebuie să fie doamnă în societate. În rest, femeia trebuie să fie femeie... și atât.

Baby, bei ca un porc

O știu din liceu. Fată bună... Pe vremea aia era o perspectivă, acum s-a transformat în certitudine.

Toți băieții salivau după ea în liceu. Știa să-și poarte feminitatea, știa să te facă dintr-un simplu clipit de ochi.

Era suficient să-și muște buza de jos și simțeai că ți se revarsă Etna în pantaloni.

Anii au trecut și am pierdut contactul. Până la un moment dat, când m-am trezit ciupit de o blondă pe Facebook. Nu am înțeles nici acum asta cu ciupitul, însă am dat un click pe profil.

Mi s-a părut o figură cunoscută, chiar dacă trăsăturile păreau ceva mai aspre.

Am recunoscut-o după nume – restul era schimbat aproape total – nu mai avea tunsoarea aia cu breton, nu mai era brunetă, ci blondă și acum purta haine sexy, nu sport.

Nu am putut rezista tentației și i-am dat un mesaj pe privat – „Hey, bună, ce faci? Mișto ciupitura... Nu știam de ce simt un junghi intercostal" (dap, nu m-am priceput niciodată la agățat :))

Mi-a răspuns abia a doua zi. „Hey, bună, te-am văzut la televizor. Ce tare... Ești bine? Ar fi mișto să ne vedem într-o zi... Sigur, dacă nu ești prea ocupat. Ești persoană publică și nu cred că ai timp pentru muritori".

Mi-a plăcut de ea – era vie, simpatică, atractivă în gânduri... evident că am vrut să ne vedem.

În definitiv, eram un bărbat singur...

Ne-am văzut la o cafenea. Era frumoasă, deși se vedeau puțin anii trecuți peste ea. Eu am comandat un ceai, ea o bere. Și, uite așa, ne-am încins la vorbe, sigur că am ajuns și la vorbe cu sens – atunci când două persoane se plac, se ajunge și la asta, nu-i așa?

Nici nu mi-am dat seama când am ajuns la al cincilea ceai. În mod surprinzător, și ea ajunsese la a cincea bere, iar sensurile deveneau parcă din ce în ce mai clare.

Tușele sexuale erau directe, evidente – deja nu mă mai atingea la cot, ci pe obraz, se apropia din ce în ce mai mult... clocotea de dorință, deși cuvintele începeau să-i iasă din ce în ce mai greu.

Se matolise puțin. Inițial, mi s-a părut simpatic, deși la prima întâlnire e ușor ciudat. În fine, am dus-o acasă. Tușele s-au transformat în linii, linii trasate cu limba mea pe trupul ei sexy.

Am făcut amor, a fost bine. Mi-a adormit în brațe. A cam sforăit... deh, așa se întâmplă uneori când bei.

După câteva zile am stabilit să mergem în club. Ne-am distrat... la început. Până când am simțit-o că încep să i se clatine ideile și nu numai. Ochii îi jucau în orbite, obrajii parcă îi cădeau, pe tocuri arăta ca un om care încearcă pentru prima dată să meargă pe sârmă.

Era a doua oară când o vedeam că bea, numai că de data asta era beată la modul cel mai serios, iar feminitatea ei se transformase în ceva respingător.

Nu cred că e ceva mai dizgrațios ca femeia beată țăndări. Am dus-o acasă pe șapte cărări. Pe drum a vomitat de două ori. Eram scârbit...

Lucrurile s-au repetat de fiecare dată când ne-am văzut. Interesant, în cursul săptămânii era tot timpul fresh, însă în weekend se făcea praf. Asta da răzbunare pe propria persoană.

La un moment dat, mi-a spus – „Baby, m-am gândit mai serios și cred că relația noastră poate să meargă mai departe".

Nu m-am putut abține și i-am spus – „Baby, și eu m-am gândit și cred că relația noastră nu are cum să meargă mai departe"

Șocul ei a fost uriaș. Ochii ei întrebau – „De ce?"

Nu am aşteptat întrebarea și i-am spus – „Îmi pare rău, eşti o fată mişto, însă dă-mi voie să spun... BEI CA UN PORC".

Femeia cu gheare

Manichiura unei femei spune o grămadă de lucruri despre ea. Manichiura este un fel de al doilea zâmbet. Degeaba are zâmbetul superb dacă unghiile sunt „ciobite" sau neîngrijite. În ciuda faptului că am o față de „criminal", îmi place să simt degetele iubitei mele cum se plimbă pe obraji, pe frunte, prin părul pe care nu-l am :))

Recunosc, îmi plac femeile cu unghii îngrijite – un french bine făcut, o ojă clasică aplicată corect, poate chiar și unghii natur dacă sunt bine îngrijite... de ce nu? Nu îmi plac brizbizurile care sunt lipite pe unghii; nu îmi plac desenele de pe unghii – nu am văzut niciodată un model mişto la cineva și jur că nu înțeleg manichiura aia cu o culoare diferită pe degetul inelar.

Nu știu cine inventează tâmpeniile astea, însă efectul este horror de cele mai multe ori. Să vezi o femeie de 40 de ani cu o manichiură cu iepurași... te cam pune pe gânduri. De departe... dar de departe... mă scoate din minți femeia cu gheare. Da, frate, ați auzit bine, gheare... zici că sunt gheare de dinozaur în miniatură. Zici că distinsa doamnă l-a lăsat pe Rahan fără „lanț" și și-a montat colți în loc de unghii.

Nu am văzut ceva mai hidos. Când văd o asemenea manichiură – cu unghii ascuțite –, nu pot să nu mă întreb – de ce? Ce vrei să faci cu ghearele alea? În primul rând, nu sunt practice și, în al doilea rând, sunt hidoase... Nu cred că aş putea lăsa o femeie să-și apropie ghearele de gâtul meu. Dacă-i vine vreo idee?

Nu le înțeleg, jur că nu mă prind ce au în cap... Dragele mele, chiar nu v-ați prins că vrăjitoarele nu mai sunt la modă de câteva sute de ani? Ghearele alea sunt la fel de naspa ca încălțările alea hidoase cu platformă, care nu sunt nici sport și nici cu toc... Bleah!

Eu ce sărut?

Baby, de ce ești fraieră? De ce te mănâncă în cur să te urâțești? Cine te-a păcălit că nouă, bărbaților, ne plac pompele de desfundat chiuveta? Ia dă matale o tură până la baie, ia pompa de sub chiuvetă și încearcă să o săruți? E? Cum e?

Îți place? Nici nouă! Și atunci de ce ești proastă? De ce vrei să-ți faci bot în loc de buze? Cine ți-a spus că botul ăla umflat în exces e sexy? Of, ce naivă ești! Nu ai deloc încredere în tine... Cum poți să te maltratezi în halul ăla, crezând că bărbații vor saliva la vederea acelor chestii?

Că numai buze nu sunt. Ceva mai dizgrațios nici că se putea inventa pentru voi. Niște măcelari își bat joc de feminitatea voastră și vă bagă în cap ideea că noi, bărbații, asta vrem să sărutăm - buze cât mai mari. Draga mea, dă-mi voie să-ți spun - știu că există idei potrivit cărora țâțele sunt reprezentarea bucilor și buzele reprezentarea labiilor, dar te rog, te implor, în genunchi chiar... nu mă trimite cu gândul la niște labii ca două gogoși de la Dunkin Donuts. Nu-mi face asta!!!

Asta vrei? Baby, îmi pare rău pentru tine, dar chiar ești fraieră rău de tot! Nu gândești, din nou. Mie îmi plac florile naturale, îmi place să le simt mirosul, să mă îmbăt cu el. Florile din plastic arată bine doar de la distanță. De aproape, sunt doar flori din plastic, lipsite de grație și parfum.

Așa și cu buzele. De la distanță pot arăta bine (de la o stație de autobuz eventual), însă de aproape sunt ceva horror. Nu mă îndeamnă să le sărut, mă dezgustă, mi se par niște ventuze respingătoare. Iar când le dai cu gloss chiar arată ca un bot de joiană tânără. Bleah!

Nu am să înțeleg niciodată care au fost motivele care te-au făcut să-ți maltratezi buzele în așa hal. Baby, îmi pare rău pentru tine, dar te-ai urâțit și nu am cum să te doresc. Îmi este imposibil!!! Decât să sărut o pompă de desfundat chiuveta, mai bine mănânc o înghețată. Eu vreau femei, nu arătări... sorry!

Ai visat la Heidi și te-ai ales cu Hitler

Când visezi prea mult, riști să te trezești în pat cu dușmanul. Culmea, dușmanul nu îți intră în casă prin efracție, ci invitat; chiar tu îl inviți. Întortocheate mai sunt căile iubirii! Când crezi că te-ai scos și ai luat Paradisul de o aripă, „poc!“... ți-o iei peste ochi.

De când mi-am lansat blogul, am scris în nenumărate rânduri - visul fără rațiune poate fi o scurtătură către dezastru! În acest context, zicala „Ochii văd, inima cere“ este de o toxicitate care îmi strepezește dinții.

E adevărat, atunci, la început, când simți că ai dat peste Afrodita, când mirosurile ei îți îmbată simțurile, ești neatent. Creierul tău lucrează în altă direcție; vezi numai ce e frumos și ai tendința de a omite semnalele clare de toxicitate.

Spune-i bărbatului aflat în „primăvara relației“ că și-a băgat dușmanul în casă și vezi cât îi ia până când îți sare la beregată? Partea proastă este că tocmai Afrodita, tocmai zeița aia care-ți producea erecţii spontate printr-o singură privire, se poate transforma în monstrul de pe canapea, în duşmanul numărul 1 al erecţiilor tale.

Cum? Simplu! Dându-şi arama pe faţă! Să nu ziceţi că n-aţi păţit-o.

Există anumite femei (nu ştiu câte) care sunt pita lui Dumnezeu la început. Nu mai ştiu ce să facă să te prindă, iar atunci când şi-au înfipt bine ghearele în grumazul tău, renunţă la hăinuţele roz şi îşi trag pe ele hainele cu ţinte şi una bucată strap-on cu care-ţi sparg rozeta cu zâmbetul pe buze.

Ca să nu o mai lungim, haideţi să vă spun cine cred eu că este duşmanul numărul 1 al erecţiei masculine. Nu, nu stresul de la birou - deşi are şi el un rol. Nu, nu faptul că bărbatul şi-a pierdut locul tradiţional de stâlp - şi asta poate contribui. Nu, frate, duşmanul numărul 1 al erecţiei este FEMEIA CICĂLITOARE!

Este acea făptură care vorbeşte întruna, este femeia care te face să crezi că te urăşte din viscere. Altfel nu există motive pentru care să turuie toată ziua lucruri despre tine, lucruri naşpa! „Ţi-am zis că mă deranjează asta", „Vai, nu mă pot baza pe tine", „Iar nu ai dus gunoiul", „Ce e cu ciorapii ăia acolo", „De ce nu ai plătit factura"... etc.

Vezi? Ai visat la Heidi şi te-ai ales cu Hitler! Cicălitoarea este otrava pentru penis! Nu ai cum să ai erecţie lângă o asemenea făptură. Este imposibil! Este genul de femeie care te face să regreţi că s-a încheiat programul de muncă. „Fuck, iar dau de aia acasă? Mai bine mă opresc la o bere. Și așa sare la gâtul meu, măcar să mă simt și eu bine o oră" – am întâlnit genul ăsta de abordare și, ghiciți ce, nu îl pot condamna.

Sigur, nu te obligă nimeni să tolerezi ieșirile de genul ăsta, nu te obligă nimeni să stai cu o cicălitoare. Ceea ce nu înțeleg bărbații este altceva – CICĂLITOAREA NU SE SCHIMBĂ! Comportamentul ei ascunde o grămadă de lucruri nasoale – stimă de sine scăzută, sete de control, nesiguranță, gelozie, adicție etc... o sumedenie de reacții nasoale.

Cicălitoarea este un soi de Monica Tatoiu a comportamentelor umane – doar ea le știe pe toate. Tu? Poți să faci ce vrei, câtă vreme faci ce spune ea. Altfel, nu ai voie să miști în front. Cicălitoarea a avut un model solid în familie – în general, mă-sa. Mă-sa era modelul (Hitler), ea era cea supusă. Acum, la maturitate, ea devine mă-sa, iar tu ești victima, adică ce a fost ea în copilărie. E simplu!

Dacă încerci să-i răspunzi cu aceeași monedă, chiar și pentru 5 minute, se va supăra foc și îți va spune că ești un monstru, că nu o iubești. De fapt, tu i-ai arătat în oglindă propriul comportament. Culmea știți care e? Că cicălitoarea parcă așteaptă să fie părăsită, iar atunci când se întâmplă chiar îți spune – „Știam eu că o să faci asta. Sigur ai pe alta".

Deși conștientizează că prin comportamentul lor pun cianură pe orice înseamnă plăcere și fericire, inclusiv pe erecțiile tale, cicălitoarele își fac în continuare programul. Ele au nevoie de ajutor specializat, însă mi-e teamă că prea puține ajung să îl ceară – multe chiar au senzația că tot ceea ce fac este bine.

În tot acest timp, lumea se umple de bărbați castrați și, de ce nu, de bărbați care încep să creadă că monogamia este o prostie.

Ești liber?

Oamenii sunt ca niște taxiuri. Jur! Ar trebui să purtăm șepci cu beculețe. Beculețul roșu să fie aprins atunci când ești într-o relație, iar cel verde... când ești single. Am spus că oamenii sunt ca niște taxiuri, ca să nu îi compar cu budele. Și acolo funcționează uneori treaba cu beculețele.

Și totuși, oamenii nu sunt nici taxiuri și nici bude. Asta este și motivul pentru care nu ar trebui să punem întrebarea – „Ești liber?" Este o întrebare greșită. Unde scrie că într-o relație nu ești liber? Atunci când într-o relație nu ești liber, aia nu mai e relație, ci pușcărie... coșmar, chin. Ieri am fost întrebat dacă sunt liber. Recunosc, m-am simțit ca un taximetrist. Îmi venea să răspund – „Doar dacă mergeți spre Drumul Taberei sau Militari... pentru că vreau să mă retrag".

Ce ciudat se raportează oamenii la relații, la amor, nu vi se pare? Complet greșit, aș spune. Parcă aud o distinsă doamnă spunând – „Ce păcat că e ocupat!" Asta sună ceva de genul – „M-aș fi pișat și eu puțin pe el. Îți dai seama cât trebuie să merg până la următoarea budă? Dacă mă piș pe mine?" Câtă tristețe! Cât regret!

Atunci când îl întrebi pe un om dacă este liber sau nu, automat îl transformi într-o latrină, îl jignești. Un om cu suficienți neuroni activi știe că și atunci când se află într-o relație este liber. Este liber, însă indisponibil. Știu că liber și disponibil înseamnă cam același lucru. Nu și în amor! Acolo nu înseamnă același lucru. Acolo ești liber oricând! Doar disponibilitatea sexuală este restricționată (sau nu – după caz).

Atunci când cineva te întreabă dacă ești liber... ți-o cam dă direct! E ca și cum te-ar întreba „Te fuți?" Este același lucru, indiferent dacă pune sau nu emoticoane. Așa că despre ce vorbim? Întrebarea corectă ar fi „Ești disponibil?" Atunci răspunsul ar fi NU. Dacă mă întrebi dacă sunt liber, răspunsul va fi întotdeauna DA. Sunt liber să vorbesc, sunt liber să zâmbesc, sunt liber să îmi văd de proiectele mele, sunt liber să mă dezvolt, sunt liber să gândesc și să scriu ce vreau... Totul până la sex!

Acolo sunt disponibil doar pentru o singură persoană.

"Te-ai plictisit? Nu-ţi schimba partenerul.
Ceva nou nu înseamnă neapărat
şi ceva mai bun."

II. SEX ON THE BITCH

Ne temem de dragoste, deci facem sex

Sau ne temem de sex, deci facem dragoste? După părerea mea, ambele variante au sens. Trăim într-o lume plină de convingeri înguste vizavi de sex.

Pentru foarte mulți oameni, sexul este ceva urât, este un păcat. Plăcerea este interzisă câtă vreme nu are drept finalitate perpetuarea speciei. De parcă specia pare să răsufle greu...

Câtă viclenie! Toată starea asta nu este altceva decât o manipulare crasă cu tentă religioasă.

Cei care invită la reprimarea plăcerii știu foarte clar faptul că omul care face sex sau dragoste este un om fericit și, deci, mai greu manipulabil.

Și atunci ce fac? Condamnă sexul, condamnă plăcerea și îi induc omului sentimentul de vină. Cu ce scop? Cu scopul de a-l manipula mai ușor.

Toată această campanie de reprimare a sexului ne-a pustiit pe dinăuntru pe mulți dintre noi. Am ajuns să facem sex pe repede înainte, am ajuns să desconsiderăm plăcerea, să ridiculizăm orgasmul, să banalizam simțurile... sperând să scăpăm de pedeapsa divină pentru păcatul de a ne împreuna carnal.

Am ajuns să ne temem de sex, să ni se pară ceva facil, ceva inutil, ceva fără de care poți să trăiești fără probleme. Și totuși, energia sexuală este energie vitală!

Mai există o categorie de oameni care, în speranța de a fi absolviți de păcatul sexului, spun că fac dragoste. Ce scuză ridicolă!

Ei nu fac nici sex, nici dragoste – ei doar se tem! După părerea mea, până la un punct, sexul și dragostea sunt același lucru.

Starea de îndrăgostire, așa cum se știe, este un mix de substanțe secretate în creier – un mix de hormoni; iar atracția sexuală gravitează tot pe acolo.

Partea proastă este că dacă trăiești cu ideea că sexul este ceva murdar, urât, de blamat, că este un păcat, nu prea ai cum să urci mai sus – nu prea ai cum să urci treapta superioară – cea către dragoste.

Pentru că, da, unii fac sex și se rezumă la asta, iar alții trec la treapta superioară și fac dragoste. Există diferențe!

Atunci când faci dragoste, se întâmplă mai mult decât atracție sexuală – există o conectare pe trei planuri – fizic, energetic și spiritual. Atunci când faci dragoste, simți că te contopești cu celălalt, se creează acea punte, acel unic suflet ce găzduiește două trupuri.

Atunci când faci dragoste, timpul se oprește în loc, gândurile dispar, sentimentele de vină – la fel, practic, cei doi se abandonează împreună pe acest drum superb, bucurându-se de o călătorie extatică de excepție.

Oamenii care reușesc să facă dragoste înțeleg ce înseamnă acel abandon. Pentru ei, totul devine un ritual, totul se transformă în artă – trăirile sunt superioare, actul fizic este la un alt nivel, energia emanată este foarte puternică.

Chiar cred că poți face dragoste și fără să iubești persoana respectivă. Poți face dragoste din prima!

Mi-a reușit de câteva ori. Este ca atunci când simți că ești cu persoana aia de ani de zile sau că te știi cu ea dintr-o altă viață.

Până la momentul fizic propriu-zis, totul este un drum inițiatic de un erotism aparte. Cuvintele sună altfel, atingerile generează mici șocuri electrice, gândurile se schimbă, privirile lucesc...

Practic, în momentul în care ajung în pat, cei doi se simt ca într-un templu al dragostei – ei nu mai simt vina, minţile lor sunt complet goale; trupurile lor vibrează, temperatura corpurilor se reglează reciproc, atingerile sunt tandre şi plăcute, respiraţia lor se reglează automat... acea punte superbă se formează şi cei doi plutesc împreună pe valurile plăcerii.

Din păcate, mi-e greu să cred că oamenii care privesc sexul ca pe un păcat pot atinge aceste stări superioare.

Când intră în pat, ei sunt înconjuraţi de acele sentimente de vină, se simţ prost, se simt constrânşi să termine cât mai repede.

Ce păcat! Ce păcat că permitem atât de uşor să fim sugrumaţi chiar în esenţa vieţii. Ce păcat că permitem ca manipulările şi vicleniile să ne interzică dreptul de a ne bucura de dragoste.

Nu e totuşi o tragedie, toate lucrurile astea se pot schimba. Pentru că, nu-i aşa, suntem ceea ce gândim.

Drept urmare, dacă vrem să ne bucurăm de dragoste, trebuie să ne schimbăm gândurile. Altfel, vom continua să fim nişte roboţi care fac sex pentru reglaj hormonal.

Sexul bun – un concept imposibil de definit

Cei care spun că sexul bun trebuie să fie într-un anumit fel sunt fie impostori, fie nu au făcut prea mult sex la viața lor, fie se cred niște entități superioare. Foarte mulți oameni – și femei, și bărbați – folosesc această construcție – „sex bun" –, însă la descriere lucrurile se complică sau intră oarecum în ceață. Treaba asta cu sexul bun servește de foarte multe ori unor manifestări egotice, ca să nu zic schizofrenice.

Da, e foarte greu să contrazici o persoană care spune, de exemplu, că sexul bun înseamnă atunci când este legată la mâini și la ochi. Cum poți să-i demonstrezi că nu asta înseamnă sex bun? Pentru ea, fix asta înseamnă, este experiența ei. Deci are dreptate! Așa cum tu, dacă spui că îți place să o ai pe la spate ca să-i poți urmări vulva și anusul în voie (cu ochii sau cu limba), ai dreptate... acela poate fi un sex bun pentru tine. Nimeni nu are cum să te contrazică.

Sunt multe feluri de sex bun pe care le întâlnești în viață. Hai să ne gândim simplu – din câte experiențe sexuale ați avut la viața voastră, câte pot fi încadrate la capitolul WOW? Și când spun wow mă refer la experiențe rarisime. Fiți sinceri, câte?

Treaba asta cu sexul bun ține de fiecare om în parte – de deschiderea lui vizavi de sex, de propria experiență de viață și de alți zeci de factori, ambient, poziții, implicare, preludiu, jucării, fetishuri etc. De asta mi se par amuzanți oamenii care dau sfaturi despre sex, acei învățați în ale sexului – de altfel, fețele lor îți arată cât de bine se pricep la sex :))

În realitate, nu ai cum să globalizezi simțirile, nu ai cum să le transformi în normă. Sexul de calitate depinde de fiecare om în parte, iar acest lucru nu are cum să se schimbe.

Ăsta este și motivul pentru care nu cred că se poate defini sexul de calitate. Voi ce părere aveți? Eu cred că fiecare ar trebui să se bucure de sexul bun, așa cum îl înțelege el...

Mai răruț, că-i mai drăguț

Ador vorba asta! O ador până la vomă. Mi se pare interesantă și, de multe ori, am impresia că, de fapt, înseamnă „Mai deloc, pentru că nu prea (mai) am chef". Am cunoscut oameni care-și construiau relațiile în jurul acestei vorbe – „Mai răruț, că-i mai drăguț".

Cum motivau? „Dragul meu, îmi pare rău, dar eu nu pot să trăiesc toată ziua lângă cineva". Și, uite așa, ajungem să fim parteneri cu program, pe calendar, să ne iubim în funcție de zilele săptămânii.

Și, uite așa, ajungi iubitul de marți, joi și sâmbătă pentru că, nu-i așa – „Mai răruț, că-i mai drăguț".

Păi, dacă de la început o iei așa, cum o să fie după trei ani? Dacă cineva îmi spune că vrea iubire, dar scoate din cutia cu maimuțe vorba asta cu „Mai răruț, că-i mai drăguț", zâmbesc frumos, spun „Nu, mulțumesc" și mă car.

Serios, ce sens are să suport toate angoasele? Vrei relație sau ești mofturoasă și ai chef din când în când de o tăvăleală? Și în sex am văzut că se practică asta cu „Mai răruț, că-i mai drăguț". Hm, ce înseamnă mai răruț și ce înseamnă des? Cine impune regulile astea? Cine spune că e obligatoriu să ai măcar trei contacte sexuale pe săptămână și nu cinci? A, da, am uitat, trei înseamnă reglaj hormonal :)) Am auzit și varianta asta – pentru persoanele respective nu conta cum era sexul, conta doar să fie. Bun, prost, dacă hormonul era zguduit, viața era frumoasă și Soarele sus pe cer.

„Mai răruț, că-i mai drăguț" mi se pare o scuză, un zar de fugă, o frică. Cum adică mai răruț? Nu ar fi tare ca și în cazul binelui să se folosească aceeași vorbă? Adică mai răruț cu binele că altfel ți se urcă la cap? Mi se pare senzațional.

Mi se pare incredibil cum oamenii se leagă de astfel de „vorbe de duh" ca să-și autoimpună restricții în viață. Pentru mulți „Mai răruț, că-i mai drăguț" înseamnă un fel de „Mai bine să-mi fie dor decât să mă plictisesc", deci frică! Frică pură! Semn că ei nu au o problemă cu societatea sau cu partenerul, ci cu ei înșiși. Câtă vreme vom continua să ne impunem bariere, mi-e teamă viețile noastre nu vor arată niciodată așa cum ne dorim.

Ne futem mai încolo

În această societate materialistă, ce pare să ne ia zilnic mințile, „ne futem mai încolo" pentru că întâi avem treabă de făcut – prin casă sau pentru muncă sau prin casă pentru muncă. Acum, când totul se petrece pe repede înainte, erotismul, romantismul și senzualitatea supraviețuiesc doar în cărți și filme. Oare de ce a avut un așa mare succes seria „50 Shades of Grey"?

Nu cumva pentru că în viața reală nimeni nu mai are timp de fantezii? Nu cumva pentru că în viața reală am ajuns să „ne futem tot timpul mai încolo"? În vremurile astea isterice, iubirea are o puternică doză de cinism, ascunzând un calcul strict economic. Rata divorțurilor este în continuă creștere și cred că ar fi și mai mare dacă femeile ar primi garanții financiare.

Sunt convins că multe femei ar divorța pe loc dacă li s-ar oferi 20.000 de euro anual. Cred că sunt enorm de multe femei care s-au săturat să audă că „ne futem mai încolo“ sau „mâine“. Și bărbați la fel. În această lume materialistă, frumosul, eroticul fin, senzualitatea și romantismul nu mai au loc. Acum primează banii și statutul, iar goana după iubirea absolută, după iubirea necondiționată, este doar o modalitate prin care ne mințim singuri. Căutăm iubirea necondiționată și sufletul pereche știind că sunt noțiuni imposibile, ba chiar minciuni.

Traversăm un paradox interesant – viața noastră devine tot mai pragmatică, dar, în același timp, rămânem naivi și încă mai așteptăm să avem o relație pe viață cu o singură persoană. În prezent, cine scrie despre romantism, senzualitate și erotism atinge rapid cota de bestseller. Motivul? Simplu – societatea nu-ți permite să te bucuri de aceste lucruri și atunci le savurezi în scris sau vizual de la alții, ca un hoț care trage cu ochiul în casa vecinului. În lumea lui „ne futem mai încolo“, lenjeria sexy este o pierdere inutilă de timp, atmosfera din camera de amor la fel. Acum facem amor din ce în ce mai rar, mai prost și mai grăbit.

Sărim peste preludiu, iar la final ne spălăm rapid pentru că a doua zi avem treabă la muncă. Oare câți își mai respectă dorințele? Oare câți mai au parte de amor à la carte? Cu lumina difuză, atmosferă plăcută, lumânări parfumate, muzică bună în surdină, lenjerie intimă, minţi deschise, abandon în braţele celuilalt, preludiu, fantezii etc.?

Dacă oamenii ar avea parte de toate astea, autorul seriei „50 Shades of Gray“ ar cerşi la colţ de stradă. Or, în lumea lui „ne futem mai încolo“, erotismul, romantismul şi senzualitatea supravieţuiesc doar în cărţi şi filme... din păcate! Când ne vom ocupa timpul şi mai mult, vom intra în lumea lui „nu ne mai futem deloc“ şi mi-e teamă că lumea aia nu e departe!

Cea mai mişto orgie e cea în doi

Cea mai mişto orgie e cea în doi – spunea Alain Delon. Îi dau dreptate 100%, chiar dacă realitatea imediată vrea cu orice preţ să mă contrazică. Am ajuns nişte fugari în propriile vieţi, nişte fricoşi... De teamă să nu fim răpuşi de banal... visăm la orgii. Din romantici, ne-am transformat în esanjişti, din timizi ne-am transformat în nişte modele de tupeu.

Suntem în stare să facem orice pentru a sufoca „vechiul“, pentru a gaza rutina. Şi asta pentru că ne temem ca dracu“ de tămâie de ştampila timpului pe care scrie sec – PLICTIS! Şi atunci, dacă vom fi mai mulţi, cu siguranţă vom avea şanse mai mici să ne plictisim.

Și totuși, eu sunt de acord cu Alain Delon - cea mai mișto orgie e cea în doi. Sună demodat, însă cred cu tărie în asta. Pentru a obține orgia în doi e nevoie însă de o grămadă de ingrediente - în primul rând să rezonezi cu propria viață! Și tu, și partenera!

Atunci când există dezechilibre la nivel intern nu poți atinge nici măcar o semistare de extaz, de orgie nici nu poate fi vorba. Apoi trebuie să existe acea chimie care să permită călătorii incredibile pe tărâmurile simțirilor, pe tărâmurile plăcerii (deci să rezonezi și cu partenera).

La capitolul ingrediente aș adăuga și o inteligență erotică bine dezvoltată - două persoane inteligente din punct de vedere erotic vor găsi întotdeauna decorul perfect pentru trăirile erotice, evitând cu grație plictiseala. Un alt ingredient important este deschiderea celor doi pentru palpitant, pentru experiențe incendiare care să implice toate cele trei laturi - minte, trup, suflet.

Orgia nu este doar cea carnală! Un alt ingredient important este SINCERITATEA partenerilor vizavi de propriile dorințe. Contează enorm să știm să fim sinceri cu dorințele noastre. În sfârșit, ultimele două ingrediente par la fel de importante - este vorba despre COMUNICARE (fără de care nu te poți abandona în brațele celuilalt) și IUBIRE.

Doar alături de persoana iubită poţi avea parte de cea mai mişto orgie! Restul sunt doar revărsări carnale lipsite de substanţă. Da, Alain Delon are dreptate – cea mai mişto orgie e cea în doi!

În sex nu există învingători și învinși

„Sub curea nu există nici religie și nici reguli" spune un proverb italian pe care l-am citit într-o carte a lui Allan Pease. Am stat puţin și am analizat dedesubturile acestui proverb și mi-am dat seama că în realitatea imediată nu se întâmplă deloc așa. Ba, din contră, sub curea aș spune că există prea multe religii și prea multe reguli. Religiile condamnă dintotdeauna sexul, oamenii ajungând să creadă că este un păcat capital, că este ceva rău, ba chiar inutil.

Ei uită însă că suntem singura specie care face sex din plăcere. Uită că, oricât de mult sex faci, nu te pedepsește nimeni. Dar religiile vin și spun că trebuie să faci sex cu un singur scop – perpetuarea speciei. Ei, hai, pe bune? Suntem șapte miliarde deja, chiar mai are cineva impresia că specia dă semne de oboseală? Specia nu, gândurile noastre însă... poartă armuri!

Condamnarea sexului ne-a transformat în niște mincinoși, în niște roboţi ascunși, cu „frică de pedeapsa divină"... Practic, am ajuns să nu ne mai bucurăm de sex, să-l desconsiderăm, să-l facem grăbit, mecanic, în scârbă. De multe ori am senzația că oamenii care se grăbesc atunci când fac sex speră ca în acele momente Dumnezeu să aibă niște treburi urgente. Da, din păcate, în multe cazuri, sub curea există doar religie și reguli, când, de fapt, ar trebui să existe acea abandonare frumoasă, acea libertate de a atinge extazul.

Dar nu, nu ai voie, este interzis să te apropii de scara ce duce spre extaz. Nu ai voie să te simți bine, este complet greșit, iar dacă faci asta vei plăti pe lumea cealaltă. Sexul este condamnat în orice formă – masturbarea este ceva total interzis. Foarte interesant! Vreau să văd și eu cine a decis asta. Sunt convins că dacă Dumnezeu nu ar fi vrut să ne masturbăm ar fi făcut cumva să avem mâini mai scurte.

Multe, prea multe restricții în mintea noastră. Și de la aceste restricții pleacă o grămadă de probleme care ne sufocă întreaga existență. Și aici mă gândesc la Osho, care ne îndeamnă să transformăm camera pentru amor într-un adevărat templu, un loc fără televizor, certuri, discuții în contradictoriu, bârfă etc... Camera în care facem dragoste ar trebui să fie un loc destinat exclusiv atingerii extazului, un loc în care cei doi intră dezbrăcați de principii, gânduri negre, stres etc... Oare câți dintre noi fac asta? Da, știu, nu e timp... eterna scuză care ne sugrumă plăcerile.

De altfel, Osho chiar spunea – „Dacă vrei să te bucuri de sex, lasă preotul la ușă". Eu aș spune că ar fi bine să o lași și pe bunica. În majoritatea cazurilor, bunica este portavocea preotului, o extensie a acestuia. Ea este cea care duce mai departe ideea de păcat, ea este cea care menține vie această mentalitate medievală a păcatului. Și, uite așa, oamenii ajung să trăiască în minciună – se acoperă cu niște cruste sociale false, în timp ce gândurile lor clocotesc de sex. În ei se duce o luptă continuă între „a face sex e ceva normal și plăcut" și „a face sex este ceva murdar, urât, sub demnitatea umană".

Tocmai această reprimare a trăirilor sexuale a generat toate etichetările care există în societate. Un bărbat care adoră sexul este un desfrânat, un obsedat, un individ care nu merită să legi ceva serios cu el; o femeie căreia îi place sexul este o „curvă", „o zdreanță de Centură"... Câtă invidie! Cât anormal care încearcă să seteze norme de moralitate. Nici nu mă miră că sexul ajunge foarte ușor un război, iar dormitorul ajunge un câmp de luptă – oamenii intră în jocul amorului cu gânduri negre, plini de încrâncenare, nervoși, parcă vor să se răzbune unii pe ceilalți.

Nu se respectă, nu se ascultă, nu își simt energiile, ci doar se descărcă. Sexul este cu totul altceva. Sexul reprezintă acea abandonare, este acea experiență deosebită când simți că timpul s-a oprit, că timpul nu există. Este acea perioadă în care nu există nimic în afară de tine și de zeița cu care ai șansa să-ți întrepătrunzi energiile. Atunci când te abandonezi în jocul plăcerii nu mai există nici doctrine, nici reguli, nici minciună, nici reprimare, nici frică, nici vină, ci doar un drum extatic de excepție.

Femeia trebuie să fie zeița ta și nu o pubelă în care să-ți descarci sperma. Ea trebuie să fie dezmierdată, mângâiată, poți să-i faci un masaj cu un ulei parfumat, poți să-ți plimbi trupul peste trupul ei... întregul ei corp este o bombă erogenă și nu doar cele două zone despre care ai învățat acasă. Folosește-ți imaginația și fă-o să se simtă zeiță, să se simtă specială, ai grijă de ea, oferă-i toată plăcerea din lume. Intrați împreună în jocul dragostei, fără frică și fără convingeri – astea pot rămâne să protesteze la ușă sau se pot căra unde văd cu ochii... În sex nu există învingători și învinși, ci doar oameni care simt din plin gustul extazului.

Încercaţi să vă bucuraţi de aceste călătorii pe calea extazului şi lăsaţi critica, bârfa şi frica de pedeapsă în grija celor care nu au altceva mai bun de făcut... Ei sunt otrăviţi şi nu se vor trezi decât dacă ceva le va zgudui universul.

Împărţim acelaşi pat, dar ne înşelăm separat

Când iubeşte, românul împarte orice, mai puţin partenerul. Pe ăla doar îl trădează! Separat, că aşa e moral – să nu afle :)) „Nu e frumos şi cred că e aiurea să sufere". Sună dur, într-adevăr, însă stau şi mă întreb de unde vine mentalitatea asta – eu nu împart? Deci, cum ai putea să împarţi ceva ce nu îţi aparţine? Persoana cu care ai o relaţie, fie ea şi căsnicie, nu îţi aparţine, nu ai un certificat de proprietate asupra vieţii sale.

Drept urmare, asta cu „nu împart" mi se pare o prostie. Eu nu cred că iubirea are vreo legătură cu ideea de posesie. Iar atunci când consideri că cineva îţi aparţine, de fapt nu iubeşti, ci doar eşti proprietar şi, deci, crezi că ai drepturi depline – inclusiv de a-ţi înşela propria proprietate. Din punctul meu de vedere, oamenii care iubesc cu adevărat nu se înşală. Nu au cum! Ca să înşeli, trebuie să ai ceva, să-ţi aparţină ceva. Iar oamenii care se iubesc nu-şi aparţin. Ei doar trăiesc unii lângă ceilalți și nu unii cu ceilalți. Și mai ales știu să se respecte! Știu, sună ideal, însă cred că are totuși sens. Nu vi se pare bizar să auzi oameni care spun: „Eu nu l-aș împarți pe partenerul/a meu/a niciodată", și când discuți mai adânc auzi că de-a lungul anilor și-au înșelat partenerii, ba chiar și pe cei actuali?

Cum vine asta? Ce fel de iubire e asta? Adică ne iubim doar cât timp împărțim același pat? În rest, putem să ne înșelăm separat? Cred că dacă am reuși să comunicăm cu adevărat nu ar fi nevoie să ne înșelăm, nu ar fi nevoie să evadăm din „iubirea noastră perfectă" ca niște hoți pe scara de incendiu, ci am face-o împreună, complet asumat. Asta dacă s-ar ajunge până acolo!

De ce să sări gardul separat când puteți să o faci împreună? Nu așa e normal atunci când iubești? Mi se pare interesant, ba chiar ironic, modul în care ne condiționăm iubirea – intrăm în relații cu o grămadă de secrete, însă avem pretenții de fidelitate și sinceritate; înșelăm fără niciun fel de probleme, dar putem jura că iubim. Suntem de-a dreptul interesanți! Avem un mod aproape pervers de a trata iubirea. Până la urmă, am senzația că și pe ea o deținem tot cu acte de proprietate!

Sexul de împăcare - la un jet distanță de despărțire

Multă lume laudă sexul de împăcare. „Wow, ce tare e! E minunat! Excelent... ar trebui să-l încerci!" L-am încercat! Într-adevăr, aparent sună bine, iar trăirile par „altfel", însă mie mi se pare că fiecare ejaculare din sexul de împăcare te apropie cu încă un jet de despărțire. Nu sunt deloc adeptul sexului de împăcare. De ce? Simplu - ca să ai parte de sex de împăcare, ai nevoie întâi și întâi de o ceartă.

Iar o ceartă implică o serie întreagă de emoții distructive care nu fac altceva decât să-ți otrăvească sufletul. O ceartă este, de fapt, un schimb de otrăvuri între parteneri. Iar, așa cum se știe, puterea cuvintelor nu poate fi eliminată cu mâini în păr și doggy style. Drept urmare, eu cred că sexul de împăcare doar coafează puțin situația, însă nu rezolvă nimic în zona profundă, acolo unde s-au produs deranjuri prin ceartă.

Mai mult, eu cred că sexul de împăcare nu are nimic sănătos în el. Pentru mine, sexul este ceva frumos, măreț, plăcut, ceva ce implică doar emoții pozitive. Dacă bagi în el emoții distructive... s-a terminat. Am făcut sex de împăcare și mi-a plăcut. Însă, în momentul în care am conștientizat situația, mi-am dat seama că nu a rezolvat nimic.

În plus, partenera mea de atunci parcă își dorea să ne certăm pentru a avea parte de sex de împăcare, ceea ce mi se pare complet nociv pentru un cuplu. Ba chiar îmi și spunea – „Când mă vezi că fac urât, bagă-mi mâna în păr și fute-mă! Doar așa mă potolești" Wow, addiction! Am făcut și asta, însă nu am rezistat prea mult și relația s-a încheiat!

Osho avea dreptate când spunea – „Love is a sacred experience" și când ne îndemna să intrăm în amor curați atât la minte, cât și la suflet. El spunea că atunci când faci dragoste trebuie să lași la ușă orice emoție distructivă pentru a te putea bucura de magia acestui drum extatic. Sunt perfect de acord cu el. Ăsta e și motivul care mă face să spun că de fiecare dată când faci sex de împăcare ești cu un jet mai aproape de despărțire.

Dacă nu ai grijă de el, sexul bâltește

„Toată lumea știe că în orice cuplu intervine rutina" – îmi spunea cineva acum câteva zile. Sincer, pe mine mă apucă pandaliile când aud asta. Da, așa e, în orice cuplu poate interveni rutina, iar motivul este cât se poate de simplu – atunci când ai ceva, nu te mai interesează să și întreții ceea ce ai. Ăsta este principalul motiv pentru care rutina intervine în cupluri – lenea.

Aseară citeam un articol pe DailyMail, un studiu despre viaţa sexuală a britanicilor. Rezultatele? O treime declară că sunt nemulţumiţi de viaţa lor sexuală, iar o cincime spun că au ajuns să-şi programeze sexul. Da, sexul a ajuns ca revelionul, o distracţie programată.

Ce nasol! Mi se pare supertrist. Să nu cumva să aveţi impresia că doar în UK se întâmplă asta. E suficient să fiţi atenţi la ce povestesc prietenii şi oamenii la terase. Veţi vedea o uriaşă revărsare de nefericire în cuplu. Cum poţi programa pasiunea? Pentru cât timp? Frumuseţea sexului este dată în mare măsură şi de aspectul său spontan. Dacă ucizi spontaneitatea, ei, bine, atunci ai mari şanse să dai peste măria să RUTINA!

Dacă nu ai grijă de el, sexul bălteşte! Începe să miroasă urât! Pute a stătut! Se tranformă în ceva plictisitor. Devine mai degrabă obligaţie, nicidecum plăcere pură, dorinţă arzătoare. Uite aşa apare plictiseala... rutina! Nu există un singur vinovat pentru rutina din cuplu. Ambii parteneri sunt vinovaţi, iar atunci când suferi de lene... ar fi bine să accepţi consecinţele. Nimeni nu poate avea grijă de viaţa ta sexuală. Dorinţa şi pasiunea nu sunt nişte lucruri care pică din cer.

Ele necesită un mecanism complex – imaginaţia – extrem de important în obţinerea unei vieţi sexuale satisfăcătoare. Dacă imaginația intră în criză și sexul intră în criză, e simplu. În plus, vă propun să mai analizăm încă un aspect – modul în care ne purtăm unii cu ceilalți. Cum poți avea pretenția ca partenerul să te complimenteze, să se joace cu mințile tale, să te excite zilnic, să te devoreze ca în prima zi... când tu îl cicălești și îi tot repeți faptul că nu e bun de nimic?

Chiar nu-ți dai seama că aceste cuvinte îi cad ca o ghilotină peste penis? Nu îți dai seama că îl castrezi? Te-ai întrebat vreodată de ce bărbatul tău a încetat să-ți mai spună cuvinte frumoase? Te-ai întrebat vreodată dacă ai avut și tu o contribuție la chestia asta? Valabil și pentru bărbați. Cum poți întreține pasiunea și dorința când tu aduci doar tensiune și negativitate în cuplu? Mi se pare imposibil.

Te-ai plictisit? Nu-ți schimba partenerul. Ceva nou nu înseamnă neapărat și ceva mai bun. În plus, dacă te-ai plictisit de ăsta, te vei plictisi și de următorul. De ce? Pentru că nu vrei să înțelegi un lucru extrem de important – doar leneșii se plictisesc. Doar cei care nu vor să facă nimic stau și așteaptă minuni. Cei care vor să construiască, să fie fericiți nu au cum să se plictisească. Ei știu că de ei depinde satisfacția lor sexuală și atunci acționează, nu stau! Văd în fiecare zi ceva nou în partener, în persoana pe care o iubesc.

Leneşii se plictisesc şi schimbă partenerii. La nesfârşit! Fără să-şi dea seama că, de fapt, la ei este problema şi la modul în care se raportează la sexualitate. Gândirea lor bălteşte şi, oricâţi parteneri ar schimba, tot nu e bine. Ei aşteaptă mereu ceva nou, fără să realizeze că în sex totul s-a întâmplat deja.

Oamenii care înţeleg că în sex totul s-a întâmplat deja ştiu să se bucure de ceea ce au, ştiu să se joace, ştiu să stârnească, ştiu să excite... iar asta se întâmplă nu doar în primul an, ci peste timp, evident dacă au lângă ei un partener compatibil. Te-ai plictisit? Nu-ţi schimba partenerul! Schimbă-ţi gândirea! Încearcă să te joci, scoate sexul la plimbare... oferă-i partenerului un blow-job în aer liber. Crezi că te va refuza? Încearcă! Vei vedea ce se va întâmpla.

Dacă te refuză, mi-e teamă că e uşor idiot! Nu închide sexul între patru pereţi. Câtă mobilă crezi că poţi avea în casă? Lasă sexul să fie liber, ca imaginaţia... Nu îi pune frână! Atunci când îi pui frână, îţi frânezi, practic, propria fericire!

De ce sexul bun se stinge în timp?

Te văd, te plac, te doresc, ne futem... ne îndrăgostim, ne futem ca chiorii, hormonii se potolesc, sexul începe să se rărească, iubirea se instalează, noul dispare... și, uite așa, ne trezim că avem o relație aproape lipsită de sex. Este punctul în care te întrebi - ce se întâmplă? De ce am ajuns aici?

Și, uite așa, multe relații se pot sparge din cauza dispariției dorinței din cuplu, fie pentru că unul dintre parteneri evadează din căminul conjugal, fie că ambii o fac. Și totuși, de ce sexul bun se stinge în timp?

Zilele trecute am văzut un filmuleț interesant pe TED. Psihologul Esther Perel explică fix această problemă, oferind o abordare extrem de interesantă. Ea consideră că acolo unde pătrunde romantismul... intervine o criză a dorinței. Practic, „ne aflăm într-un moment în care experimentăm în premieră sexualitatea ca plăcere, când ne putem bucura de sex pe termen lung fără să umplem un stadion de copii, când femeile fac sex din plăcere și nu din datorie conjugală".

În prezent, sexul este un adevărat motor de plăcere, un adevărat factor care ne ajută să ne conectăm unii cu ceilalți. Problema intervine atunci când dorința intră în conflict cu iubirea! Și intră!

De ce?

Pentru că dorința vine cu un pachet format din: nou, aventură, risc, pericol, surpriză, neașteptat; iar iubirea vine cu nevoia de siguranță, nevoia de protecție, de predictibilitate și cu permanență. Esther Perel are dreptate când spune că nu poți pune nevoia de securitate și nevoia de aventură în aceeași relație. Pur și simplu, sunt două lucruri care se bat cap în cap.

În trecut, căsătoria nu cerea un pachet complet – fiind o construcție mai degrabă economică, sexul dintre cei doi parteneri nici măcar nu era obligatoriu. Acum însă ne dorim pachetul complet, frumos ambalat, pachetul perfect, adică „partenerul trebuie să fie cel mai bun prieten, un bun confident și cel mai bun amant! Toate astea le cerem de la un singur om! Pe vremuri, toate aceste lucruri erau asigurate de mai mulți oameni".

Cumplită povară într-o perioadă atât de tânără a relațiilor umane. Acum, îi ceri partenerului „sens, continuitate, identitate, dar și mister sau erotism". Oamenii vor și confort, dar și pericol; și nou, dar și familiaritate; și predictibilitate, dar și surpriză... crezând că totul este la-ndemână și extrem de ușor de obținut.

Și totuși, în realitate, lucrurile par să nu meargă, lucrurile par să se stingă undeva după un an sau doi de relație. Ce se întâmplă? Ce generează acest lucru? Esther Perel consideră că atunci când apare criza dorinței, de fapt se manifestă o criză a imaginației.

Din cauza asta, multe persoane reușesc să-și reaprindă pasiunea în cuplu – își retrezesc imaginația! Ce înseamnă asta? Se privesc cu alți ochi! Totul e să înțelegi ce vrei să conectezi. Noul nu vine neapărat la pachet cu poziții sexuale noi, jucării sau lenjerie intimă, deși pot și aceste artificii să ajute. Erotismul din cuplu s-a stins pentru că a fost lăsat să se stingă. Erotismul înseamnă sex transformat în imaginație, iar dacă imaginația a intrat în criză... e clar că și sexul suferă.

Cu toatea acestea, sexul spiritual, sexul jucăuș, sexul hard-core etc... nu au dispărut, nu au plecat nicăieri. Ele sunt în continuare acolo și așteaptă să fie repuse în mișcare prin imaginația celor doi parteneri. Indiferent de anii petrecuți împreună, joaca, noutatea, curiozitatea și misterul pot fi cultivate constant.

Da, dorința intră în conflict de foarte multe ori cu iubirea, pentru că vine la pachet cu sentimente care nu convin iubirii, precum: putere, posesivitate, dominare, gelozie. Ele intră în conflict cu îngrijorarea, protecția, resposabilitatea, grija – care sunt de partea iubirii. Asta nu înseamnă că cele două seturi de nevoi nu pot fi conectate. Sigur că pot...

Depinde cum abordezi problema. Cine nu este interesat de pericol? De nou? De adrenalină? Dar cine spune că nu poți obține aceste lucruri alături de persoana iubită? Bineînțeles că poți. Trebuie doar să vrei! „Cuplurile erotice știu că pasiunea se stinge în timp, însă sunt pregătite să o retrezească și să o aducă înapoi și asta pentru că au demistificat un mare mit – mitul spontaneității" – spune Esther Perel.

„Cuplurile erotice știu că sexul consfințit s-a mai întâmplat. Nu este nimic nou! El este intenționat, focusat și prezent." Aici pare să fie cheia!

Prima dată nu se pune – cea mai penibilă scuză

„Prima dată nu se pune" – am auzit asta de sute de ori. Niciodată nu am fost de acord. După părerea mea, lucrurile stau exact pe dos – aș spune că tocmai prima dată se pune. Ăla este momentul 0 al chimiei dintre doi oameni. Dacă ratezi cu poarta goală la prima ocazie, cum crezi că vei reuși data viitoare să dai gol din foarfecă?

Atunci când există chimie – și asta se simte imediat din priviri și, de ce nu, la prima atingere – pielea chiar este un fin radar –, prima dată este o sărbătoare, este un foc de artificii de revelion. Atunci când nu există chimie, pot apărea scuzele. Iar asta cu „prima dată nu se pune" chiar e o scuză, ba chiar una penibilă.

E ca și cum prima dată te-ai trezi stingher într-un ocean și te-ai aștepta ca data viitoare să te trezești în cada de acasă. Nu se va întâmpla! Chimia nu are timp de încercări, ea există sau nu! Așa că nu pierde timpul.

Singur, se poate întâmpla ca la prima încercare sexuală cei doi parteneri să nu-și prezinte tot arsenalul. Este posibil, deși atunci când artificile explodează pe cer nu cred că mai stă cineva să sorteze ceva. Unii - mai ales femeile - chiar spun chestia asta - „Nu arăta tot ce poți din prima, păstrează și pentru mai încolo, ca să nu se plictisească" - alte și alte constrângeri.

De parcă se plictisește cineva de plăcere... Aș vrea să-l văd și eu pe omul ăla care spune - „Gata, dă-o-n mă-sa de plăcere, am chef de niște sex prost. Draga mea, ești o regină, dar mă văd nevoit să te părăsesc. Faci sex prea bine, m-am saturat".

Prima dată chiar contează. Dacă prima dată este extraordinar, următoarele experiențe vin natural. Dacă prima dată este așa și așa, te gândești să mai acorzi o șansă, mai ales dacă ești nefutut/ă de ceva timp. Eşti conştient însă că e posibil să nu apară prea mari schimbări.

Dacă prima dată este naşpa, nu îți mai dorești o a doua extragere. Să fim sinceri... Așa că asta cu „prima dată nu se pune" este doar o scuză, este scuza penibilă a persoanelor nesigure din punct de vedere sexual. Oamenii care ştiu ce înseamnă sex nu vor spune niciodată „prima dată nu se pune"... nici măcar în glumă.

"Femeia care este iubită este un Paradis!
Bărbatul care urăște femeia este un Iad!"

III. FIDELITATEA NU SE PROMITE. FIDELITATEA SE TRĂIEȘTE!

De ce își caută bărbații amante?

Subiect delicat pentru doamne! Personal, acest concept mi se pare o tâmpenie, dar, na, eu sunt un comod, deci nu mă luați în seamă (:)). La ce îți trebuie o amantă atunci când ai acasă tot ce îți trebuie?

Întrebarea este – chiar ai? De-a lungul anilor am încercat să mă documentez pe marginea acestui subiect, încercând să aflu motivul pentru care un bărbat părăsește căminul conjugal pentru a se refugia în brațele altei femei.

Dacă întrebi o femeie, în 99,9% din cazuri ți se va spune – „Păi, da, își fac amante pentru că sunt porci și nu le ajunge una. Ei vor mai multe, vor să fută! Numa' la futut le stă mintea aia proastă!"

Dacă întrebi un bărbat – e posibil ca răspunsul să migreze în zona opusă: „Pentru că mă înțelege, frate, mă susține, mă apreciază".

Ce diferență, nu credeți?

Nu vi se pare că lucrurile nu se leagă? Ei bine, să mergem puțin în zona profundă a situației. În primul rând, sunt convins că un bărbat își caută o amantă atunci când lucrurile se împut acasă și nu mai suportă.

Atunci când nu mai este apreciat, atunci când este cicălit, când nu mai suportă reproșurile soției.

Cred că de aici pleacă totul – de la sentimentul de apreciere! Și nu de la sex, așa cum cred majoritatea femeilor!

Pentru acest text m-au inspirat două surse: Mark Gungor – un specialist în probleme de cuplu și o scrisoare a unei amante profesioniste, publicată acum ceva timp în „Huffington Post".

Mi se par două surse extrem de utile, mai ales pentru femeile care cred că bărbații pleacă de lângă ele pentru a căuta sex în altă parte. Fals! Veți vedea că ambele surse duc discuția în aceeași direcție – APRECIEREA!

Bărbații au nevoie de apreciere, ca și femeile de altfel. Or, de ce te mai măriți cu un bărbat dacă nu îl apreciezi?

Mark Gungor spune că bărbații au ego-uri extrem de fragile, ușor de spart, în ciuda imaginii de băieți duri.

Iar femeile care se pricep să-ți futã viața știu perfect la ce mă refer (sic). Atunci când îți rejectezi soțul, când îl cicălești, când îl ții doar în reproșuri și pare că nimic nu îți convine, el va avea tendința de a pica în brațele primei femei care vrea să-l înțeleagă.

Gungor spune că soția trebuie să fie fanul numărul unu al soțului dacă vrea să-l aibă lângă ea. Dacă ea nu este fanul numărul 1, atunci puteți fi sigure că altcineva va prelua acest loc.

Mi se pare plin de sens. Iată, deci, că totul pleacă de la apreciere. De altfel, studiile arată că majoritatea relațiilor extraconjugale se bazează pe emoții și nicidecum pe sex, așa cum ar crede multe femei.

Iată ce spune și amanta profesionistă – „Cred că le pot fi de un real folos femeilor căsătorite, cred că le pot da anumite sfaturi care să le ajute să înțeleagă ce îi determină pe soții lor să le înșele.

Vă vine să credeți sau nu, problema depășește granițele sexului. Bărbații vor ca soțiile lor să le fie mamă, prietenă și terapeut.

Prin mamă înțeleg că acea femeie să aibă o încredere necondiționată în el. Iar prin prietenă înțeleg acea femeie de care se îndrăgostește.

Prin terapeut înțeleg să fie înțeles, ascultat. Soția Ursului meu este o mamă excelentă pentru copii, dar nu este o bună mamă, prietenă și terapeut pentru el.

Majoritatea clipelor pe care le petrecem împreună nu au nicio legătură cu sexul. Uneori ascultăm muzică, bem niște vin și discutăm ultimele evenimente.

Este o relație extrem de simplă. Deși țin foarte mult la el, știu că sunt doar un remediu temporar pentru el".

E? Păreri? Nu-i așa că e simplu să dați vina pe celălalt pentru anumite gesturi sau decizii?

Da, aveți dreptate, e simplu să aruncați întreaga vină pe umerii celui care a călcat strâmb, pe umerii „porcului patologic". Și totuși, vă simțiți perfect curate? Oare câte femei stau și își analizează propriul comportament?

Oare câte femei sunt fanul numărul unu al bărbaților lor? E o întrebare la care vă invit să-mi răspundeți pe pagina de Facebook.

P.S.: În articol nu i-am luat în calcul pe bărbații hipersexuali care chiar nu pot sta lângă o singură femeie.

Nu am vrut să te înșel

În amor nu există accidente! În amor există doar alegeri! Vorbim despre amor și nu despre viol. Violul este un accident. Este un act sexual care se întâmplă împotriva voinței tale. Este un act ce implică raporturi de forțe disproporționate. Atunci când înșeli... alegi. Nu există „nu am vrut“. Cum adică nu ai vrut? Păi, și atunci cum ai ajuns cu altcineva în pat? Ai avut un moment de blank și te-ai trezit cu găurile pline de un nene pe care nu l-ai mai văzut niciodată? Să fim serioși, nu mai avem 12 ani...

Infidelitatea, oricât de mult ar enerva, nu este un accident, ci o alegere! Indiferent că ești bărbat sau femeie, alegi să ți-o tragi cu o altă persoană – este cât se poate de simplu. Motivele contează mult prea puțin. Da, știu, am întâlnit o grămadă de oameni – și bărbați, și femei – care declară că sunt nefericiți în relațiile pe care le au. De fiecare dată pun aceeași întrebare – pentru ce mai stați?

Nu te obligă nimeni să stai într-o relație care nu merge. Îți faci singur rău. Ăsta este și motivul pentru care sunt adversarul infidelității. Nu sexul este cheia în această discuție, ci încrederea și respectul... asumarea! Grea noțiune! Acolo se rupe totul. Atunci când accepți să faci sex cu altcineva, trebuie să te pregătești să suporți consecințele, trebuie să accepți faptul că deja ți-ai luat adio de la persoana de lângă tine.

Din păcate, foarte mulți oameni dau dovadă de imaturitate, crezând că dacă spun că nu au vrut sau că nu se va mai repeta, lucrurile se vor așeza la loc în relațiile lor. Mi-e greu să cred că se poate întâmpla așa ceva. Okay, poți să ierți atunci când ești înșelat. Întrebarea este – mai poți avea încredere în celălalt? Eu cred că aici este adevărata zonă de discuție. Mai poți avea încredere într-o persoană care ți-a spus că te iubește, că ești totul pentru ea și ți-a dat finala în cel mai urât mod?

Eu cred că nu. Sigur, fiecare om are propriul sistem de valori și propriile zone de toleranță. În cazul meu, da, iert, însă nu mai pot avea încredere în persoana respectivă. Din momentul în care mi-a arătat că nu este capabilă să-și respecte propria alegere – aia de a fi cu mine –, adios încredere. Du-te lin!

Nu am nimic de demonstrat, iar răzbunarea este o tâmpenie, o pierdere de timp. Doar o persoană cu un creier de găină își poate imagina că doar ea poate să dea cu organul în populație. Niște oameni maturi știu foarte clar că fiecare dintre parteneri are un anumit nivel de dezirabilitate. Doi oameni maturi știu că dacă nu vor mai fi împreună, nu va fi un capăt de țară și își vor găsi fără prea mari probleme noi parteneri. Ăsta este și motivul pentru care oamenii maturi știu să-și aprecieze partenerii, știu să se bucure de ceea ce au. Ei nu vor mai mult, ci vor ceea ce au ales!

Cei care vor mai mult încă se zbat în zona copilăriei emoționale. Doar un copil îți va spune că vrea și un ecler după ce a mâncat trei savarine. Un adult îți va spune – „Nu, mulțumesc. Nu vreau mai mult. E okay". Din păcate, prea puțini oameni își asumă propriile vieți, propriile alegeri, preferând să trăiască în minciună. Asumarea încă este o noțiune mult prea grea pentru foarte mulți. Pentru a trăi asumat îți trebuie o anumită doză de maturitate emoțională. Or, aici mi-e teamă că foarte mulți dintre noi încă mai au de lucru.

Fidelitatea nu se promite. Fidelitatea se trăiește!

Fidelitatea nu este vreo lege, nu este ceva obligatoriu, ci o alegere personală. Sigur, dacă ne uităm peste studii, vom vedea că infidelitatea partenerilor (și bărbați, și femei) este principalul motiv de divorț. Ce înseamnă asta? Că avem o problemă – nu prea știm să rezistăm tentațiilor. De fapt, corect ar fi să spun că nu prea avem chef să rezistăm tentațiilor.

Da, fidelitatea ține și de voință, ca orice alegere personală. În momentul în care eu aleg să fiu fidel, în momentul în care aleg să mă respect și deci să-mi respect alegerea făcută... ispitele chiar nu mai contează. Da, știu... vor apărea doamne care vor râde și vor spune – „Imposibil! Spui asta acum pentru că ești îndrăgostit. Mai vorbim peste un an". Nu are nicio legătură îndrăgosteala aici. Aici vorbim despre principii de viață. Iar la mine ăsta este un principiu de la care nu mă (mai) abat – nu înșel! Este alegerea mea personală și mă simt okay cu ea.

Alții sunt liberi să facă ce vor. Eu am înșelat și știu cum e – DE MARE CĂCAT! Așa că la mine lucrurile sunt cât se poate de simple – câtă vreme sunt într-o relație, sunt acolo 100%. Nu există breșe și nici bucăți din mine lăsate pentru altele. Așa am ales eu – să trăiesc fidelitatea! Mi se pare o crâncenă abureală să îi spui cuiva – „Eu nu o să te înșel niciodată, îți promit!" – știind că o fuți pe vecina de la 4. Am mai auzit asta și ghiciți ce s-a întâmplat?

Eu am ales să trăiesc fidelitatea! Mi se pare de bun-simț. Este un semn de respect pentru tine și pentru celălalt. Ispite există oricând, chiar și atunci când lucrurile nu mai funcționează în relație și decizi să-i pui punct. Tu vei rămâne singur, iar ispitele vor fi tot acolo. În plus, ar fi okay să mai înțelegem un lucru elementar – nou nu înseamnă automat mai bun! Sincer să fiu, m-am cam săturat de eterna vrăjeală cum că bărbatul este programat să fie vânător. Să ne înțelegem - bărbații vânau mamuți, nu pizde!

Așa că terminați cu tâmpeniile astea. În plus, doamnelor, eu vă întreb – voi trăiți în continuare în grote? Aha, mă gândeam eu! Nu credeți că ar fi okay să admitem că și bărbații, și femeile au instinct de vânător în ei? Nu de alta, dar arătatul cu degetul și pisicile aruncate peste gard nu sunt semne de maturitate.

Marea problemă este alta – minciuna!

Chiar stau și mă întreb cum s-ar descurca cei care mint dacă ar spune adevărul? Cred că planeta ar fi populată în majoritate de vânători, de oameni singuri. Nu m-ar mira, așa cum nu mă miră imaginea bărbatului adevărat din zilele noastre. Cu cât e mai jegos, cu cât e mai mincinos, cu cât e mai crai, cu atât e mai adevărat. Nu poți atinge statutul de bărbat adevărat dacă nu ai măcar o amantă și o listă de câteva zeci de femei bifate. Chiar „nu poți".

Sunt curios ce cifre ar apărea în CV-urile amoroase ale oamenilor dacă la începutul fiecărei relații am fi nevoiți să le depunem undeva? Facem pariu că nimeni nu ar declara numărul real de parteneri avuți? De ce? Pentru că întreaga construcție în care trăim se bazează pe minciună.

Ăsta este și motivul pentru care foarte mulți oameni promit fidelitatea, deși nu pot să o ofere.

Eu am ales să o trăiesc și mi se rupe că în ochii unora voi părea un fraier.

Divorțez pentru tine

Este sloganul soților neasumați și gălușca pe care o înghit atât femeile naive, cât și femeile care adoră triangulațiile. Da, ați citit bine... pe lumea asta există și femei cărora le place să se bage în treaba altora. În popor li se spune „spărgătoare de case". Să nu vă mire dacă femeile astea au și ele o relație acasă.

Am cunoscut câteva ambivalente. Sunt femei care nu pot sta fără doi bărbați. Se plictisesc fără această viață dublă, fără aceste injecții constante cu adrenalină. Sunt femeile care se poartă ca niște uși de catedrală cu bărbatul de acasă, iar cu cel „din târg" fac toate „nenorocirile". Comportamentul lor este cât se poate de toxic... pentru ele. De ce? Pentru că, în cele din urmă, nefericirea le aparține!

Acum să ne referim puțin la naive! Le ador! Sunt aproape angelice... Cum stau ele cu ochii înlăcrimați și îi plâng de milă soțului (alteia) atunci când acesta le spune cu vocea plină de tristețe că nu își mai suportă condiția și că abia așteaptă să divorțeze... și să se însoare cu ele! Câtă compasiune, câtă prostie!

Rânceda ca un bol cu alune uitat în pivniță. Cum să crezi așa ceva? Să mă ierte reprezentantele sexului frumos, însă dacă ajungi să crezi așa ceva, ești proastă rău de tot și îți meriți soarta.

Okay, să presupunem că bărbatul ăla se ține de cuvânt și divorțează. Chiar crezi că o face pentru tine? Nope, o face pentru el! Okay, să mergem mai departe cu raționamentul și să presupunem că te ia pe tine de nevastă – cât crezi că va dura până când își va găsi o altă naivă care-și va desface picioare în fața minciunilor lui erecte? Cât va dura până când și tu te vei transforma în „proasta de acasă"? Un an? Doi? Trei? Cinci?

În aceste cazuri, naivitatea și prostia se împletesc în cel mai frumos tango argentinian. Cine te pune, drăguță, să-ți deschizi intimitățile în fața unui bărbat căsătorit? Aaaa, e atractiv, pare responsabil? Păi, ce dovadă de responsabilitate e asta? Ce fel de om responsabil și asumat ajunge în situația în care sare gardul ca ultimul infractor de drept comun? Halal asumare, ăsta da bărbat responsabil!

Își abandonează deciziile la orice oră pentru 15 minute de aventură coitală? Ei, bravos! Hotărât armăsar! Un adevărat exemplu civic, un adevărat perpetuator al speciei, un mascul alfa... un zeu al așternuturilor. Da, doamnelor și domnilor, amantlâcul este un cerc vicios în care nu există victime reale, ci doar decizii.

Pe de-o parte, există profitorul – adică „soțul" care încearcă –, el lansează „oferta"; iar pe de alta, există fie dudui care acceptă și profită de „ofertă", fie dudui care au niște așteptări complet nerealiste și cad în plasa profitorilor – ele fiind și naive, și proaste în același timp. Cu toate acestea, ele nu sunt victime, ci complici!

Așa cum am mai scris și în alte rânduri, un bărbat adevărat – căsătorit sau doar în relație – nu are nevoie de amante. El știe să-și respecte deciziile, știe să pună punct unei relații/căsnicii atunci când lucrurile nu mai pot fi aduse pe un curs funcțional.

Mesaj pentru bărbații care cred că femeile sunt curve

Mi s-a luat de tot de războiul ăsta penibil dintre bărbați și femei. Este toxic și inutil. Nu duce nicăieri. Eternul conflict iese la iveală în absolut orice discuție. Nu contează care e tema – totul începe cu două-trei emoticoane cu zâmbete și, încet-încet, migrează către deja somnolențele formulări – „voi sunteți de vină".

Chiar nu ne putem înțelege?

De unde atâta tensiune? De unde atâta balast? Uneori, stau și mă întreb cum Dumnezeu am ajuns în secolul 21 cu mentalitățile astea? Suntem însetați de gadgeturi, de noutăți tehnologice, comunicăm prin două-trei atingeri de ecran, avem televizoare inteligente, telefoane inteligente, ne putem conecta de oriunde de pe planetă! Însă noi chiar suntem inteligenți?

Păi, ce inteligență e aia, prietene, când spui că femeia are prea multe drepturi? Ce inteligență e aia când spui că femeile sunt curve? Te rog frumos, fă-i o vizită distinsei doamne mă-ta și spune-i așa – „Bună, mamă, am venit să-ți spun că ești cea mai mare curvă!"

Încearcă exercițiul ăsta și vezi ce se întâmplă. Sigur, în cazul tău este posibil chiar să îți urăști mama, ceea ce înseamnă că nu ar fi exclus să-ți fie confortabil să o faci curvă. Am senzația (de fapt, sunt sigur) că de acolo pleacă misoginismul tău crâncen – de la părinți.

Apropo, când îl vezi pe mândrul de tac-tu, dă-i o palmă din partea mea. O merită! Te-a educat complet greșit! În loc să crească un bărbat, un gentleman, a crescut un idiot plin de frustrări. Acum, că te-am scos din sărite și bărbăția ta se simte afectată, este momentul să-ți propun un alt exercițiu – ia imaginează-ți tu o lume fără femei!

O lume fără „curvele“ pe care le urăști, o lume fără „sclavele“ pe care vrei să le ții legate de calorifer. Cum ar fi viața ta? Ei? Te-ai duce la muncă fără niciun scop real, ai bea ca un bou, ți-ai plimba câinele, ai sta la bârfe cu ceilalți masculi și... te-ai bate aproape zilnic pentru supremație în lumea masculilor. Da, te-ai bate ca să ajungi un mascul alfa labagiu! LABAGIUL SUPREM! Ce altceva ai putea să faci? A... da, am uitat – ți-ai fute canapeaua! Sau ți-ai fute colegul de birou. Că, deh... doar este o lume fără femei, nu-i așa?

Acum, ia gândește-te bine – ești sigur că îți dorești o lume fără femei? Deschide ochii, prietene... o lume fără femei este o lume inutilă. Este o lume fără scop, o lume înghețată, supusă dispariției. Femeia nu este un dușman! Asta nu înseamnă că femeia este un obiect de care te poți folosi în voie! Ea nu este o pubelă în care să-ți arunci tu frustrările și sperma!

Ea are drepturi, iar principalul drept este acela de a spune NU! Femeia este o ființă care te poate completa DACĂ O LAȘI! De ce nu încerci să o cunoști? De ce nu încerci să renunți la frustrări? De ce nu vorbești cu ea?

Încearcă să o atingi, încearcă să o amușinezi, încearcă să-ți scufunzi capul între coapsele ei, bucură-te de zâmbetul ei, de pielea ei, de inteligența ei, de atingerile ei.

Femeia care este iubită este un Paradis! Bărbatul care urăște femeia este un Iad!

Ce alegi? Cum crezi că vei avea parte de fericire când tu vrei să închizi Paradisul între ziduri groase, când tu îi pui căluș la gură, când tu condamni acea piele fină la degradare prin neiubire? Gândește-te bine – ce vrei, de fapt? Să ajungi un mascul alfa labagiu sau un bărbat care trăiește în armonie lângă femeia lui?

Nu vezi că și-o cere?

„Mamă ce bună e aia... Parcă merge să faci câțiva ani de pușcărie pentru viol... hehehehe". Am auzit de foarte multe ori genul ăsta de reacție atunci când prin fața ochilor masculului încins a trecut o domniță cu hainele bine întinse pe trup.

Este este genul grobian care crede că dacă urlă după ea – „Auzi, fă, înghiți?", femeia își va ridica stima de sine până la Stația Spațială Internațională. În realitate, el este doar un bou needucat care ar vrea să fută și el ceva, iar ea invocă Divinitatea în încercarea de a se căra rapid din zonă.

Ieri citeam un articol pe Adevărul.ro despre hărțuirea stradală și mi-am dat seama că asta a rămas o problemă. Nu, nu dați vina pe muncitorii stradali! După ce am făcut un search în sertarul întâmplărilor de viață, mi-am dat seama că în cele mai multe cazuri nu boul e de vină, ci femeia!!! Evident, în viziunea boului.

„Păi, nu vezi, frate, că și-o cere? Nu vezi cum e îmbrăcată? Ca o bagaboantă? Păi, merită să fie violată, dă-o-n morții ei" – cam așa scuipă în rafală scuzele orice idiot lipsit de neuroni. El este un micuț violator, numai că Supraeul îl oprește într-o ultimă încercare de a-l menține pe linia de plutire.

Cu toate acestea, creierul lui ăla mic s-ar umple de fericire dacă ar afla că altcineva a „luat-o la p**ă pe târfă". Ba chiar ar face și galerie, dacă ar putea – „Bineee, coaieeee. Dă-i și pentru mine!" Interesant este altceva – atunci când „târfa" aia îmbrăcată sexy se află la brațul boului, ea devine „iubita mea". În acel moment, idiotul ar fi în stare să facă moarte de om dacă alți idioți ar îndrăzni să fluiere după „pissy" a lui. Și, uite așa, brusc, idiotul are principii!

Ce mișto migrează prostia în natură, superbă etalare a cocoșismului lipsit de maniere. Da, femeile sunt curve dacă nu și-o trag cu ei. Atunci când și-o trag cu ei, nu mai sunt curve, ci fete de treabă,

„pizde bune", palmares de calitate, aer proaspăt pentru plămânii idioților.

Din păcate, trăim vremuri în care manierele par să fie de domeniul S.F., vremuri în care idioții au senzația că dacă o femeie s-a îmbrăcat sexy, le lansează invitații la viol în grup. Idioții ar trebui să înțeleagă un lucru elementar - așa cum ei încearcă să facă impresie cu tricourile Polo cu guler ridicat, așa și femeile alea încearcă să facă impresie în locurile pe care le frecventează.

E simplu și nu are nicio legătură cu pornirile animalice. Ale sunt doar dovezi de lipsă crâncenă de educație.

Infidelitatea nu are legătură cu sexul, ci cu trădarea

„Infidelitatea nu are legătură cu sexul, ci cu trădarea" - este părerea unui profesor din Staten Island și tind să fiu de acord cu el. Când vine vorba despre înșelat, cei mai mulți oameni pun mare preț pe sex, chiar prea mare, aș spune. De fapt, nu sexul este cel care produce traume, ci trădarea - promisiunile care sunt încălcate și încrederea care este călcată în picioare.

Într-o lume în care pulsionalul (Se-ul) pare să câștige „bătălia" cu instanțele supreme ale psihicului (adică Eu și Supraeu), oamenii încep să-și pună din ce în ce mai mult problema renunțării la monogamie. Este exemplul clasic de negare – de oameni care spun „Am fost înșelat de nenumărate ori, nu mai vreau, prefer să am mai multe" – îl cunosc foarte bine.

Sunt de acord că trăim „vremuri grele", vremuri cu tentații la tot pasul, vremuri pline de organe dezgolite peste tot, vremuri în care oamenii cedează mult prea ușor... sunt de acord cu asta, așa cum sunt de acord cu acei oameni care nu pot funcționa fără variație sexuală.

Nu am o problemă cu asta. Fiecare este liber să aleagă cum vrea să fie, câtă vreme alegerea lui nu produce traume asupra unei terțe persoane. Aici intervine, de fapt, discuția despre infidelitate. Aici intervine discuția despre trădare. Una este să dorești – se întâmplă atât la bărbați, cât și la femei – și cu totul altceva este să-ți dorești să înșeli.

Există oameni care plasează fidelitatea în zona obligației, în zona religioasă, în zona constrângerilor. Acești oameni omit un aspect extrem de important – angajamentul pe care îl iei împreună cu partenerul/a.

Atunci când accepți să intri într-o relație, când vorbim despre căsnicie, lucrurile sunt și mai avansate – îți iei un angajament –, te angajezi să respecți persoana cu care intri în relație, te angajezi să nu-i transformi viața într-un coșmar.

Cele mai multe promisiuni și așteptări din cuplu au legătură cu fidelitatea sexuală. Sigur, am văzut o grămadă de oameni care condamnă această idee și este dreptul lor. Însă problema pe care o ridică profesorul american este altă - DACĂ NU VREI MONOGAMIE, DE CE O PROMIȚI?

Care este scopul pentru care intri într-o relație? Sexul fără dureri de cap? Minciuna? Trădarea? Care? Nu ți se pare că atunci când accepți să-ți iei un angajament și tu, de fapt, vrei să ți-o tragi cu cine apuci, ești un impostor?

Atunci când accepți o relație, trebuie să accepți că acea relație implică fidelitatea sexuală - exceptând, bineînțeles, relațiile în care partenerii stabilesc de la început că nu își doresc fidelitate -, ceea ce înseamnă că ești cumva obligat să îți respecți „termenii“ angajamentului.

Și asta nu ține de norme sociale sau religioase, ci de respectul și dragostea față de partener/ă. Un alt aspect extrem de important într-o relație este setul de „legi“ pe care cei doi îl stabilesc de la bun început. Este foarte important ca cei doi să-și expună explicit așteptările și promisiunile pe care sunt dispuși să le facă.

Lucrurile sunt extrem de simple – dacă ești nesigur, dacă nu crezi că partenerul/a se ridică la nivelul așteptărilor tale... nu îți lua vreun angajament. Pleacă! Nu pierde timpul. Nici pe al tău... nici pe al partenerei. Însă, dacă ți-ai luat angajamentul, atunci respectă-l! Și nu de dragul partenerei, ci mai ales de dragul tău.

De ce? Pentru că atunci când îți încalci angajamentul, nu îți trădezi doar partenera, ci te trădezi în primul rând pe tine. Așadar, infidelitatea nu are legătură în primul rând cu sexul, ci cu trădarea. Iar cea mai urâtă formă de trădare este trădarea de sine.

Poți să înșeli când iubești?

Poți să înșeli când iubești? Este o întrebare pe care am primit-o zilele trecute pe Facebook. Răspunsul meu a fost scurt și, zic eu, clar – NU! Nu poți să înșeli atunci când iubești. Și cred că tărie în lucrul ăsta.

După părerea mea, infidelitatea apare atunci când iubirea dispare. Infidelitatea și iubirea nu au cum să funcționeze împreună. Este imposibil! De altfel, fidelitatea este o mare problemă în această eră a tentațiilor la tot pasul. Ai senzația că dacă nu înșeli, nu exiști! Că dacă nu cedezi ispitelor, ești mai prost ca restul! Că dacă nu ești ascuns, că dacă nu minți, ești un soi de freak!

NU EȘTI!

Să o luăm pe rând – în perioada îndrăgostirii, este greu de crezut că poate apărea infidelitatea, din moment ce este perioada hormonală, perioada fluturilor care-ți iau mințile, perioada în care ea este zeița ta. În perioada hormonală o vezi doar pe EA! Ea este totul pentru tine, ea îți blochează respirația de fiecare dată când o vezi sau îi auzi vocea. Deci, din punctul meu de vedere, este exclus să calci strâmb în această perioadă.

Sigur, dacă doar mimezi dragostea – e posibil –, dar atunci ești doar un păcălici care se minte singur! Problema infidelității cred că se pune după stingerea perioadei pasionale, după perioada îndrăgostirii, atunci când hormonii se potolesc și cei doi încep să construiască iubirea. Aici cred că intervine infidelitatea. Aici intervine perioada de criză a dorinței care, așa cum frumos spunea cineva, de fapt, este o criză a imaginației.

Eu cred că iubirea este tânără! Fidelitatea, la fel! Să ne uităm puțin în urmă la căsătorii. Ele erau niște simple afaceri – se făceau din interese financiare –, iubirea nu era o condiție. În acest context, adulterul era ceva la ordinea zilei. Azi însă, totul s-a schimbat și oamenii se căsătoresc din dragoste. Or, în condițiile în care dragostea este principalul motiv al căsătoriilor, adulterul nu mai este posibil ca pe vremuri. Iar asta sperie!

Iubirea are trei componente extrem de importante – intimitatea, pasiunea și angajamentul. O iubire adevărată este cea care conține toate cele trei elemente. Iar dacă ele există, adulterul este imposibil.

Ce înseamnă oare intimitate? Sex cu lumina stinsă? Nici vorbă! Intimitatea este un cumul de sentimente ce promovează apropierea dintre oameni.

Iată zece particularități ale intimității:

1. Dorința de a contribui la bunăstarea persoanei iubite

2. Experiența fericirii alături de persoana iubită

3. Stimă față de persoana iubită

4. Siguranța de a putea conta pe celălalt la greu

5. Înțelegerea reciprocă

6. Împarți timpul, sentimentele, bunurile și pe tine cu celălalt

7. Primești suport emoțional de la persoana iubită

8. Acorzi suport emoțional celuilalt

9. Comunicare intimă

10. Aprecierea persoanei iubite

Aceste zece particularități ale intimității anulează ideea de înșelat. Atunci când înșeli, minți, păcălești, trădezi așteptările comune, trădezi așteptările celuilalt, încalci, practic, toate regulile pe care ai construit cuplul. Atunci când iubești și accepți să construiești o lume împreună cu persoana iubită, nu prea ai cum să înșeli. CÂND IUBEȘTI!

Și totuși, oamenii calcă strâmb! Au mari probleme cu menținerea fidelității în cuplu. Sigur, e greu să rămâi fidel, câtă vreme totul pare tentant în jur. E greu, mai ales dacă ești un om măcinat de fantezii nerezolvate, un om nesigur, un om care este ușor influențabil. Atunci e greu!

Dacă, în schimb, ești un om care a știut să-și dozeze timpul și alegerile astfel încât să cunoască plăcerea, să-și rezolve fanteziile și să obțină și mult „râzvnitul" palmares, atunci fidelitatea chiar nu reprezintă o problemă. Atunci realizezi că în momentul în care ai ales să trăiești alături de o persoană, le-ai refuzat în același timp pe toate celelalte.

Aici cred că e marea dilemă a multora – și femei, și bărbați – NESIGURANȚA! Mulți vor să aleagă să trăiască alături de o singură persoană, dar, în același timp, vor să mai guste și din alții. Dragii mei, ar cam trebui să vă hotărâți. Iubirea este sau nu – ea nu se administrează cu picătura!

Ce bărbat e ăla care nu are amante? Un bărbat care se respectă!

Să ai o amantă nu este ceva complicat – ai nevoie de timp liber, bani și de puțină organizare. În ziua de azi, când toată lumea pare că și-o trage cu toată lumea (pe șestache), nu amantlâcul este marea provocare a vieții, nu palmaresul... Nu, astea sunt destul ușor de obținut.

În ziua de azi, marea provocare este FIDELITATEA! Fidelitatea este un subiect care generează discuții interminabile printre bărbați. Femeile, chiar dacă au ajuns să înșele aproape cot la cot cu bărbații, încă o mai invocă, încă o mai așteaptă.

În zona bărbaților însă, foarte mulți nici măcar nu o mai iau în calcul, preferând probabil o viață duplicitară și, de ce nu, dulcele confort al variației. „Ce fel de bărbat e ăla care nu are amante?" – se întreba, ieri, un bărbat pe blog. Răspunsul – din punctul meu de vedere – este simplu: UN BĂRBAT CARE SE RESPECTĂ!

Și mai ales un bărbat care își respectă alegerile și propriul sistem de valori. Așa cum bine scria o cititoare acum câteva zile într-un comment, nu poți alege o viață duală și să aștepți înțelegere și respect din partea persoanei pe care o înșeli. Asta denotă o imaturitate crâncenă. Din punctul meu de vedere, oamenii care călca strâmb nu mint doar persoana lângă care au ales să trăiască, ci se mint, în primul rând, pe ei înșiși.

Ca să nu spun că își mint și amanta. Iată ce „frumos" triunghi al minciunii, al păcălelii, triunghi din care bărbatul este aparent fericit, cel puțin la nivel coital. Oare doar la asta se rezumă fericirea? La păcăleală, la minciună? Din punctul meu de vedere, dualitatea nu este un semn de putere masculină, ci un semn de lașitate, de lipsă de asumare, de lipsă de înțelegere a lucrurilor.

Unde este acel gentleman? Acel bărbat cu comportări alese, ireproșabile, cu caracter distins? A fost pus la pământ de pulsiunile sexuale primare? A fost sugrumat de instincte? Gata? Am ajuns atât de speriați de traiul în doi, încât am ajuns să ne construim vieți paralele, invocând societatea în care trăim? Ne temem atât de tare de plictis, încât nu mai credem că o singură persoană ne poate completa perfect?

Dacă este așa, de ce ne mai chinuim să intrăm în relații? Doar ca să ne atingem scopul – obținerea sexului moca? Mi se pare penibil, sincer... La asta se rezumă totul? La palmares? Sigur, nu sunt genul de bărbat care crede orbește în ideea că orice relație ține la nesfârșit. Departe de mine asta, însă nici nu sunt genul care pleacă la drum cu ideea falimentară cum că orice relație este supusă eșecului.

Nu am cum să fiu atât de laș, atât de fricos, încât să refuz din start orice implicare, orice angajament, orice încercare de construcție. Și nici nu cred că orice relație se stinge după trei-patru ani. Dacă ar fi așa, planeta ar fi populată de oameni singuri și hormonați, fericiți de viața lor pur sexuală, lipsită de orice aspect spiritual.

Am văzut destui bărbați care spun că ajung să aibă amante deoarece acasă nu mai au „ce trebuie". O scuză cât se poate de subțire. Păi, dragii mei, v-ați întrebat măcar o secundă care a fost aportul vostru la situația la care s-a ajuns în căminul conjugal? Ce vă împiedică să puneți punct? Ce vă împiedică să renunțați la relația care nu merge și apoi să vă vedeți liniștiți de palmares în calitate de bărbați liberi?

Un bărbat asumat își rezolvă problemele de palmares în perioadele de burlăcie, de singurătate. Sunt perioadele în care se antrenează pentru următoarele provocări ale vieții, pentru următoarele angajamente. Eu așa văd lucrurile. Atunci când ești liber, poți să ai și cinci femei pe zi dacă ești suficient de descurcăreț. Nu ai de dat socoteală în fața nimănui, așa că poți face ce vrei.

DE CE ÎȚI PLACE SĂ MINȚI? DE CE ÎȚI PLACE SĂ TE MINȚI?

Crezi că ești mai interesant? Crezi că ești un model? Ghici ce – nu ești!! „Ce fel de bărbat e ăla care nu are amantă?" – UN BĂRBAT CARE SE RESPECTĂ. Iar mie îmi place să mă respect. Te oftici?

Ce tip de infidelitate este mai rău?

Ce tip de infidelitate este mai rău – cel sexual sau cel emoțional? Este o întrebare pe care mi-a adresat-o cineva acum ceva timp. Am uitat de ea, am uitat să scriu despre asta, însă rezultatele unui sondaj mi-au ridicat mingea la fileu. Așa cum mă așteptam, bărbații și femeile răspund diferit la această întrebare.

Cercetătorii de la Universitatea din Kansas au ajuns la concluzia că bărbații se simt afectați de infidelitatea sexuală a femeilor lor, în timp ce femeile se simt afectate de infidelitatea emoțională a bărbaţilor. Rezultatele acestui studiu întăresc ideea potrivit căreia bărbaţii pun mai mult accent pe sex, iar femeile pe sentimente. Şi totuşi, să fie oare totul atât de radical? Să fie totul doar alb şi negru?

Eu nu cred că poţi să spui că un anumit tip de infidelitate este mai rău decât celălalt. Infidelitatea este infidelitate, nu cred că se poate pune problema unui rău mai mic. Sigur, există mulţi bărbaţi care pot spune că au înşelat, deşi încă îşi iubesc femeile. Anumiţi autori – cum ar fi Allan Pease – ar spune că este firesc, pentru că bărbaţii pot delimita sexul de sentimente, lucru pe care femeile nu-l pot face. Oare? Tot studiile arată că şi femeile reuşesc cu brio acest lucru.

După părerea mea, atunci când iubeşti cu adevărat, nu ai motive să înşeli. Cum să înşeli când eşti fericit? Mi se pare o tâmpenie! Mi se pare imposibl. Drept urmare, eu cred că atunci când femeia sau bărbatul calcă strâmb, lucrurile nu scârţâie doar la nivel sexual, ci la toate capitolele. După părerea mea, atunci când un bărbat sau o femeie calcă pe lângă, există suficiente motive ca relaţia lor să fie considerată încheiată.

Este doar o chestiune de timp ca şi ei să accepte acest lucru. Eu nu am auzit vreodată un bărbat spunând – „Iubita mea iubeşte un alt bărbat. Câtă vreme nu și-o trage cu el, e okay", însă am auzit femei spunând „Bărbatul meu și-o trage și cu altele, dar pe mine mă iubește, iar pentru mine este suficient".

Din păcate, există destule femei care se mulțumesc cu ideea bărbatului care se întoarce la ele după ce a poposit prin târg. Însă, stau și le întreb – sunteți fericite? Vi se pare asta o viață normală? Așa arată iubirea?

Eu nu cred că putem spune ce tip de infidelitate este mai rău, indiferent că vorbim aici despre femei sau despre bărbați. Infidelitatea semnalează un dezechilibru, deci apariția unor fisuri în relație. Ea nu apare pe fondul fericirii în cuplu, ci pe fondul nemulțumirilor. Infidelitatea nu este un accident, ci o alegere!

Iar atunci când faci această alegere, chiar dacă în sinea ta speri să nu se afle, în mintea ta înflorește următorul gând – „Așa, și? Oricum relația nu mai mergea".

Cum să alegi una, când tu le vrei pe toate?

Ați încercat vreodată să îi spuneți unui copil să aleagă o singură prăjitură dintr-un raft întreg? Este o experiență interesantă. Alegerea lui este complicată, deruta este totală! Și, în cele mai multe cazuri, se lasă cu nemulțumiri sau lacrimi. Acum, să facem același experiment cu un bărbat dominat de ego. Încercați să-l puneți să aleagă o singură femeie dintr-un grup de 50. Fac pariu că reacția lui ar fi similară cu cea a copilului și că bărbatul ar încerca cumva să trișeze.

De ce am folosit termenul de bărbat dominat de ego? Simplu – într-o discuție purtată cu cineva la textul cu „Ipocrizia masculină" –, am stabilit (nu trebuie să fiți de acord) că ego-ul este cel care îl apropie pe bărbat mai mult de animal decât de bărbatul spiritual. Acum să ne ocupăm puțin de bărbatul spiritual – ce este el? Păi, spiritual înseamnă „sufletesc, intelectual, inteligent, ager, dotat cu umor". Așa scrie la DEX. Pe acest bărbat spiritual l-aș numi „bărbat nou", cel care s-a desprins de masculul patriarhal și care a descoperit că are și o latură feminină, pe care și-o explorează (și nu, nu devine gay).

El este bărbatul la care mă refeream atunci când am scris că bărbații inteligenți nu au nevoie de amante. Acest bărbat spiritual, deci evoluat, este departe de animal, de instinct și, cel puțin asta e părerea mea, știe să prețuiască valori precum cinstea, onoarea, corectitudinea și respectul.

Drept urmare, atunci când îl pui să aleagă o femeie dintr-un grup de 50, bărbatul spiritual o va face fără prea mari probleme, pentru că nu mai este dominat de ego și știe exact ce își dorește în acel moment. El știe că alegerea înseamnă în același timp și un refuz – alege o femeie și le blochează pe celelalte –, însă își asumă acest lucru conștient fiind de avantajele alegerii făcute.

Asta nu înseamnă că bărbatul spiritual este un bou dependent, sau un bărbat care acceptă să fie vârât sub papuc. Nu, nici vorbă. Evoluat fiind, cunoscându-se bine, el știe exact ce își dorește de la o relație, iar dacă femeia pe care o alege îi atacă sistemul de valori, nu va ezita să părăsească relația – bineînțeles după ce se va asigura că nu mai este nimic de făcut.

Cred că în această zonă masculină putem invoca termeni ca gentleman sau onoare. Pentru a fi gentleman, adică un „Bărbat cu comportări alese, ireproșabile, cu caracter distins", ai nevoie de un anumit nivel de dezvoltare personală pe care nu oricine dorește să-l obțină. Așa cum există bărbați care bâjbâie, bărbați care nu stăpânesc prea bine termeni precum cinste, onoare, respect etc... așa există bărbați care aleg să se dezvolte, să se cunoască, să ajungă la nivelul bărbatului spiritual, la nivelul bărbatului „pe nou".

Până acum, când am scris despre alegere, fidelitate și respect, au existat mulți care m-au acuzat de generalizări, de lipsa nuanțărilor. Iată că acum am nuanțat, am descris exact „taberele". Da, bărbații pot fi comparați cu acel copil pus să aleagă în fața galantarului plin cu prăjituri – în funcție de nivelul lor de dezvoltare, pot alege una din 50 sau să plângă în hohote pentru că nu au șansa de a le gusta pe toate.

La câte femei sunt, e păcat să le-o tragă alții

În era consumerismului, fidelitatea este un concept pentru proști. Ba chiar un concept abstract, aș spune, dacă iau în calcul reacțiile oamenilor (și mai ales reacțiile bărbaților) la textul – „Bărbații inteligenți nu au nevoie de amante". Sincer, nu mă așteptam la asemenea reacții. Unii au spus că ai nevoie de o femeie ideală pentru a nu călca strâmb, alții au spus că poligamia este în natura umană, alții au mers pe ideea bărbatului vânător; unii m-au trimis la curve ca să văd ce pierd dacă aleg o singură femeie, alții mi-au aruncat o întrebare superioară – „Cum faci față când vine una cu măsuri 90-60-90 în fața ta?"...

Pe scurt, nimeni nu mai pare să creadă în fidelitate. Într-un fel are sens, dacă ne gândim că trăim în era consumului și, practic, epuizăm rapid totul, inclusiv partenerii. În ziua de azi nu mai ești cool dacă nu ai două-trei amante, dacă nu îți permiți să le „hrănești", nu mai ești cool dacă ești fidel, dacă îți respecți propriile alegeri.

Nu, în ziua de azi ești un adevărat bărbat dacă ai un palmares considerabil, dacă ai o agendă full, de la A la Z, de femei „marcate". În ziua de azi ești nimeni fără cantitate! Întrebarea este – CE AI FĂCUT PÂNĂ AZI? Și ar mai fi o întrebare – de când calitatea vine din cantitate? Sigur, atunci când scriu despre fidelitate și văd reacțiile bărbaților, mă simt ca un costum uzat, ca un costum vintage. Mă simt demodat.

Și poate că sunt, însă, cu scuzele de rigoare, pentru masculii care nu-și pot stăpâni pornirile sexuale, le voi spune că eu (deci este părerea mea) merg pe calitate și nu pe palmares. Am avut timp berechet până la 39 de ani să rezolv problema palmaresului și problema fetish-urilor.

Și, că tot am ajuns la fetish-uri – CINE SPUNE CĂ ALĂTURI DE FEMEIA PE CARE O ALEGI NU POȚI AVEA FANTEZII?

A mai fost un aspect care i-a derutat și indignat în același timp pe unii bărbați – faptul că am folosit termenul de BĂRBAT INTELIGENT asociat cu inteligența emoțională. Mi s-a dat definiția științifică a inteligenței emoționale. Nu la aia mă refeream, ci la bărbatul care a ajuns la o vârstă la care își poate conștientiza prioritățile în viață, un bărbat care știe de ce alege o femeie și își respectă angajamentul luat.

Apropo, domnilor – MAI EXISTĂ ONOARE? Adică, potrivit DEX-ului, „Bărbat cu integritate morală, probitate, corectitudine, demnitate, cinste"? Mai există sau ne-au luat hormonii mințile complet? Mai există gentleman? Adică acel „bărbat cu comportări alese, ireproșabile, cu caracter distins"? Sau revenim cu grație la statutul de primate purtătoare de erecții?

Nu sunt vreun model social, nu sunt vreun bărbat perfect sau vreun sfătuitor, însă refuz să cred că fidelitatea este un soi de roman al lui Asimov, refuz să mă las condus de tentații, eliminând complet rațiunea, refuz să alerg după un palmares care nu mă ajută la nimic. Chiar nu mă ghidez pe ideea că „dacă tot sunt atâtea femei, e păcat să le f**ă alții".

Sunt genul de bărbat care vrea calitate, sunt genul de bărbat care își respectă propriile alegeri și care nu își bate joc de ele la prima fluturare de 90-60-90 prin fața ochilor lui. Cine întreabă „oare cum pot rezista?" înseamnă că nu a avut niciodată parte de 90-60-90. Altfel nu ar pune o asemenea întrebare.

Atunci când aleg să îmi respect angajamentul luat, nu intervine nicio problemă religioasă, nicio constrângere socială... nimic. Intervine propriul meu set de valori, pe care îl respect cu sfințenie.

Sunt de acord că relațiile se pot destrăma foarte ușor în vremurile actuale. Asta nu înseamnă că trebuie să fiu infidel doar pentru că există multe relații care nu țin. Okay, poate că relațiile se destramă, poate că oamenii se despart din ce în ce mai repede.

Setul meu de valori este însă extrem de puternic. Ăsta nu se destramă. Și știți de ce? Pentru că dacă s-ar întâmpla una ca asta, aș începe să mă cațăr prin copaci ca o maimuță...

Bărbații inteligenți nu au nevoie de amante

Bărbații inteligenți nu au nevoie de amante. Bărbații inteligenți își aleg femei inteligente, iar dacă, printr-un complex de împrejurări, fac o alegere greșită, știu să pună punct și apoi să meargă mai departe. Din punct de vedere emoțional, mi-e greu să spun că știu câți bărbați inteligenți există. Nu știu dacă a măsurat vreodată cineva asta. De ce? Pentru că inteligența emoțională vine cu vârsta sau, din păcate, în unele cazuri nu vine deloc.

Nu cred că poți da dovadă de inteligență emoțională reală sub vârstă de 30 de ani. Până pe la

25 de ani, creierul țău încă se formează. Pentru a ajunge la acea inteligență emoțională la care mă refer, trebuie să acumulezi experiență de viață, trebuie să treci și peste primăveri, și peste ierni ale relațiilor, iar aici nu mă refer la acele iubiri adolescentine, ci la iubiri ce implică angajament, responsabilități.

Nu te poți considera inteligent emoțional peste noapte. Asta se capătă în timp, cu lecții de viață uneori extrem de dure și cu efort constant și susținut. Eu cred că amantele apar doar în viețile bărbaților care nu au atins acea inteligență emoțională. Ei încă sunt ambivalenți, împărțiți, nehotărâți.

Bărbații inteligenți din punct de vedere emoțional nu au nevoie de amante. Ei aleg asumat, iar atunci când aleg, elimină orice idee de ispită, orice tentație carnală. Și nu, ei nu refuză amantele pentru a nu-și răni partenerele. Nu, ei refuză amantele pentru a nu se răni pe ei, pentru că se respectă pe ei, își respectă decizia, respectă angajamentul luat.

Bărbații inteligenți înțeleg că iubirea înseamnă intimitate, pasiune și angajament. Ei știu că le poți avea și separat, dar știu că atunci și iubirea va fi pe bucăți. Iubirea adevărată le cuprinde pe toate trei, iar bărbații inteligenți știu asta. Atunci când un bărbat inteligent alege o femeie, o alege pe ea și atât! El blochează total tentațiile. Femeia de lângă nu are un rol hotărâtor în acest context – ea este aleasa și atât.

Hotărâtoare este alegerea lui! El alege să fie implicat 100% într-un proiect alături de femeia pe care a ales-o! El este consecvent și asumat cu propria alegere! Asta e motivul pentru care spun că bărbații inteligenți nu au motive să calce strâmb. Și-ar înșela propriile alegeri, ceea ce este extrem de dureros pentru un bărbat.

Bărbații care calcă strâmb sunt bărbații aflați încă în primăvara dezvoltării inteligenței emoționale – iar asta, din păcate, nu prea ține cont de vârstă. Ei încă nu și-au definitivat drumul către statutul de bărbat inteligent. Încă sunt pe panta greșelii, încă sunt nehotărâți, încă nu știu ce înseamnă implicare și angajament.

Încă sunt dominați de instinct. Nu îi condamn, chiar deloc, pentru că și eu am trecut pe acolo. Sper însă din tot sufletul ca din ce în ce mai mulți bărbați să ajungă la stadiul de bărbați inteligenți, adică bărbați asumați, care își respectă propriile alegeri. Doar atunci femeile vor fi cu adevărat fericite.

Până atunci, ele vor continua să creadă că toți bărbații calcă strâmb, ceea ce este complet fals!

Toți bărbații calcă strâmb

„Toți bărbații calcă strâmb, e doar o chestiune de timp!" Mă mâhnește acest gen de gândire feminină. Femeia care gândește așa nu așteaptă nimic bun. Mai mult, așteaptă tot ce e mai rău. Atunci când spui că „toți bărbații calcă strâmb", fugi din start de implicare. E clar că te aștepți de la bun început ca lucrurile să nu funcționeze și ca bărbatul lângă care ai ales să stai o bună perioadă de timp să te înșele.

Mi se pare nasoală mentalitatea asta. Este falimentară din start și este antirelație. La ce bun să îți mai dorești o relație dacă gândești așa? La ce bun să-ți mai dorești angajament și fidelitate când pleci din start cu acest balast legat de gât? Practic, pleci la drum cu frică, cu resemnare. Și atunci, ce poți să construiești? Are vreun sens să încerci măcar să construiești ceva? La ce bun efortul?

Mi se pare o condamnare la moarte a oricărei idei de relație încă dinainte să se formeze. Din păcate, cred că sunt foarte multe femei care gândesc așa (posibil și bărbați), foarte multe femei care-și autosabotează șansele de a fi fericite.

Femei, probabil, rănite la un moment dat, femei care nu vor ezita să facă ele primul pas, mergând pe ideea că și așa bărbatul le va înșela. Aici nu sunt de acord! Eu nu cred că toți bărbații calcă strâmb. Chiar nu cred. Așa cum nu mai pot băga mână în foc pentru nicio femeie. Comportamentele sexuale s-au schimbat enorm în ultima vreme și cred că ar trebui să ne regândim puțin rolurile.

Un bărbat care știe ce vrea, un bărbat care își cunoaște bine masculinitatea nu are absolut nicio problemă cu monogamia. Pentru el, monogamia și fidelitatea sunt alegeri asumate. El este genul de bărbat care, atunci când alege o femeie, renunță la toate celelalte. Totul este asumat!! Sigur, nu știu câți bărbați trăiesc așa, cum nu știu câți bărbați se sucesc pe parcurs.

Din punctul meu de vedere, cred că există destui bărbați care aleg o femeie cu gândul de a-și petrece toată viața lângă ea. Dacă mergem în continuare pe ideea că bărbații sunt niște vânători neobosiți, chiar nu ajungem nicăieri.

În prezent, relațiile au ajuns să dureze din ce în ce mai puțin. În tot acest timp, oamenii sunt din ce în ce mai frustrați, mai suferinzi, mai panicați, mai nevrotici. Nu credeți că cele două zone au legătură? Eu cred că au o foarte mare legătură!!

Plecând de la ideea că bărbații oricum vor înșela, femeile nu mai vor să construiască nimic! Cred că aici este cheia! La femei! Ele sunt cele care trebuie să-și schimbe puțin optica. Nu generalizez, nu spun că toate cred că bărbații calcă strâmb oricum, însă, din păcate, am cunoscut foarte multe care gândesc așa.

Eu, ca bărbat, vă spun așa – atunci când aleg o femeie, aleg să o respect!! Dacă vreau sex, pot avea parte la liber fără niciun fel de problemă. Atunci când aleg să intru într-o relație, aleg acea femeie, ceea ce înseamnă că le refuz pe toate celelalte. Iar atunci când lucrurile nu mai funcționează, pun punct, după care fac ce vreau, pentru că îmi permit, fiind singur și fără angajamente.

Sper din tot sufletul să fie mai mulți bărbați care gândesc așa. Altfel, mi-e teamă că lucrurile nu vor sta foarte roz în următorii ani.

Tot pe tine te iubesc

„Tot pe tine te iubesc" este cea mai nasoală replică pe care o spun bărbații după ce au călcat strâmb. Culmea este că în unele cazuri chiar funcționează!

Ba, mai mult, replica asta generează un comportament cât se poate de toxic – „Ce mai contează ce face, câtă vreme se întoarce la mine?" Când ajungi să spui asta... ești supusă complet! (nu o dați pe aia cu femeia care-și cunoaște interesul, nu ține) În plus, atunci când un bărbat spune „tot pe tine te iubesc" – nu este obligatoriu să mintă! Nu, el poate să spună adevărul! Chiar este posibil să-și iubească nevasta sau iubita. Depinde însă cum se raportează el la iubire și, bineînțeles, cât este ea dispusă să înghită. Din păcate, iubirea și ambivalența nu prea pot să conviețuiască armonios.

Și totuși, există destule femei care înghit acest „tot pe tine te iubesc". Interesant este că „tot pe tine te iubesc" vine la pachet și cu alte scuze: „eram beat" sau „nu a însemnat nimic". Să le luăm pe rând – „eram beat".

Așa, și? Ce ar trebui să facă ea? Să te mângâie pe creștet că nu ai fost în stare să ți-o ții în pantaloni? Îmi place scuza asta – de parcă Bachus îți dă automat dezlegare la sex :))

Fac pariu că la următoarea delegație sau team building, distinsa doamnă va dormi liniștită. Doar ai promis că nu mai faci, nu-i așa? :)) „Nu a însemnat nimic" – cum adică nu a însemnat nimic? Păi, dacă nu a însemnat nimic... de ce ți-ai mai bătut capul? (sau de ce ai lăsat-o pe aia să-ți bată capul?) :))

Asta este o replică lipsită de orice brumă de logică. Nu există „nu a însemnat nimic" după ce ai făcut sex. Ba da, a însemnat: văzut, plăcut... avut (că să nu spun futut). A însemnat o grămadă de lucruri! Inclusiv o ruptură de contract cu doamna căreia ai ajuns să-i spui „tot pe tine te iubesc". Așa că e greșit să spui că nu a însemnat nimic. În multe cazuri a însemnat totul!

Atunci când calci strâmb, decizi să faci asta. Am mai spus-o – nu este un accident! Nu te-ai împiedicat și ai căzut în altă femeie :)) Nu ai fost luat cu japca – ăla se numește viol!

Și nu, chiar nu există „nu am putut să mă abțin" – ești om sau animal? Nu ai vrut să te abții!

Amuzante mai sunt căile infidelității! Sigur, fiecare este liber să aleagă cum vrea să-și trăiască viața. Însă atunci când accepți asemenea scuze, ultimul lucru pe care ar trebui să-l faci este să-ți plângi de milă. Așa cum el alege să te înșele, și tu alegi să te lași înșelată! Totul tine de opțiunea fiecăruia.

Regretele sunt inutile după ce înșeli

Regretele sunt inutile după ce înșeli, iar cei care au făcut-o știu bine la ce mă refer. Doar un robot poate rămâne impasibil în asemenea momente. Atunci când înșeli, conștiința ta o ia razna. Și asta nu se întâmplă din cauză că ai dansat cazacioc pe așteptările partenerei, ci pentru că ți-ai bătut joc de propriile decizii. Iar acest lucru se aplică și la femei, și la bărbați. După părerea mea, atunci când înșeli, te înșeli în primul rând pe tine. Tu ești cel care nu este în stare să-și țină o promisiune, să-și ia un angajament. Persoana de lângă tine nu are nicio vină - ea nici măcar nu e prezentă atunci când se întâmplă.

Ea nici măcar nu ia în calcul varianta unei surprize atât de nașpa pe care o poate primi din partea ta. Aseară am citit un articol cu titlul „Ce nu îți spune partenerul atunci când este infidel"?

Cele șapte lucruri erau următoarele:

1. A sperat că nu vei afla

2. Vrea să crezi că nu a dorit ca lucrurile să scape de sub control

3. Nu-i vine să creadă că a făcut asta

4. Este jenat de toată suferința pe care ți-a produs-o

5. Ar vrea să treci peste

6. Nu știe ce să spună atunci când vrei să-l ierți

7. Se știe prins cu mâța-n sac și nu știe cum să se apere

Ei bine, eu cred că multe dintre lucrurile astea chiar se spun atunci când infidelitatea iese la suprafață. Însă toate aceste lucruri sunt inutile, sunt doar niște cuvinte aruncate în vânt - faptul a fost consumat! Regretele de după nu pot acoperi siguranța de dinainte! Nu au cum!

Ce e aia nu am vrut ca lucrurile să scape de sub control? Bineînțeles că ai vrut – ai luat o decizie; altfel înseamnă că ai fost violat. Cum adică nu îți vine să crezi că ai înșelat? Ba sigur că îți vine! Doar nu ești retardat!

Ești jenat? Hm, interesant, păi, puteai evita foarte ușor toată povestea – nu trebuia decât să ți-o ții în pantaloni. Vrei ca partenera să treacă peste? Tu ai trece? Cu ce preț?

Iar lista poate continua. Am mai spus-o și o repet – fidelitatea nu este o religie, nu este o impunere socială sau un trend, fidelitatea este o opțiune personală. TU alegi să te respecți pe TINE și prin ricoșeu reușești să-l respecți și pe celălalt.

Câtă vreme nu reușești să te respecți, este aproape imposibil să-l respecți pe celălalt. Atunci când o persoană ajunge să se respecte... regretele dispar din peisaj. Dar astea sunt niște chestiuni pe care le conștientizezi cam târziu, atunci când înaintezi în vârstă și mai ales când acumulezi o vastă experiență de viață.

"Femeile sunt un adevărat
teatru de război.
Minte vs vagin – ăsta e războiul-intestin
care le macină din ce în ce mai mult."

IV. FEMEIA E CA VINUL

Femeile nu vor să fie iubite

Este un titlu exagerat! Este un titlu care anulează însăși construcția feminină. Și totuși, nu sunt sigur că mai putem vorbi despre „construcția feminină clasică" - adică acea persoană care nu poate funcționa fără iubire.

Eu cred că lucrurile s-au mai schimbat între timp și, mai mult, că unele femei chiar nu vor să fie iubite. Unele nu vor, iar altele nu pot fi iubite. Poate sună paradoxal... însă cred că are sens.

Nu am încredere în femeile care-și țipă nevoia de iubire pe net. În multe cazuri am senzația că este un moft sau, mai rău, un mod prin care castratoarele își caută următoarea țintă pentru răzbunare.

Din păcate, băieții buni plătesc pentru relele pe care le fac adormiții. Or, în aceste condiții, cum poți agăța un băiat bun?

Trimițând semnale de disponibilitate, prezentând o imagine de femeie frumoasă și dornică de a primi și oferi iubire.

Băiatul bun devine interesat, neștiind că tu disimulezi ca la Hollywod și, din momentul în care l-ai prins, îți poți pune în aplicare planul de distrugere.

Sincer, nu am întâlnit până acum vreo femeie care să se prezinte așa – „Sunt o zgripțuroaică însetată de răzbunare, am sufletul rece și vreau să te nenorocesc!“

Ar fi prea simplu, nu-i așa?

Mai există anumite femei care se folosesc de iubire pentru a da bine în lume. Pentru ele, iubirea este un soi de fard, un polish de imagine, acea vrăjeală supremă care le face să pară prințese, speciale, unice, nemaiîntâlnite.

Pentru ele, iubirea este un subiect frumos, este o idee de automarketare pe piața libidinală și nimeni nu le poate contrazice câtă vreme nu există o definiție clară a iubirii.

Ele sunt femeile-troc, femeile care funcționează pe principiul „dai-dau“. Dacă luăm în calcul faptul că iubirea oferă și nu cere, atunci distinsele doamne nu prea cunosc proprietatea termenilor pe care îi folosesc.

Ei bine, ajungem și la femeile care, din păcate, au fost private de iubire în copilărie. Sunt femeile care au fost abuzate la vârste fragede – fizic sau verbal.

Nu are sens să vorbesc aici despre violența conjugală – cifrele sunt îngrijorătoare – însă, în mod cert, și atunci când vorbim despre iubire trebuie să luăm în calcul contextul dezvoltării umane.

Iar dacă o persoană a fost crescută în violență, mi-e greu să cred că va fi capabilă să ofere ceva ce nu cunoaște. În aceste cazuri, iubirea trebuie învățată, iar procesul este greu și lung.

Iată deci o plajă extrem de largă de femei, o plajă suficient de largă și variată, o plajă umană care elimină cumva construcția originală, cea a femeilor care nu pot funcționa fără iubire.

Acum să ajungem și la femeia care poate oferi și primi iubire. Ea se iubește în primul rând pe sine. Aici este cheia! Ea este femeia echilibrată, radiantă, femeia care zâmbește mult, femeia înțelegătoare, cea care nu judecă, ci privește lucrurile cu compasiune.

Femeia care se iubește pe sine este împăcată și asumată, deci nu are nevoie să-și țipe nevoia de iubire.

Chiar dacă nevoia de a fi iubită există, această femeie nu are așteptări. Ea știe că acea iubire de care are nevoie va veni la momentul oportun.

Și vine! În cele mai multe cazuri vine, chiar dacă până atunci s-au adunat grămezi de situații conflictuale, experiențe urâte, suferințe etc...

Dacă inima ar avea rațiune, multe dintre alegerile greșite pe care le facem în viață ar putea fi evitate.

Acesta este tipul de femeie care îți poate oferi iubire, este acel tip de femeie cu care poți rezona. Trebuie doar să te așezi pe aceeași lungime de undă cu ea. Nu râdeți, așa e.

Trebuie să o chemi în viața ta, trebuie să o faci să vină spre tine și mai ales să-i înțelegi mesajele atunci când apare.

Când o găsești, viața ta se schimbă complet. Toate suferințele dispar, iar speranța renaște. Alături de o asemenea femeie, dispar clișeele, etichetările și frustrările.

Indiferent cât ține o relație cu o asemenea femeie, alături de ea ești câștigat – în primul rând pentru că realizezi că acest tip de femeie există și în al doilea rând pentru că simți, în sfârșit, ce înseamnă acea iubire așezată, fără așteptări nerealiste, acea iubire matură.

„Suflet pereche" sau doar mesager, este tipul de femeie care te ajută să mergi mai departe, pentru o bucată de timp sau pentru totdeauna.

Ar fi bine să mă credeți – nu vorbesc din cărți. Acest gen de femeie există și apare atunci când ești pregătit, atunci când îți dai seama ce vrei de fapt.

Același lucru este valabil și pentru femei. De aceea vă sfătuiesc să nu disperați, acea persoană există, este acolo, trebuie doar să învățați să o chemați.

Încercați și veți vedea ce înseamnă. Sentimentele de vină și victimizările nu vă ajută la nimic.

Încercați să vă schimbați optica și veți vedea că și șansele voastre se vor schimba. În viață contează enorm ce fel de semnale transmiți.

Or, câtă vreme te victimizezi, nu vei atrage niciodată spre tine persoane iubitoare, echilibrate, mature, ci tot victime.

Așa că gândiți-vă bine – ce vă doriți? Să fiți iubite sau să rămâneți victimele propriilor gânduri?

Femeile mișto au aventuri, restul au entorse

Femeile mișto au aventuri! Au aventuri cu soții sau iubiții lor! Restul se plictisesc și fac entorse, sărind gardul la nesfârșit, speriate până la atac de panică de amenințarea rutinei.

Femeia mișto nu se plictisește în cuplu! De ce? Pentru că știe să-și aleagă un bărbat mișto. Femeia mișto nu își alege un bărbat care vrea să se așeze. Ce sens are să-ți alegi un partener care și-a tras deja toate gloanțele? Chiar vrei să rămâi o țintă curată?

Femeia mișto este vie, inteligentă, jucăușă, iubitoare... inventivă și asumată. Ea nu lasă rutina să se instaleze, ci o previne – ea previne, nu tratează. Femeia mișto este cel mai bun „medic" de familie.

Ea este conștientă de propria ambivalență și știe că iubirea nu e suficientă pentru a menține vie o relație.

Femeia mișto știe să se joace, știe să provoace, știe să mențină ridicat nivelul dorinței în cuplu. Ea nu știe ce înseamnă plictis. Având lângă ea un bărbat mişto, femeia mişto are parte de suficiente momente ale ei şi se poate dezvolta în voie, fără să se simtă vreo secundă sufocată, schimbată sau manipulată.

Femeia mişto nu e o vârstă, nu e o categorie, ci o stare de spirit. Femeia mişto ştie că viaţa înseamnă şi iubire, şi sex, e conştientă de faptul că iubire fără sex = frustrare, şi atunci echilibrează cu grijă talerele balanţei propriei vieţi.

Femeia mişto are o simplitate de care te îndrăgosteşti pe loc. Femeia mişto nu împodobeşte iubirea ca pe un brad de Crăciun, ea nu-şi coafează stările şi nu-şi teatralizează existenţa.

Asta este şi motivul pentru care femeia mişto este vizibilă oriunde s-ar afla. Şi asta nu pentru că poartă ştiu eu ce haine din vreo colecţie exclusivistă (nu asta înseamnă mişto), ci pentru că ştie să se poarte pe ea, ştie să fie, să existe, şi asta e suficient pentru a fi remarcată de ceilalţi (mai ales de bărbaţii mişto).

Într-un ocean de femei în uniformă, de femei care cred că mişto înseamnă strident, exagerat sau opulent, femeia mişto iese în evidenţă imediat. Ea nu este femeia ideală şi nici perfectă, ea este doar femeia care se simte bine cu ea.

Nu se încadrează în vreun tipar anume de frumuseţe fizică, însă în mod cert este locul 1 în topul frumuseţii atitudinilor. Femeia mişto este şi mamă, şi metresă, şi iubită, şi prietenă – este cel mai bun chimist al vieţii de cuplu. Femeia mişto va avea întotdeauna glezne fine și curate, îngrijite cu mângâieri și sărutări.

Ea va avea întotdeauna aventuri... cu soții sau iubiții ei. Celelalte se vor plânge mereu de dureri de glezne de la atâtea entorse.

Femeile au fantezii, proștii le reprimă

Femeile au fantezii, iar bărbații le reprimă! Mă rog, nu toți bărbații, ci doar ăia needucați, înguști și proști. Chiar aveți senzația că vorba „Proști, dar mulți" vine de nicăieri? Bărbații, cu a lor superioritate stupidă, le-au obligat pe femei de-a lungul anilor să-și reprime fanteziile, să le ascundă, să le închidă în temnița gândurilor. La ăștia cred că se referă vorba aia.

Și, uite așa, femeia a primit norme de moralitate fără să fie întrebată dacă și le dorește, femeia s-a transformat într-o măicuță semifrigidă, dar curată, lipsită de orice păcat al instinctului. Ce urât! Ce pârjol, ce pierdere uriașă! Nu cu mult timp în urmă, citeam un studiu care spunea că femeile se tem mai mult de etichetare decât de moarte. M-am înfiorat. Ce povară cumplită au pus proștii pe umerii acestor superbe făpturi! La ce cazne au fost puse sufletele lor! Și asta pentru ce? Pentru niște idioți care vor să pară puternici?

Păi, aşa eşti puternic, mârlanule? Întemniţând viaţa de lângă tine? Dă-i libertate de acţiune, boule, dacă vrei să ai parte de un nufăr înflorit. Sau eşti atât de mândru şi masochist încât preferi ca femeia să aibă spini? Femeile au fantezii, fantezii frumoase și jur că nu avem niciun drept să le interzicem să le pună în practică. Ba chiar ar trebui să ne bucurăm alături de ele de aceste călătorii erotice. Acum să ne oprim o clipă și să ne gândim – de câte ori ați reușit să intrați în tărâmul fanteziilor partenerelor voastre? Având în vedere faptul că femeile vorbesc cu greu despre fanteziile lor – deși sunt sigur că mai toate s-au întrebat „cum ar fi dacă?" după ce au văzut „Eyes Wide Shut", am dat un search pe Google ca să văd care ar fi cele mai comune fantezii ale frumoaselor noastre.

La rezultate au ieșit așa:

- Dominare – ea pe el/el pe ea
- Role play – jocuri pe roluri
- Sex cu un străin
- Sex în trei cu încă o femeie
- Sex cu două femei
- Sex în trei cu doi bărbați
- Voyeurism
- Viol
- Exhibiționism
- Private dancer

Și lista cred că poate continua sau se poate restrânge de la caz la caz. Ce păcat că fanteziile femeilor au devenit ceva tabu din cauza proștilor care s-au grăbit mereu să le pună ștampile, mascându-și astfel propria impotență sexuală și intelectuală. Ce păcat că le obligăm prin comportamentul nostru să fie ascunse, mincinoase și complice.

Eu cred că ar trebui să învățăm să le apreciem fanteziile și, mai mult, să le facem să se simtă confortabil alături de noi, astfel încât să-și împlinească fanteziile alături de noi. Ideea de cuplu implică explorarea vieții în toate laturile ei. Drept urmare, e firesc ca atunci când formezi un cuplu să te transformi într-un explorator al fanteziilor celuilalt. Ce poate fi mai frumos în viața sexuală decât descoperirea și punerea în practică a fanteziilor comune?

Războiul rece al femeilor – minte vs vagin

Femeile sunt un adevărat teatru de război. Minte vs vagin – ăsta e războiul-intestin care le macină din ce în ce mai mult. Mintea este cea care apelează mereu la precepte morale, este cea care impune condiții; în timp ce vaginul încă este în căutarea unor modalități de protest. Azi am scris că penisul este cel mai bun prieten al bărbatului și cineva – o prietenă – mi-a atras atenția că la femei este invers.

„Adică vaginul este dușmanul femeii?" – m-am întrebat eu în gând. Hm, într-un fel, am realizat că s-ar putea ca prietena mea de pe Facebook să aibă dreptate. La bărbat, lucrurile stau simplu: mintea este cea care alege condițiile de lucru pentru penis. Dacă îi oferă condiții de lux, penisul îi este recunoscător pe veci. Dacă îl bagă în hazna, atunci e posibil ca și el să tușească pe ici-colo.

La femei însă, mintea nu impune condiții de lucru pentru vagin, ci restricții! Iar vaginul trebuie să se supună fără comentarii. Între minte și vagin nu există fairplay și nici prietenie, ci invidie, rivalitate, ba chiar ură uneori (vezi mințile care impun ani de zile de abstinență). La femei, vaginul spune – „Arată bine individul... îl vreau". Iar mintea va spune – „Ești o proastă. Cum să gândești așa? Vrei să creadă că ești o curvă? Ce ai? Ești obsedată? Chiar nu poți fără?"

Mi-am dat seama că femeile nu numai că se urăsc între ele, însă rivalitatea lor merge atât de departe încât poate ajunge la propriul vagin. O, da, știu că aveți prietene, însă, cu iertare vă spun, sunteți prietene până când intrați în competiție pentru bărbați. Atunci s-a zis cu marea voastră prietenie. Chiar cred că femeile pot fi prietene doar în condițiile în care nu există ceva sexual în peisaj. Altfel... e nenorocire.

La un moment dat s-a făcut un studiu interesant. Într-o clasă plină cu studente au intrat pe rând două femei – una era îmbrăcată normal, iar cealaltă era îmbrăcată sexy. Cercetătorii au măsurat reacțiile studentelor – femeia îmbrăcată normal nu a stârnit nicio reacție, însă cealaltă a fost imediat catalogată ca fiind o curvă care vrea să și-o tragă cu profesorul. Funny, nu? Femeile duc un război rece pe mai multe fronturi – atât între ele, cât și cu propriul vagin.

Și atunci stau și vă întreb – de ce nu puteți să vă prețuiți vaginul așa cum facem noi cu penisul? De ce nu vă puteți armoniza? De ce nu puteți să ajungeți la un punct comun și vă impuneți embargouri? V-ați gândit vreodată că femeile care au reușit să obțină un echilibru între minte și vagin nu sunt nici pe departe „curve", ci femei care au înțeles?

Nu îi spune să râdă, fă-o să râdă!

Zilele trecute am auzit fără să vreau o discuție între doi bărbați. Unul, după toate semnalmentele căsătorit (avea vizibile urme de praf în comportament), i se plângea celuilalt de faptul că femeia lui este prea serioasă. „Frate, nu știu ce să mă fac, asta a mea nu râde nici să dai cu tunul. Ce s-o fi întâmplat? Că la început nu era așa!" – spunea el oarecum îngrijorat.

„Bă, ai grijă că s-ar putea să aibă pe altcineva" – i-a răspuns celălalt ca un „foarte bun prieten". „Cât de simplu se aruncă pisica peste gard" – mi-am zis în gând. Țin minte că, la un moment dat, pe vremea când aveam multe kilograme în plus, am decis să mă apuc de sport. Pur și simplu, nu mă mai suportam. Care a fost reacția în târg? „Dragă, ai grijă că ăsta are o amantă". Să tot ai asemenea prieteni, nu? :)) Nu m-am băgat în discuția celor doi, nu era treaba mea și, în general, e bine să-ți vezi de drum în asemenea cazuri, însă i-aș fi spus îngrijoratului așa – „Te-ai gândit măcar o secundă de ce femeia ta nu mai râde? Te-ai gândit măcar o secundă ce aport ai tu la starea asta de fapt? Ai discutat cu ea? Ai ascultat-o? O femeie încetează să mai râdă atunci când este roasă de gânduri, de probleme".

Dar nu, el a preferat să întrebe un prieten, iar prietenul i-a băgat mortul în casă. După părerea mea, atunci când femeia nu mai râde, ar cam fi cazul să începi să te gândești să-ți faci bagajul. Pentru că dacă tu nu mai ești în stare să-i aduci zâmbetul pe buze, cu siguranță se va ocupa altcineva de acest aspect.

Deși nu toate femeile ies la alergat pe străzi sau merg la sală, ele adoră să râdă, pentru că știu că râsul este un soi de maraton pentru suflet, este sănătate curată pentru grădina lor interioară. O femeie care râde este ca un curcubeu, este deschisă, vie, ochii îi sunt jucăuși, lucitori – au o lumină aparte în ei –, buzele se transformă în niște petale de trandafir proaspăt udate de roua dimineții, iar dinții ei arată că niște piscuri superbe de munte, impecabil ninse. O femeie care râde este un univers de care nu te mai saturi.

Cum să nu te bucuri de un asemenea tablou? Cum să nu iei în calcul un aspect atât de important? O femeie care nu mai râde este ca un trandafir lăsat să se ofilească în glastră. O femeie care nu mai râde este o ființă ternă, deloc plăcută, o ființă respingătoare, care emană energii negative, o ființă care stă să plângă din orice, așteptându-și verdictul - depresie.

Cum să spui că-ți iubești femeia, iar ea să nu aibă zâmbetul pe buze? Mi se pare imposibil. Zâmbetul este un rezultat al bucuriei, al fericirii, iar bucuria și fericirea sunt parte din iubire. Întreabă orice femeie ce calități și-ar dori de la bărbatul ei și îți garantez că în cele mai multe cazuri - ca să nu spun în toate - ea va menționa inteligența și simțul umorului.

Cele care nu menționează aceste calități și pun pe primul plan resursele sau aspectul fizic vor cu totul altceva, mai puțin iubire. Ele vor, cel mai probabil, statut, confort material și cam atât. Nu cred că există o femeie pe lumea asta care refuză să râdă. Drept urmare, i-aș spune oricărui bărbat un lucru extrem de simplu -„Stimabile, nu îi spune să râdă... fă-o să râdă! O femeie fericită este o femeie care râde cu poftă!"

Femeia e ca vinul

Bărbatul e ca vinul - cu cât trec anii, cu atât este mai bun. Și nu o spun eu, ci multe femei. Da, poate că la 40 de ani bărbatul nu mai este armăsarul de la 20, însă, cu siguranță, are mari șanse să fie mai rafinat, mai atent, mai pasional, mai înțelept în arta amorului. Cu condiția să fi fost soi bun de la început. Nu orice vin devine mai bun cu timpul. Poșirca e poșircă și acum, și peste zece ani. Din păcate, când vine vorba despre femei, foarte mulți bărbați le scot la pensie pe cele care bat pragul de 40 de ani. Bizar, nu vi se pare?

Mai ales că se spune că apetitul sexual al femeilor crește cu vârsta :)) În viziunea multor bărbați, femeia este bună cam până pe la 35 de ani. După aia începe să se ofilească. Ce concepție penibilă – ce soartă tristă pentru atâtea și atâtea femei. Mi se pare un chin să trăiești cu această ghilotină deasupra capului – ghilotina timpului. Femeia încă copilărește până pe la 25-26 de ani – ca să nu spun 30, încă nu știe cum e treaba cu pielea pe care o poartă.

Și totuși, de la 20 la 30 de ani, ea este obligată să devină femeie. Obligată de prejudecățile anumitor bărbați. Altfel se va ofili fără să apuce să devină femeie. Din păcate, această mentalitate face ravagii – dacă te plimbi printre blocuri și arunci o privire în parcurile pentru copii, vei realiza că ele arată ca niște cimitire – sunt pline de fete care au devenit femei, fiind forțate de împrejurări, de prejudecăți.

Sunt un bărbat care atinge în curând pragul de 40 de ani. Se prea poate să fiu atipic, însă chiar nu mă interesează fetele de 20. Pentru că asta sunt – fete. Sunt necoapte, fragile, nesigure... sunt încă începătoare. Sunt de acord cu Charlize Theron când spune că o întreagă lume a frumuseții s-a construit într-un mod cel puțin ironic în jurul fetelor de 20 de ani.

„Este ironic faptul că am construit lumea frumuseții în jurul fetelor de 20 de ani. Sunt fete care nu știu ce e aia înțelepciune, habar nu au ce este viața, nu cunosc greutățile vieții, nu știu să-și poarte propria piele și nu se simt încrezătoare în propriile forțe" - a spus Charlize Theron pentru „Women"s Wear Daily".

Frumoasa actriță crede că faptul că femeile sunt tratate ca niște flori ofilite când ajung la 40 de ani este o greșeală uriașă. „E ca și cum ne-am ofili din nu știu ce motiv. Iar bărbații sunt ca vinul - cu cât îmbătrânesc, cu atât devin mai buni. Este o interpretare complet eronată. Este o oportunitate ratată, pentru că, la 40 de ani, femeile se află în adevăratul lor moment de senzualitate" - a mai spus Charlize Theron.

Sunt de acord cu ea - nu doar bărbații sunt ca vinul, ci și femeile. Ce poate fi mai frumos decât o femeie încrezătoare, o femeie care își poartă cu capul sus propria piele, o femeie experimentată și înțeleaptă? S-ar putea să-i supăr pe mulți, însă aș alege oricând o femeie descrisă mai sus în locul uneia de 20 de ani, care este agitată, nesigură, fragilă, necoaptă, neexperimentată. Așa sunt eu - pur și simplu, cred că și femeile sunt ca vinul -, cu cât trec anii, cu atât devin mai bune.

Cu condiția să fi fost de soi de la bun început...

Nu cred în femeile singure, divorțate și mișto

Nu cred în femeile singure, divorțate și mișto! Nu cred și punct! Și o spun în calitate de bărbat divorțat! Până să ajungi mișto, ai nevoie de muuuultă muncă. Să nu cumva să crezi că dacă ai divorțat... gata... peste noapte ești mișto. Pe dracu'! Nu ești! Te temi de te caci pe tine, nu vrei să mai auzi de relații, nu mai crezi în nimeni și nimic și te închizi în tine... te transformi într-o fortăreață cu ziduri groase.

Am fost acolo și știu perfect ce înseamnă asta. Am devenit mișto (sper) – și încă mai lucrez la asta – cu terapie de lungă durată. Ce... credeți că divorțul e o joacă? Cmon... nu vă mai mințiți singuri. Nu e! Divorțul lasă urme adânci, urme care se vindecă în timp. Ăsta e motivul pentru care nu cred în femeile singure, divorțate și mișto. Și mai ales în femeile singure, divorțate și mișto care se plâng că s-a epuizat stocul de bărbați și au ajuns acasă cu mâna goală.

Să mă ierte Petronela Rotar, dar alea numai femei mișto nu sunt. Mai mult – ia priviți ce-și dorește o femeie „mișto" după ce trece de pragul de 30 de ani – „bărbați superbi, inteligenți, manierați, rezolvați psihic, gladiatori în pat și liberi". What? De fapt, ele își doresc să fie singure. De ce? Pentru că este aproape imposibil să găsești toate lucrurile astea într-o singură persoană.

Și, uite așa, ajungem la femeile depresive care-și plâng de milă fără să-și dea seama că așteptările lor sunt nerealiste. Ca să nu mai vorbim despre eternul clișeu cu „Toți bărbații mișto sunt luați". Toți... toți? Sunteți sigure? Okay, am înțeles, bărbații 30+ care sunt liberi au probleme, sunt nașpa, suferă cu muci după fostele sau sunt niște curvari... sau stau cu părinți etc... dar vă întreb – femeile alea mișto, divorțate și singure oare cum sunt?

Nu cumva fix la fel? Dacă ar fi mișto cu adevărat, nu ar spune niciodată că bărbații s-au terminat. Nu, nu ar spune niciodată asta. De ce? Pentru că ar reuși să-i vadă pe bărbații care li se potrivesc. Pe ăia liberi și imperfecți... exact ca ele. Așa, fiind semidepresive... nu văd decât ce e nașpa – așa se întâmplă când privești viața de după ziduri.

Și aici apar bărbații „puțin însurați", ăia care nu și-o mai trag cu nevestele lor de secole, ăia care caută câte o femeie „singură, divorțată și misto" adică o naivă crâncenă, dispusă să pună botul la eterna vrăjeală cu „de fapt, eu nu o mai iubesc pe soția mea și mă gândesc să o părăsesc pentru tine".

Dacă pui botul la o asemenea gogomănie, ești proastă cu P mare. Draga mea Petronela, nu mi-o lua în nume de rău, dar dacă prietenele tale „singure, divorțate și misto" atrag doar acest gen de bărbați și se mai și îndrăgostesc de ei, atunci e clar că nu sunt tocmai okay. Nu te obligă nimeni să primești între coapse un astfel de specimen. Tu alegi să faci asta și ar fi bine să înțelegi de la bun început că dacă te legi la cap cu un bărbat „puțin însurat"... s-ar putea să existe consecințe deloc plăcute pentru tine.

Prostia și naivitatea se plătesc întotdeauna. Iar dacă ai ajuns la 30+ și nu ai învățat măcar atât de la viață... atunci ți-o cam meriți. Da, sunt de acord cu tine când spui că nu crezi în bărbații însurați. Ai dreptate. Nici eu nu cred în femeile singure, divorțate și mișto!

Tu ești sigură că le cunoști?

De ce se îmbracă femeile în negru?

De multe ori am stat și mi-am pus această întrebare – de ce se îmbracă femeile în negru? O primă explicație am auzit-o la Horațiu Mălăele – „Pentru că bărbații sunt morți după ele" :)) Hm, doliu! Interesant... Și, uite așa, toată istoria asta cu femeile îmbrăcate în negru se întinde de la doliu și până la senzualitate, într-un dans uneori bizar.

De ce poartă femeile negru? Sunt femei, sunt florile noastre... nu ar trebui să poarte culori? Mai multe culori? Nope! Se pare că ideea „little black dress" li s-a tatuat pe creier și e greu să o mai scoți de acolo. Ăsta e și motivul pentru care te simți ca la un priveghi atunci când intri în club. În loc să vezi o explozie de culori, ai senzația că a murit cineva și că toată lumea jelește pe ritmuri în vogă.

De ce poartă femeile negru?

Iată câteva explicații:

1. Este comod

Când porți negru, nu prea dai greș. Vrei să nu-ți bați capul prea tare cu vestimentația? Pune negru din cap până în picioare. Eventual, sparge-l cu o bluză albă - așa vei avea mari șanse să arăți ca o ospătăriță fancy. În plus, nu înțeleg cum poți asorta fericirea la o culoare de parastas?

2. Doliul 1

Femeile poartă negru pentru că țin doliu după femeile care ar fi putut să fie.

3. Doliul 2

Femeile poartă negru pentru că țin doliu după bărbații pe care i-ar fi putut avea.

4. Doliul 3

Femeile poartă negru pentru că țin doliu după bărbații pe care îi au :)) Ăsta e și motivul pentru care au din ce în ce mai des confesiuni cu frigiderul.

5. Doliul 4

Femeile poartă negru pentru că bărbații sunt morți după ele. Are dreptate Horațiu Mălăele, însă și asta tot o formă de doliu este.

6. Se simt bine în pielea lor

Femeile poartă negru pentru că se simt bine în pielea lor. Atât de bine, încât simt nevoia să mascheze orice imperfecțiune, măcar preventiv :))

7. Nu se simt bine în pielea lor

Femeile poartă negru pentru că nu se simt bine în pielea lor. În acest context, e de înțeles de ce vor să mascheze ce pot scoate la sală și prin dietă. Uneori, culoarea neagră este mai tare ca orice dietă.

8. Pentru că negrul chiar este sexy

Închei cu acest motiv, pentru că nu cred că este principalul motiv pentru care femeile poartă negru. Lenjeria neagră, costumele de culoare neagră, latexul negru sunt extrem de sexy, însă doar dacă sunt dublate de o atitudine sexy. Da, femeile cu atitudine pot fi extrem de sexy în haine de culoare neagră.

Sincer, mie mi-ar plăcea ca femeile să poarte mai multe culori și asta nu doar vara. Doamnelor, domnișoarelor... vă rog frumos... nu ne răpiți negrul, este al nostru! Măcar noi recunoaștem că nu avem imaginație.

Femeile nu sunt niciodată pregătite

Femeia trebuie: să știe să ordoneze treburile casei (dacă o trezești din somn să poată să-ți răspundă în maximum 3 secunde unde ți-a pus chiloții și șosetele), să se gândească în fiecare zi la un meniu care să îmbrățișeze papilele gustative ale bărbatului, trebuie să fie sexy și pe tocuri și în pijamaua cu văcuțe, trebuie să fie gingașă ca Audrey Hepburn și provocatoare ca Sharon Stone, deschisă ca o floare de nufăr, să miroasă extraordinar chiar și după ce a prăjit ceva în bucătărie, iar în pat trebuie să se miște ca cea mai tare divă porno.

Ce dacă bărbatul nu îi spune ce-i place, dacă e femeie adevărată, ea trebuie să știe, să simtă, să intuiască! Femeia trebuie să aibă un job decent, trebuie să fie tot timpul elegantă, manierată, să nu își mintă bărbatul și să nu care cumva să-i treacă prin cap să îl înșele. Ea trebuie să aibă un suflet uriaș, să poată fi capabilă să ofere iubire și grijă, fără să uite să aibă grijă zilnic de forma feselor ei, eventual în timpul orelor de somn :))

Femeia trebuie să fie doamnă în societate, bucătăreasă iscusită și curvă în pat. Și toate astea pentru un individ care vine de la muncă, râgâie, bea bere, se bese și se uită la meciuri, un individ care-i poate dărâma în orice secundă feminitatea. Hey, stop, nu săriți - sigur că nu toți bărbații sunt așa! Însă există și acești bărbați... Acum, să revenim puțin cu picioarele pe pământ - ca și în cazul bărbatului, nici femeia nu este niciodată pregătită.

Să zicem că la bucătărie a stat pe lângă distansa ei mamă și a „furat“ niște meserie, cu manierele să zicem că s-a documentat, dar la capitolul curvă în pat? Acolo unde s-a pregătit? Ca să nu mai spun că nu poți să le ceri tuturor femeilor să aibă atitudine, să fie provocatoare; unora nu le iese treaba asta oricât ar încerca.

Ele sunt, pur și simplu, așa cum sunt - imperfecte, mai mult sau mai puțin frumoase, mai mult sau mai puțin atractive și mai mult sau mai puțin deștepte. Cât despre sex, aici trebuie să admitem că este o loterie – dacă ești bărbat, chiar trebuie să te rogi să ai o mână bună! Acum câteva luni am scris textul – „Bărbații nu sunt niciodată pregătiți". Și atunci, și acum două zile, când l-am repostat, au existat femei care mi-au comentat așa – „Și femeile crezi că sunt pregătite? Eu nu sunt". Am apreciat sinceritatea lor! Sunt femei care merită toate felicitările. Altele au preferat să râdă oarecum superior la textul cu pricina.

Să nu îmi spună mie careva că s-a născut pregătită să aibă o relație de lungă durată. Asta se învață în timp, se învață după mai multe naufragii și, din păcate, se învață după mai multe traume. Și, uite așa, până să ajungă să fie pregătită să aibă o viață alături de un bărbat, femeia se poate trezi mistuită de otrăvuri și temeri, se poate trezi complet dezechilibrată.

Nu a pregătit-o nimeni pentru vânătăi pe suflet. În anumite cazuri, aceste vânătăi s-au instalat poate prea devreme, în alte cazuri putem vorbi despre răni în serial. Oare câte femei pot spune „Eu am fost fericită, nu am avut niciodată suferințe?"

Oricât ar încerca unele femei să spună că sunt puternice (nu contest că unele nu ar fi), ele nu au fost pregătite pentru șocurile vieții. Nici bărbații nu au fost! Nu e simplu să intri într-o relație alături de un bărbat. O relație înseamnă o construcție dificilă, o construcție ce necesită efort zilnic. În tot acest timp, ambii parteneri trebuie să-și cultive dorința și, așa cum se știe, dorința intră de multe ori în conflict cu anumite componente ale iubirii.

Spre deosebire de bărbați, care și-ar dori să facă slalom printre femei, fără să dea socoteală pentru asta, femeile funcționează ușor diferit – chiar dacă studiile arată o modificare la nivelul comportamentului sexual feminin. În principiu, femeia are nevoie de afecțiune, nu se leagă la cap just for fun (deși și aici e de discutat).

Din păcate, nu multe sunt femeile care pot să renunțe la temeri atunci când își găsesc un partener dornic să pună umărul la construirea unei relații. Multe femei, tocmai din cauza propriilor temeri, nu apreciază faptul că au fost alese și încep să controleze, să încerce să schimbe sau să cicălească, distrugând orice viitor al relației.

Femeia, ca și bărbatul, nu cred că este pregătită să-și întemeieze o familie. Sigur, la nivel declarativ, poate spune că este însă în realitate, nimeni nu știe ce înseamnă asta până când nu trăiește ceea ce înseamnă o familie. Și, așa cum arată studiile, se pare că nu oricine este pregătit pentru asta, se pare că nu oricine este capabil să tolereze iubirea.

Da, știu, sună mișto să te îndrăgostești, să te muți cu el, să te căsătorești, să faci un copil, însă stau și întreb – a pregătit-o cineva pe femeie pentru depresia postnatală, pentru momentele alea când nu se mai simte frumoasă? I-a explicat cineva vreodată că apariția unui copil poate distruge pasiunea din cuplu? Mă îndoiesc. Nici femeia și nici bărbatul nu sunt pregătiți pentru momentele astea. Abia după ce le trăiesc, abia după ce le depășesc – împreună sau separat – îți pot spune cum a fost.

Dar asta este și partea frumoasă a vieții, te lasă să te dai cu capul de pereți, te lasă să alegi cum va fi, te lasă să-ți construiești drumul, iar dacă la această construcție acceptă să participe ambii parteneri, ea știe să-ți arate lumina. Pentru a fi pregătită pentru drumul întortocheat al vieții, femeia trebuie întâi să-și accepte și să-și asume propriile dorințe. De acolo pleacă totul, din interior!

O femeie care nu știe ce vrea își va găsi cu greu un partener care să o poată mulțumi. O femeie cu un suflet agitat va putea cu greu să trăiască lângă o altă persoană. Pentru a putea înfrunta situațiile de viață ce se ivesc pe acest drum în doi, femeia trebuie să aibă sufletul liniștit, trebuie să fie asumată și să fie capabilă să-l accepte pe celălalt și cu bune, și cu rele.

Care este cel mai mare dușman al femeii?

Bărbatul nu este cel mai mare dușman al femeilor! Nu, asta e doar o scuză simplistă. Bărbatul nu îi poate face nimic unei femei fără acordul acesteia, iar atunci când acest lucru se întâmplă, se numește abuz și se pedepsește. Nu, bărbatul nu este cel mai mare dușman al femeii. Ba, mai mult, el poate fi cel mai bun prieten al ei, dacă este lăsat.

Nici timpul nu este cel mai mare dușman al femeilor, chiar dacă nu ezită să-și lase amprenta pe trupul lor. Asta nu înseamnă că femeia se urâțește automat odată cu trecerea anilor. Am văzut o grămadă de femei care și-au păstrat frumusețea de-a lungul anilor, deci se poate. Bărbatul și timpul nu sunt dușmanii femeii. Cel mai mare dușman al femeii este OGLINDA!

Oglinda nu minte niciodată! Un bărbat îți mai poate spune că fundul tău nu este lăsat sau că nu ți se văd „cojile de portocală de pe coapse", însă oglinda ți le va arăta cu un cinism ieșit din comun. Oglinda nu știe să mintă! Ea te arată fix așa cum ești! În fața ei nu ai cum să te mai minți! Degeaba încerci să o ștergi, degeaba o implori; ea nu se lasă și îți spune adevărul.

Ei bine, se pare că femeile au o problemă cu oglinzile, fapt reliefat de un studiu realizat de Dove, studiu pe care l-am găsit pe blogul Cristinei Bazavan. Rezultatele acestui studiu efectuat în 12 țări arată îngrijorător.

Vreți niște cifre?

Iată:

– *Nouă din zece femei se simt incomod când se privesc în oglindă.*

– *Una din cinci femei recunoaște că nu a fost niciodată mulțumită de ceea ce a văzut în oglindă.*

– *Șase din zece femei aleg un atribut fizic negativ pentru a descrie cum se percep când se privesc în oglindă: „prea grasă" (30%) și „neatrăgătoare" (19%).*

Cum s-ar traduce cifrele astea? Simplu – cele mai multe femei nu se simt deloc bine în pielea lor! Cele mai multe femei au un nivel extrem de scăzut al stimei de sine. Mergând pe acest raționament – vă mai miră că atât de multe femei așteaptă ca bărbații să le ridice stima de sine?

Și totuși, femeile dau dovadă de masochism. Altfel nu înțeleg de ce se uită în oglindă 50 de minute pe zi? 50 de minute în care vezi că ești imperfectă, 50 de minute în care-ți faci rău? Asta e masochism curat!

Doamnelor, vă rog frumos să încetați cu prostiile astea. Oglinda nu are cum să vă facă rău. Este doar o sticlă care reflectă imagini. Asta sunteți voi pentru ea – O IMAGINE! Ea doar își face datoria!

Restul ține de percepția voastră. Nu oglinda este cel mai mare dușman al vostru, CI VOI ÎNȘIVĂ! Răspunsul oglinzii depinde de voi, imaginea proiectată în oglindă nu aparține oglinzii, ci vouă! Nimeni nu poate schimba asta, ci doar VOI!

Așa că încercați să nu vă mai mințiți, încercați să nu mai căutați perfecțiunea, încercați să vă împăcați cu voi înșivă; să vă fiți prietene și atunci veți vedea că va dispărea și dușmanul din oglindă.

Cum puteți face asta? Simplu – începeți întâi printr-un zâmbet. Încercați, chiar nu doare!

Ce mă enervează la femei?

Ador femeile! V-am zis asta? Ştiu, unele spun că sunt misogin şi că am ceva cu ele, însă sunt aici să destup minţi, nu să coafez traume. Ador femeile, însă trebuie să recunosc - unele mă scot din sărite! Şi asta se întâmplă din cauza unor construcţii mentale de care nu vor să scape şi care răspândesc otravă în jur.

În era în care se vorbeşte excesiv de mult despre iubire şi fericire, există destule femei care-şi sabotează dreptul la iubire şi fericire prin nişte mentalităţi discutabile. Ce păcat că există atâtea femei care fac drame din orice nimic. Ce păcat că există atâtea femei care-şi refuză plăcerile vieţii, preferând să se acopere de o ruşine penibilă. Chiar nu înţeleg de ce nu realizează că nimeni nu este vinovat pentru starea lor?

Sunt lucruri pe care nu le pot ignora, lucruri care deranjează, lucruri ce nu fac altceva decât să alimenteze aberantul conflict dintre sexe.

Iată câteva lucruri care mă deranjează la femei:

* Nu îşi construiesc propriul drum şi împrumută modele care nu le prind de nicio culoare. Din punctul meu de vedere, o femeie care şi-a construit propria personalitate – cu imperfecţiunile de rigoare – este mult mai atractivă decât o preţioasă falsă.

* Cred că iubirea înseamnă suferinţă şi acceptă orice, fără să-şi dea seama cât de rău îşi fac printr-o astfel de mentalitate. Nu, iubirea nu înseamnă

suferință, așa că învățați să spuneți nu. Cu cât adunați mai multe traume, cu atât mai greu va fi să găsiți ceea ce vă doriți.

* Nu merg la psiholog și preferă să se „trateze" singure de depresie. Mai mult, unele preferă să se mintă singure că sunt bine, când se vede din satelit că sunt puternic dezechilibrate.

* Se vaită prea mult, preferând confortul nefericirii. Veste proastă, doamnelor – nimeni nu este obligat să vă facă fericite. Voi sunteți cele care trebuie să vă ocupați de acest lucru.

* Desexualizează iubirea – în drumul către iubirea absolută, multe femei desexualizează iubirea. Am auzit multe femei spunând – „eu nu fac niciodată sex, ci doar dragoste pură". Okay, cât mai aveți de gând să vă acoperiți de rușine? Iubirea are și o latură sexuală importantă, pe care este inutil să o negați. Nu vă ajută la nimic! Sexul nu este ceva urât, așa că încetați cu prostiile. Iubirea are nevoie de timp de construcție. Până atunci, ce faceți?

* Își stabilesc obiective nerealiste, în loc să rămână cu picioarele pe pământ și să-și seteze obiective realizabile, ele îmbracă un taior de prețiozitate și așteaptă imposibilul, după care se întreabă cu ce au greșit sau de ce sunt nefericite?

* Dau vina pe bărbați pentru toate suferințele lor – asta este un aspect extrem de interesant. Sigur, e ușor să arunci vina pe celălalt și mai greu să te uiți în oglindă la propriile greșeli. Femeile care s-au obișnuit să dea vina pe bărbați trebuie să înțeleagă

un lucru elementar - ele i-au ales pe bărbații ăia, deci alegerea le aparține. Întrebarea pe care trebuie să și-o pună este - de ce am ales așa? Răspunsurile pot fi interesante...

* Acceptă mentalități învechite și refuză să evolueze - cunosc destule femei care par citite, dar care, în interior, sunt trăite de mentalități „bătrânești". Una dintre ele sună cam așa - „bărbații calcă strâmb oricum". Când ai o mentalitate din 1930 în 2014, să nu te întrebi prea mult de ce ești singură...

* Nu înțeleg că ceasul nostru bate altfel - ceasul biologic al bărbatului bate altfel. El nu are data-limită la care trebuie să facă copii. Femeile au! Din păcate, unele devin disperate și pun presiuni ce pot ruina orice idee de construcție de cuplu.

* Înțeleg greșit ideea de feminism - și au senzația că feminism înseamnă o luptă împotriva bărbaților. Fals! Trăim niște vremuri în care din ce în ce mai mulți bărbați înțeleg mai bine decât femeile noțiunea de feminism, din păcate.

* Se cred independente și greșesc - unele vor să aibă copii fără participarea unei părți masculine, fără să-și dea seama ce toxică poate fi o asemenea alegere pentru un copil. Un copil care va crește fără partea masculină va avea o dezvoltare incompletă. Nu transformați copiii într-un moft!

* Asociază iubirea cu gelozia, controlul și posesivitatea - ceea ce este complet greșit. Niciunui bărbat nu îi convine să fie ținut în lesă. Iar cine

crede că gelozia face parte din iubire greşeşte profund şi se poate aştepta oricând la consecinţe directe. Decât o femeie posesivă, mai bine libertate...

* Au senzaţia că e normal să îl schimbi pe celălalt – extrem de multe femei sunt crescute în ideea că e bine să-l schimbi pe celălalt. Dacă nu se vor trezi, vor ajunge nişte simple crescătoare de pisici.

* Cred că dacă admiri alte femei nu le iubeşti pe ele – complet fals. Sunt două lucruri care nu au nicio legătură. Şi acum, să fim serioşi – şi ele se uită după bărbaţi chipeşi, doar că au senzaţia că noi nu ne prindem.

* Cred că bărbatul nu simte când ele calcă strâmb – greşit, doamnelor –, dar noi simţim. Aşa că încercaţi să nu ne luaţi de proşti.

Sunt doar câteva lucruri care mă enervează la femei, câteva lucruri pe care aş vrea să nu le mai văd în viaţa de zi cu zi. Da, aşa cum unii bărbaţi au învăţat să se dezvolte, să renunţe la anumite convingeri înguste, rigide, greşite, depăşite, aşa şi unele femei ar trebui să-şi cureţe puţin grădina sufletului, grădina convingerilor şi să-şi facă un update. Ce ziceţi? O fi greu?

Femeia îl face pe bărbat

Femeia îl face pe bărbat! O vorbă care suportă o grămadă de interpretări. Un bărbat care nu suportă critici la adresa bărbăției lui va urla – „Feminism! S-a dus dracu' lumea asta. Pământul a luat-o razna, femeia nu-și mai cunoaște locul" etc. În ultima vreme am tot văzut astfel de reacții.

În calitate de bărbat echilibrat, care se simte excelent și singur și într-o relație, vorba asta mi se pare o adevărată provocare. Femeia îl face pe bărbat – hm, interesant. Acel cuvânt va naște marile confuzii și marile tensiuni.

Ia să vedem cum ar putea fi întoarsă vorba asta?

1. Femeia îl definește pe bărbat

Pe principiul – fără ea... viața e pustiu. Hm, e de discutat aici. Atunci când spui că femeia îl definește pe bărbat, ea se transformă într-o zeiță, iar el într-un omuleț din lut, care poate fi modelat după bunul plac al zeiței. Sincer, nu sunt de acord cu această variantă de lucru. Mai ales că foarte multe femei chiar cred că e okay să-l schimbe pe bărbatul lor. Nu este! Femeia care încearcă să-și schimbe bărbatul este toxică! Lacrimogenii care urlă toată ziua pe net că fără muzele lor nu ar fi ajuns unde au ajuns (am senzația că se cred mult mai importanți decât sunt) ar putea să-mi sară în cap. Eu le voi spune doar atât – mai vorbim la următorul divorț! Da, știu, sunt cinic... dar nu cred în muze.

Nici în celebra scrisoare a lui Brad Pitt nu cred. Femeia nu este făuritoarea bărbatului, ea este completarea lui, coechipiera lui, prietena, iubita, confidenta lui, partenera lui și la bine, și la rău. Locul ei nu este pe un piedestal, ci lângă bărbat, în acea construcție senzațională care se numește cuplu, o construcție senzațională care funcționează cu o trăire superioară - iubirea.

2. Femeia îl păcălește pe bărbat

Asta este interpretarea în slang a sintagmei că femeia îl face pe bărbat. Femeia îl face pe bărbat sau îl păcălește. Este ca un soi de văduvă neagră care își ucide prada. Este acea făptură perversă care își ademenește prada cu cele mai fine tactici de cucerire, care îl zăpăcește, îl face să-și piardă capul după ea, după care îi dă lovitura de grație. Genul asta de femeie este toxic și obligatoriu de evitat, dacă vrei să rămâi cu nervii în limite normale.

3. Femeia din bărbat

Mai este o latură interesantă - femeia din interiorul bărbatului. Adică latura lui feminină! O latură pe care din ce în ce mai mulți bărbați o descoperă, și-o cultivă și ajung, astfel, să înțeleagă mai ușor funcționarea femeilor. Este o latură nouă, o latură care contrazice toate funcțiunile de până acum ale bărbatului. Acel chinuitor „be a man" începe să se schimbe, iar bărbatul devine din ce în ce mai interesat de latura spirituală, de sentimente, de simțire. Bărbatul tradițional se sperie, se teme de noul bărbat și aici intervine cumva un conflict masculin. Va fi foarte interesant de văzut cum se va dezvolta acest nou bărbat.

Iată trei zone de discuție pentru vorba „femeia îl face pe bărbat". Mai este și a patra, adică femeia în rolul de mamă, o zonă ce nu are nevoie de prea multe discuții, deși educația este extrem de importantă. În concluzie, vorba asta poate fi adevărată sau nu în funcție de unghiul din care privești problema.

De ce refuză femeile sexul?

Femeile s-au emancipat. Cred că e evident acest lucru. Nu ai nevoie de prea multă școală sau să citești prea multe cărți de sociologie ca să-ți dai seama că femeia din prezent este mult diferită de cea din anii '80 – '90. Din toate punctele de vedere, dar mai ales sexual. Dacă acum 30-40 de ani, femeile încă nu erau stăpâne pe propria viață și, deci, depindeau de bărbați, acum au control asupra propriei vieți și, din ce în ce mai multe, își permit să spună „Nu te mai vreau!"

Deși pot să-și aleagă cu ușurință partenerii de sex, din ce în ce mai multe femei ajung să refuze sexul. Ele nu mai vor sex, nu doar din cauza vieții sociale care le mănâncă din ce în ce mai mult timp și energie sau din cauza zonelor (discutabile) de spiritualitate care le îndreaptă spre abstinență. Nu, eu cred că unele femei nu mai vor sex și din cauza noastră, a BĂRBAȚILOR. Și a modului în care ne purtăm cu ele.

În timp ce femeile și-au făcut upgrade (sigur, nu toate), mulți, prea mulți bărbați au rămas pe softurile vechi. Și de aci rezultă SISTEME INCOMPATIBILE. La nivel mental, foarte mulți bărbați au rămas în zona patriarhatului, acolo unde femeia trebuie să fie cât mai supusă, cât mai proastă și cât mai tăcută, pe principiul feed me, fuck me and shut the fuck up.

Veste proastă pentru genul ăsta de bărbați – lucrurile nu mai stau deloc așa. Cu cât ești mai îngust, mai grobian și mai puțin pregătit pentru ceea ce înseamnă femeia acum – cu atât ai șanse mai mari să te trezești cu ochii în soare. Nu contează că porți costume ca Harvey din „Suits", că ai un trup sculptat sau că ești înalt. Dacă la nivel mental ești praf, femeile îți vor aplica una bucată ghilotină peste convingeri – îți vor spune NU TE (MAI) VREAU!

Degeaba le vei condamna, degeaba vei spune că sunt curve... Ele vor cunoaște perfect motivele pentru care au plecat. Din păcate, cu cât scriu mai mult despre relațiile dintre femei și bărbați, cu cât scriu mai mult despre fidelitate, onoare și despre bărbați adevărați (gentlemeni), cu atât îmi dau seama că sunt noțiuni pe cale de dispariție. Din păcate, mulți dintre noi, bărbații, nu știm să ne purtăm cu femeile, cele noi. E valabil și invers.

Încă mai sunt destui bărbați care vor femei frumoase și extrem de proaste, considerând că dacă ar fi atrași de inteligența femeii, atunci ar dispărea orice idee de atracție sexuală (complet fals). Încă mai sunt bărbați care consideră că relația sexuală dintre doi oameni este instinct pur și nu ceva asumat. De parcă nu aleg ei, ci penisul lor.

Încă mai sunt mulți bărbați care consideră că femeia din mamă și soție a devenit curvă - evident pentru că și-a permis să le spună lor NU TE MAI VREAU! Drept urmare, dacă femeile au devenit curve, ce le putem noi, bărbații ăia virili, oferi? Ați ghicit - „cât mai multă pulă“. De parcă la asta se rezumă femeia – la nimfomanie!

Sincer, când citesc comentariile unor bărbați precum cei enumerați mai sus, realizez de ce multe femei preferă mersul la shopping sau ciocolata în locul sexului. E firesc. E ca și cum ai încerca să împerechezi un smartphone cu un telefon cu disc. E imposibil.

Așa și cu femeile actuale vs bărbații rămași în urmă cu informația. Am senzația că mulți bărbați nu își dau seama de schimbările produse în viața femeilor și continuă să se creadă stâlpul casei, când, de fapt, nu mai sunt decât preșul de la intrare.

Până când nu vom învăța să ne adaptăm unii altora, mulți bărbați vor continua să spună că femeile sunt curve, iar multe femei vor spune că bărbații sunt porci sau curvari. Un război inutil, penibil, care nu face decât să ne învrăjbească și să ne îndepărteze.

Draga mea femeie

Draga mea femeie, de ce te agiți atât? De ce ești disperată? De ce crezi că noi, bărbații, căutăm perfecțiunea? De ce te raportezi la modele aberante care, în cele mai multe cazuri, nici măcar nu ne plac? Care sunt motivele pentru care vrei să obții titlul de femeie inteligentă? Este cumva un must have, este un lucru fără de care viața e pustiu?

Chiar crezi că nu te va iubi niciun bărbat dacă nu vei ajunge femeie adevărată, inteligentă, sofisticată? Ia stai puțin și gândește-te – a definit cineva termenii ăștia? Da, știu, e plin internetul de citate despre femeia adevărată, despre femeia inteligentă, despre femeia sofisticată.

Îți place să vezi poze cu Marilyn Monroe sau cu Audrey Hepburn și citate care, în sine, sunt complet lipsite de logică, nu-i așa? Îți place să dai like și să spui „Cât adevăr", dar te întreb eu, bărbatul care te caută, oare ai stat vreodată să diseci citatele alea? Sau ești îndrăgostită de automatisme?

De ce vrei să te transformi într-o bitchy? Crezi că dacă porți masca de „fată rea" o să mă exciți mai mult? Greșit! Am o vârstă și am adunat ceva experiență de viață! Te voi citi rapid și voi depăși recordul la cursa de 100 de metri. Spui că ești femeie adevărată, inteligentă, sofisticată... Okay, dar dă-mi voie să te întreb – de ce ești singură?

De ce îți plângi de milă toată ziua spunând cât de bună ești tu și cât de proști sunt bărbații? Crezi că rezolvi ceva? Ai stat vreodată să te gândești că poate nu ești atât de bună cum crezi și că, de fapt, te minți singură, refuzând să vezi realitatea? Cum care realitate? Că ești nesigură, că ți-e teamă să suferi din nou, că ai deja niște blocaje care nu te lasă să te bucuri de viață?

Te-ai gândit?

Stai toată ziua și alimentezi un conflict între sexe absolut cretin. Da, îți place să spui că toți bărbații sunt porci sau curvari, asta îți asigură confort, scuza perfectă. Așa ai învățat de la mama sau bunica, din cărți sau reviste și de la cei trei-patru proști pe care i-ai atras în viața ta, fără să știi de ce.

Dar, în același timp, crezi că ești adevărată, inteligentă și sofisticată. Draga mea femeie, dă-mi voie să-ți spun care este cel mai important atu al unei femei. Și fix pe ăla nu îl ai și nici nu pari să vrei să-l cauți, deși este la-ndemână. Cel mai mare atu al unei femei este SIGURANȚA!

Femeia adevărată, inteligentă și sofisticată este femeia sigură pe ea. Exact aici ratezi tu. Cauți atuurile în afară, când răspunsul este înăuntrul tău. Tocmai de acest contact fugi – de contactul cu tine. Degeaba te acoperi din cap până în picioare de etichete dacă ești nesigură. SE VEDE!

Da, nu te enerva, ai nevoie de un bărbat care să-ți spună unde greșești. Noi avem acest pragmatism. Da, draga mea, SIGURANȚA este atuul cu care o femeie cucerește orice bărbat. De ce? Pentru că femeia sigură pe ea știe să-și poarte propria piele, ştie să fie frumoasă, elegantă, şarmantă, ştie să te urce pe pereţi cu o simplă muşcătură a buzei de jos.

O femeie sigură pe ea nu are nevoie de prea multe artificii pentru a-l face pe un bărbat să fie absorbit de ea. Ea nu are nevoie să pară altceva decât este, îşi cunoaşte perfect trupul, ştie foarte bine care sunt calităţile şi defectele ei şi mai ales NU SE MINTE SINGURĂ ÎN OGLINDĂ!

Asta e femeia adevărată, inteligentă... sofisticată – FEMEIA SIGURĂ PE EA. Asta e femeia care te scoate pe tine din sărite, asta e curva aia pe care o invidiezi din viscere. Însă lasă-mă să-ţi mai spun ceva – priveşte-o bine şi învaţă de la ea. Învaţă să ai încredere în tine – nu e foarte greu, trebuie doar să ai voinţă şi niţică răbdare. Învaţă să-ţi porţi propria piele şi vei vedea ce schimbări spectaculoase vor apărea în viaţa ta.

Doar atunci vei vedea că bărbaţii nu sunt nici porci şi nici curvari, ci doar că tu ai dormit mult prea mult. Încearcă, draga mea... Noi, bărbaţii, abia aşteptăm să te regăseşti!

Pe mine cine mă mai ia?

Nu îmi plac oamenii care îşi plâng de milă. Uneori am şi eu tendinţa să alunec pe panta asta. Şi da, uneori nu-mi place de mine. Mai ales atunci când mă simt uşor dezorientat. Să nu credeţi că nu mi se întâmplă. De ce aş fi diferit? Chiar nu sunt. Sunt un om absolutamente normal. Nimic ieșit din comun...

De-a lungul anilor, și eu am avut momente în care mi-am spus – „Pe mine cine mă ia?"

De fiecare dată când m-am aflat în impas din punct de vedere profesional, am intrat în panică, iar întrebarea asta păguboasă a venit aproape instantaneu. Ulterior, mi-am dat seama că întrebarea asta nu are ce să caute în gândurile mele. De ce? Pentru că viața m-a învățat că dacă ești deschis și îți dorești cu adevărat anumite lucruri, ele vin în viața ta.

Nu, nu ridicați sprâncenele, nu este vrăjeală. Vă dau doar câteva exemple – nu m-am gândit niciodată că pot fi capabil să pun muzică într-un lounge, bar, pub etc... A fost nevoie de provocarea lui Florin Marica pentru a prinde gustul acestei activități. Nu, nu mă dau dj, nici nu cred că voi fi vreodată, însă mi se pare mişto ca măcar o dată pe lună să-mi adun prietenii la o distracție. Va ieși ceva din asta pe termen lung? Habar nu am, timpul mi-o va demonstra.

Tot de ceva timp încoace m-am gândit că n-ar fi rău să devin speaker de relații la tot felul de evenimente. Şi, ghiciți ce, lucrurile s-au așezat în aşa fel încât lucrul ăsta se întâmplă de aproape un an. Și de această dată mi-am făcut treaba, am fost deschis, iar lucrurile au venit spre mine. Va ieşi ceva din asta pe termen lung? Nu știu, însă timpul mi-o va demonstra.

Aici este cheia – să fim deschişi către ceea ce ne dorim cu adevărat să facem. Iar acest lucru este valabil şi în relaţii. Oare câţi oameni aţi auzit spunând – pe mine cine mă ia? Câte femei divorţate, care au copii, aţi auzit spunând asta? Eu am auzit câteva şi, recunosc, am spus-o şi eu imediat după ce căsnicia mea s-a încheiat.

Chiar credeţi că un bărbat divorţat, care are un copil, este altfel? Ce am făcut? Am stat cu capul sus şi m-am deschis oportunităţilor care mă aşteptau. Sigur că nu toate s-au concretizat; una chiar m-a dărâmat, însă a fost momentul care a provocat schimbarea mea. Ştiu că uneori apar şi momente de slăbiciune. Toţi le avem, de multe ori sunt fireşti – suntem oameni, nu roboţi.

Cred totuşi că este foarte important să înţelegem că fericirea şi starea de bine sunt în primul rând nişte construcţii mentale care NE aparţin. Noi suntem responsabili pentru lucrurile care ni se întâmplă în viaţă. Noi şi nu altcineva. Drept urmare, cred că este momentul să eliminăm din gândurile noastre această întrebare – pe mine cine mă ia? Chiar nu îşi are locul. Atunci când ne setăm ceea ce ne dorim şi ne păstrăm deschişi în faţa oportunităţilor care apar, nu mai avem cum să ne punem o asemenea întrebare.

"Un bărbat admirat simte că îi cresc aripi, se simte respectat, apreciat, dorit... se simte util. Un bărbat admirat înflorește zilnic!"

V. ÎN CĂUTAREA GENTLEMANULUI PIERDUT

Bărbații nu fug de femeile inteligente!

Femeile care spun că bărbații fug de femeile inteligente fie se răsfață, fie vor să pară inteligente! Altfel nu-mi explic de ce emit o asemenea enormitate.

Sau o fi o scuză a faptului că au atras în viețile lor doar proști? E și asta o variantă! Eu chiar nu cred că un bărbat deștept se teme de o femeie inteligentă.

Din contră, el o caută pentru că știe că o femeie inteligentă îi oferă avantaje pe mai multe planuri:

1. O discuție cu o femeie inteligentă este întotdeauna savuroasă (câtă vreme nu se transformă într-o luptă a orgoliilor);

2. O discuție cu sens cu o femeie inteligentă este un preludiu excelent și o cale numai bună către un megaorgasm (nu faceți ochii mari – există);

3. De la o femeie inteligentă ai întotdeauna lucruri noi de învățat;

4. O femeie inteligentă știe să aprecieze sexul...

Și lista poate continua.

Trebuie să ai o doză serioasă de prostie să eviți așa ceva. Haideți să punem puțin lucrurile la locul lor – un bărbat inteligent nu va alege niciodată o tută, nici măcar pentru aventuri.

De ce? Simplu – un bărbat inteligent știe că unde nu e creier, nu e nici plăcere. Pe bune acum, plasticul chiar nu gândește! E o chestiune firească, de bun-simț.

O femeie dotată cu un creier neantrenat este scândură în pat, nu știe să aprecieze sexul de calitate. Nu are cum, pentru că cel mai mare organ sexual al ei este virgin, este nedeflorat!

Nu contează că arată ca din reviste, dacă e proastă nu va face altceva decât să-ți mimeze niște mișcări și gemete, însă pielea ei va fi ca de mort atunci când o vei cuprinde cu brațele, ochii ei vor fi seci, parșivi, fără expresie...

Te vei simți păcălit, ca într-un film porno prost. Asta vrei? Eu nu cred că un bărbat inteligent vrea asta. Mai mult, orice bărbat inteligent vrea să evolueze. Drept urmare, mi se pare normal ca un bărbat inteligent să-și dorească lângă el o femeie capabilă să-l stârnească, să-l provoace să fie creativ, să fie viu.

Așa că nu mă prind – de unde a plecat această vorbă – „Bărbații fug de femeile inteligente" – întrebarea este „Care bărbați?"

Dacă ați ajuns să faceți această afirmație, există două variante – 1. nu știți ce înseamnă bărbați deștepți, deci nu ați întâlnit unul și 2. transmiteți semnale greșite care vă scot în cale doar proști.

Ce ziceți doamnelor? Cum e?

Bărbații nu sunt niciodată pregătiți

Bărbatul trebuie: să știe să repare lucruri prin casă (să dea găuri cu bormașina, de parcă s-a născut într-o tâmplărie; să repare țevile de la baie, de parcă în copilăria sa se juca printre țevile de la ICRAL, robineții fiind vardiștii); să rețină lista uriașă de cumpărături pe care i-o dai mereu (lucru care nu se întâmplă nici atunci când i-o dai în scris); să știe să conducă mașina, să fie șarmant precum un James Bond, comunicativ ca Allan Pease, sexy ca Johnny Depp, inteligent ca Woody Allen, să știe să-ți ofere flori pe măsura evenimentelor - cel mai mare coșmar al bărbatului (:)), trebuie să fie capabil să satisfacă orice vagin, fiind un soi de Nostradamus al orgasmelor etc...

Ce dacă tu nu îi spui ce-ți place, dacă e bărbat adevărat, el trebuie să știe, să simtă, să intuiască! Bărbatul trebuie să câștige bine, trebuie să fie elegant, trebuie să stăpânească perfect codul bunelor maniere și să nu te mintă, dar mai ales să nu te înșele. Mai mult, el trebuie să aibă un suflet cât un continent și să aibă la purtător o cisternă de iubire. Bărbatul trebuie să fie vânător în societate, modelabil în căsnicie și animal în pat. Și toate astea pentru o cicălitoare posesivă care e capabilă să-i dărâme în orice secundă masculinitatea.

Asta a fost o glumă. Chiar nu sunt misogin. Însă există și asemenea femei. Mai mult, bărbatul trebuie să fie întotdeauna pregătit. Nu știu cum, dar trebuie să fie pregătit. În realitate, haideți să fim serioși - BĂRBAȚII NU SUNT NICIODATĂ PREGĂTIȚI! Ei nu știu să dea găuri cu bormașina, pentru că au fost crescuți cu cărți; nu știu să repare țevile (pentru asta există oameni specializați), nu sunt nici atât de șarmanți ca Bond și nici atât de sexy precum Johnny Depp. Ei sunt doar așa cum sunt - imperfecți, mai mult sau mai puțin frumoși, mai mult sau mai puțin atractivi și mai mult sau mai puțin deștepți. La sex e loterie - dacă ești femeie, chiar trebuie să te rogi să ai o mână bună!

Ei bine, în cazul nostru, un lucru este cert - NU SUNTEM NICIODATĂ PREGĂTIȚI! E a doua oară când o spun. Și acum să explic - majoritatea rămân agățați de confortul familiei (ia puneți un bărbat în fața unei mașini de spălat să vedeți ce se întâmplă - e? ce-i cu beculețele alea? vă sună cunoscut?) Ei rămân lângă fusta mamei din pur confort - chiar nu li se pare normal să învețe să-și spele hainele. De altfel, dacă ar câștiga suficient de bine, ar purta mereu haine noi. Asta nu înseamnă că dacă sunt forțați de împrejurările vieții nu se adaptează...

Apoi, bărbații se maturizează mai greu - ia gândiți-vă câți dintre prietenii dumneavoastră joacă jocuri pe calculator sau FIFA pe playstation chiar și după 30 de ani? E? Destui, nu-i așa? Să trecem la lucruri serioase - bărbații nu sunt niciodată pregătiți să aibă o relație serioasă! Niciodată! Ei doar spun că își doresc. În realitate, le-ar plăcea să facă slalom printre femei fără să dea socoteală pentru asta. Pe acest fond, atunci când un bărbat acceptă o relație, femeia ar trebui să-i facă o statuie. Înseamnă că ăla chiar a ales-o. Iar dacă începe să-l cicălească sau să-l facă gelos, e proastă cu acte!

Bărbații nu sunt niciodată pregătiți să își întemeieze o familie. Sigur, vin, vă cer, îngenunchează ca să-și arate considerația, să vă facă să credeți că voi sunteți șeful, însă ei niciodată nu sunt pregătiți pentru asta. Analizați fiecare gest și vedeți cine a inițiat cererea – ei sau voi? (analizați și semnalele subtile, sic). Mai mult, priviți pozele de la nunta cunoscuților – uitați-vă la ea și la el. Ce vedeți? Ele sunt învingătoare, iar ei sunt resemnați. De ce? Pentru că știu că în momentul ăla undeva, într-un loc numit Sfat Popular sau Oficiu de Stare Civilă, tocmai ce au deschis un proces civil care se va încheia la un eventual divorț.

Practic, în momentul în care semnează certificatul de căsătorie, își ridică cu propriile mâini ghilotina deasupra capului. Pentru ei, „coșmarul" abia începe. Bărbații nu sunt niciodată pregătiți să aibă un copil. Nu râdeți! Așa e. Ia gândiți-vă ce se întâmplă atunci când le spuneți – știi, am rămas, o să avem un copil. Chiar dacă vă spun – „Mamă, iubire, ce mișto, mă bucur foarte tare, hai să ne gândim la nume" etc... să știți că în mintea lor circulă următorul gând – hai să-mi bag pula... ce mai înseamnă și asta? Pa bere cu băieții, pa vacanțe cu gașca, pa sex nebun oriunde în casă... fuck!

Mai mult, și aici mă adresez femeilor care au deja copii – ia amintiți-vă când v-au întrebat soții – auzi, dar asta înseamnă că mai facem sex și atunci, nu? S-ar putea să nu o fi făcut-o imediat cum le-ați comunicat apariția sarcinii, însă în mod cert la asta s-au gândit. Cu toate acestea, chiar și atunci când îi spuneți să faceți sex prin luna a 7-a, el va refuza, se va eschiva, spunând – „Baby, ești sigură că e okay? Nu de alta, dar mi-e să nu lovim copilul".

Nu râdeți, toți avem nebunia asta. Fix în acel moment avem senzația că avem cel mai mare penis din lume. Până atunci era exact pe dos (:)) Când apare sarcina, brusc avem impresia că îi dăm ăluia mic palme cu penisul peste frunte... Ce idioți! Ei bine, bărbații nu sunt pregătiți să-și țină copilul în brațe. Se simt handicapați! E ca și cum i-ai pune să meargă pe sârmă ținând în brațe un set de ceramică de Bavaria.

Niciodată nu vor putea să-și țină copilul mic în brațe fără să pară stupizi. Nu suntem pregătiți, ce s-o mai dăm de cireș. Oricât de vânători și de fuckeri șarmanți ne-am da, ne căcăm pe noi în momentele importante. Nu suntem nici pe departe pregătiți și nu știu dacă merităm să fim numiți reprezentanți ai sexului tare. Cu toate astea, vă iubim și vă tolerăm așa cum sunteți. Rămâne să reușiți și voi să faceți asta.

În spatele fiecărui bărbat ar trebui să stea o femeie care îl admiră

Un bărbat admirat simte că îi cresc aripi, se simte respectat, apreciat, dorit... se simte util. Un bărbat admirat înflorește zilnic! Un bărbat criticat și cicălit se închide în el, devine tern, stima lui de sine se sparge în mii de cioburi, iar cu timpul începe să caute soluții de ieșire din criză. Principala soluție – ieșirea din relație și căutarea unei femei care îl admiră pentru ceea ce este.

„În spatele oricărui bărbat se află o femeie puternică" – ce tâmpenie! Mai ales atunci când interpretarea este greșită. Nu știu de ce, dar am cunoscut o grămadă de femei care au înțeles (nu știu de unde) că „femeia puternică" trebuie să fie un soi de șef de lagăr de concentrare; o amazoană care poartă strap-on și pe care îl folosește fără lubrifiant de fiecare dată când soțul sau iubitul greșește. Femeile astea nu își dau seama de un lucru elementar – fără ADMIRAȚIE, bărbatul se va căra de lângă ele! Este doar o chestiune de timp!

Vă spun din proprie experiență! Am avut câteva istorii cu femei care credeau că este dreptul lor să mă ducă pe „drumul cel bun" :)) Ele nu au realizat că acel „drum cel bun" era al lor, nu al meu! Rezultatul? M-am cărat! La început mai greu, ulterior mai ușor!!! Deh, chiar am învățat din greșeli. Acum sper că am ajuns la acel nivel de maturitate la care să mă car de la primul semn de control. Viața este prea frumoasă ca să-mi pierd vremea cu angoasele altcuiva! Admirația este esențială în viața oricărui bărbat!

Mark Gugnor spunea foarte bine – „Atunci când iubita sau soția nu mai este fanul numărul 1 al bărbatului ei, altcineva va ocupa acea poziție!" Așa că grijă mare, doamnelor :)) Lucrurile funcționează al dracului de simplu în relații. Vrei să ai un bărbat capabil să mute munții din loc pentru tine? Admiră-l! Vrei să ai o cârpă tristă? Cicălește-l!

E simplu! Așa cum te porți, așa îl ai!

Iar dacă se cară pentru că nu mai suportă, să nu care cumva să dai vina pe „porc". Vacă ai fost tu!!! Și vacă, și proastă! (Stop, nici urmă de misoginism în această formulare – ador femeile, dar nu înghit proastele). Un alt lucru extrem de important vizavi de admirație este asta – FEMEIA TREBUIE SĂ ÎȘI APRECIEZE BĂRBATUL PENTRU CEEA CE ESTE DEJA, NU PENTRU CEEA CE AR VREA EA SĂ FIE. Să o spunem pe șleau – cine își dorește să fie non-stop criticat? Critica este dușmanul admirației, este dușmanul funcționării corecte a unei relații.

Am mai scris-o și o repet – ultimul loc în care bărbatul își dorește să aibă parte de război este acasă! Acolo are nevoie de admirație și respect! Asta nu înseamnă că e musai să-l respecți dacă el e bou! Însă admirația este necesară în viața unui bărbat. Ea îi menține stima de sine ridicată și îl motivează să dea tot ce are mai bun din el.

Jur că nu înțeleg de ce atâtea femei nu înțeleg un lucru cât se poate de elementar...

Bărbaţii buni vor femei, nu frustrate

Sunt un băiat bun! Din toate punctele de vedere. Respect femeia, o consider parteneră și nu sclavă, sunt capabil să ofer și să primesc iubire, sunt implicat, îmi pot controla monogamia, deci sunt numai bun la casa omului.

Două lucruri fac să-mi urce sângele în cap – RĂUTATEA și PROSTIA.

La capitolul prostie intră lejer toate textele „deștepte" care spală creiere pe Facebook aproape în fiecare zi. Recunosc, calmul meu britanic este perturbat de prostia crâncenă îmbrăcată în haine de spiritualitate.

Iată un exemplu de prostie uriașă – „Un bărbat bun nu va fi înșelat de tocurile înalte și sutienul cu push-up. Iubirea nu poate fi mituită cu proteze cu silicon sau bicepși! Doar oamenii rafinați sunt capabili să iubească!"

PÂNĂ AICI! Fac pariu că cel/cea care a scos aceste prostii pe gură este încă virgin/ă. Altfel nu înțeleg de unde ies atâtea cuvinte lipsite de logică? Să o luăm pe rând – „un bărbat bun" – ce înseamnă un bărbat bun? Eu, spre exemplu, mă consider un bărbat bun, însă fac pariu că dintre toate femeile pe care le am pe Facebook sunt bun doar pentru câteva și nașpa, plictisitor sau neinteresant pentru altele.

Doar un idiot care nu înțelege diversitatea vieții poate arunca atât de ușor termeni precum „bărbat bun" sau „femeie bună". Mai departe – „un bărbat bun nu va fi înșelat de tocurile înalte și sutienul cu push-up". Okay – asta mi se pare cădere pe gheață din săritură. Asta înseamnă că femeile bune nu au dreptul să fie aranjate?

De unde această mentalitate hidoasă? Cum adică? Vreți să spuneți că băiatul bun se simte atras doar de femei care sunt îmbrăcate în saci, sunt neepilate, poartă doar balerini și ștrampi de babă? Doamnelor și domnilor care promovați aceste inepții, vă sfătuiesc să rețineți o regulă clară care funcționează la oameni – ÎNAINTE SĂ-I VEZI SUFLETUL, ÎI ADMIRI FIZICUL! ESTE LEGEA NUMĂRUL 1.

Asta așa ca nu cumva să aveți impresia că dacă sunt băiat bun nu știu să admir o gleznă fină ridicată pe un toc sau un decolteu, fie el și cu push-up. **Nu, stimabililor, femeia bună nu e nașpa. FEMEIA BUNĂ ȘTIE SĂ SE FACĂ PLĂCUTĂ!**

Așa că toată treaba asta cu bărbatul bun care nu se lasă păcălit de tocuri și sutiene este pură frustrare, mai pe scurt se numește LIPSĂ CRÂNCENĂ DE PULĂ!

Mai departe – „Iubirea nu poate fi mituită cu proteze cu silicon sau bicepși!" Okay, cine a zis că o femeie care și-au pus implanturi de silicon și-a țiplat și sufletul? Cine a zis că un bărbat care are grijă de trupul lui nu poate să ofere iubire? Mare e grădina ta, Doamne, și mulți proști caută scuze pentru urâțenia și lenea lor!

Adică ce vreți să spuneți, deștepților, că iubirea atârnă? Că iubirea zace în celulită?

Finalul este apocaliptic – „Doar oamenii rafinați sunt capabili să iubească!“ Să definim rafinat! Ce înseamnă rafinat? Un om care are grijă de minte și spirit și își lasă trupul în paragină? Nu, ăla nu e rafinat, ci doar într-un dezechilibru profund.

De ce? Pentru că atunci când ai trupul în paragină, mintea și spiritul sunt la fel, așa că lăsați prostiile, încetați cu aceste revărsări de cuvinte care spală creierele atrofiate și încercați să acceptați un lucru simplu – NU EXISTĂ BĂRBAT BUN SAU FEMEIE BUNĂ, CI DOAR OAMENI POTRIVIȚI PENTRU O PLAJĂ MAI MARE SAU MAI MICĂ DE OAMENI.

Revenind la bărbatul bun – el este o combinație de gentleman și animal, de dur și sensibil, este un om care știe să asculte și un om care știe să aprecieze frumusețea, atât fizică, cât și sufletească!

De ce să lupt pentru o femeie?

Tot aud vorba asta – „Trebuie să lupți ca să mă cucerești!“ „De ce, dragă, ești cumva vreo redută și nu știu eu?“ Sincer, mă și văd în tranșee, luând la țintă cohorte de dușmani care vor să atenteze la pudoarea domniței; parcă mă văd în ring boxând cu tot felul de tipi care au crescut în balcon și care, pe la 30 de ani, și-au dat seama că au o chestie care se ridică în pantaloni și s-au trezit cuceritori.

Nu am înțeles dacă femeile care vor să lupți pentru ele te vor campion în ring sau campion la K1-ul vrăjelii. Ar fi interesant de aflat (tind să cred că vrăjeala le excită mai tare). Ideea asta cu „lupta" e haioasă. Mă duce cu gândul la o gândire de clasa a 7-a.

Doar atunci mă băteam în curtea școlii pentru o fată de clasa a 8-a (deh, mereu mi-au plăcut fetele mai mari, care știu ce vor). Atunci o anunțam că am câștigat și ea scria în jurnal – „Andrei a devenit oficial prietenul meu. L-am văzut în pauză, i-am zâmbit. Îi stătea bine cu cravata ruptă la gât. Dragoș a căzut pe 2 și Mihai pe 3. Mihai deja nu mai prezintă interes".

Mi se pare ciudat să lupți pentru o femeie în condițiile în care și așa sunt mai multe decât noi. Cine a zis că ce e în plus e nașpa? Eu cred că lupta ar trebui (și chiar este) să fie, de fapt, invers! Chiar nu îmi place ideea de luptă. Serios. Ați văzut voi vreodată în istorie un oraș ocupat în care locuitorii să-i iubească pe asupritori?

Eu cred că femeia care vrea să fie cucerită nu vrea să fie iubită! Ea se autopropune ca trofeu! Ea se consideră prețioasă și atât. Ei bine, okay, să presupunem că te cuceresc. Ce facem după? Te pun în vitrină ca să te șterg mai încolo de praf? Nu de alta, dar dacă tot am devenit cuceritor cu acte în regulă, după ce te-am cucerit, te las și... next!

Asta vrei?

De multe ori chiar am senzația că multe femei sunt complet lipsite de logică! Își autoinduc suferința. Lupta e o prostie! De aceea chiar nu cred că trebuie să lupt. De aceea am și evitat să o fac (după clasa a 8-a :)) Am preferat să fiu eu și, din câte bag de seamă, mi-a ieșit de fiecare dată!

Încercați și voi... jur că e mișto!

Toți bărbații buni sunt luați! Și? De când contează asta pentru femei?

...sau sunt gay! Wow! Nu știu cine a scos vorba asta, însă mi se pare cea mai amuzantă scuză posibilă. Prima întrebare – sunt luați de cine? De fete bune sau de fete rele? Nu de alta, dar să știm și noi cine comentează, cine se plânge. Mi se pare amuzant – e ca și cum fetele „bune" au tras un pui lung de somn și, când s-au trezit, hop, lumea era depopulată de bărbați buni.

Drept urmare, s-au adunat la portiță și au scos o pildă demnă de toată jena – „Toți bărbații buni sunt luați!" Mai că încep să înțeleg acum de ce vezi atâtea fete tinere duminica la biserică dând acatiste. Oare câte dintre ele se roagă să se elibereze vreun băiat bun?

Glumesc! Acum, pe bune, am fost căsătorit și nu cred că a deranjat pe cineva vreodată acest statut.

Ba, din contră... Nu aveţi nicio idee de câte ori s-a transformat verigheta în magnet. Aşa cum nu vreţi să ştiţi ce înseamnă un bărbat căsătorit care se plimbă pe stradă cu fiica lui. Ar fi trebuit să filmez momentele când treceau femeile pe lângă noi. Totul se desfăşoară cam aşa – întâi se uită la copil ca să vadă dacă e bun materialul. După ce s-au convins, se uită la tine cu pupilele dilatate de parcă tocmai au tras nişte linii de coca proaspătă.

Mesajul din ochi lor e simplu – „Ai un copil frumos, nu mai vrei unu'?" Aşa că vă rog să-mi permiteţi să aduc o completare la această megavorbă feminină – „Toţi bărbaţii sunt luaţi. Asta nu înseamnă că nu putem să ne încercăm şi noi norocul". Bărbatul luat este ca un magnet pentru femeile care plâng după băieţi buni. Este un must have, un task urgent! El oferă parcă un soi de garanţie a maturităţii. Câtă naivitate! De parcă dacă ţi-ai pus semnătura pe un act, te-ai deşteptat brusc. Oho, nu aveţi idee câţi tâmpiţi au dat cu subsemnatul pe actele alea...

În fine, revenind, mi se pare că femeile care folosesc vorba asta o fac pentru a-şi masca propriile angoase. Parcă le şi aud – „Uite, fată, câţi băieţi mişto sunt căsătoriţi şi eu găsesc doar de ăştia care vor doar sex". Genul ăsta de femeie habar nu are ce se întâmplă cu ea şi mai ales de ce atrage acel gen de bărbaţi. Ea se află într-un program pe care nu doar că nu îl vede, însă nici nu îl cunoaşte. Şi, mergând pe ideea lasă că are grijă Dumnezeu, nici nu îl va cunoaște vreodată, mergând din greșeală în greșeală până la prima vizită la psiholog.

Nu, dragele mele, nu toți bărbații sunt luați. Încetați cu mofturile ieftine și bucurați-vă de viață. Iar pentru a face asta, terminați cu prostiile și cu încrederea orbească în vorbele din bătrâni și încercați să vă cunoașteți pe voi înșivă. De acolo pornește totul. Iar când veți reuși să vă cunoașteți, veți vedea că nu toți bărbații sunt luați, din contră.

Bărbatul trebuie ținut din scurt

„Bărbatul trebuie ținut din scurt. Trebuie ținut cu zgardă și lesă cu țepi. Dacă îl lași liber... fuge" – spunea, cu un zâmbet malefic, o femeie acum câteva seri la o terasă din centru. Nu am putut rezista și am întrebat-o – „De unde vine spiritul ăsta castrator?" Mi-a răspuns sec – „De la experiențele anterioare".

M-am enervat și mai rău și i-am spus așa: „Ești sigură că toți bărbații sunt la fel?", „Ești sigură că doar bărbații au fost vinovați de tot ceea ce ți s-a întâmplat în viață?" Genul asta de mentalitate mă scoate din sărite. Este profund toxic și ascunde niște temeri cumplite. Este, practic, genul de femeie care adoră jocurile de putere, care, de fapt, își dorește să dețină controlul pentru că este total nesigură.

Ea crede că dacă își ține bărbatul cu tocul pe gât, el va fi umil, supus și iubitor. Fals! Nimeni nu suportă foarte bine regimul de detenție, cu atât mai puţin bărbaţii, care sunt programaţi să-şi apere libertatea. Un bărbat care vrea să se care, se va căra oricum... indiferent de ce lanţ sau zgardă îi aplici pe grumaz.

Un bărbat privat de libertate este un prizonier şi, aşa cum se întâmplă întotdeauna, orice prizonier are o singură dorinţă – SĂ FIE LIBER! Ca urmare, femeile care gândesc aşa nu fac altceva decât să-şi autosaboteze fericirea.

În concluzie, doamnelor, voi cum v-aţi simţi lângă un bărbat care v-ar ţine legate de calorifer? Iubite?

Băieţii ruinează destine, bărbaţii construiesc femei

Mulţi băieţi, puţini bărbaţi – cam aşa arată „piaţa" libidinală actuală. O goană nebună după palmares, o competiţie acerbă pentru un loc cât mai sus în topul donjuanilor, un adevărat tăvălug de aventuri şi amantlâcuri. Şi totuşi, studiile arată că bărbaţii vor într-o proporţie covârşitoare (peste 80%) să se aşeze, să-şi facă o familie. Dacă priveşti cele două perspective, ai senzaţia că ele se bat cap în cap.

Şi, în multe cazuri, chiar se întâmplă acest lucru. Trecerea de la băiat la bărbat se face în timp; trecerea de la haotic la asumat, la fel... Din nefericire, unii nu accesează stadiul de bărbat niciodată. Iar asta nu are legătură cu vârsta biologică, ci cu dezvoltarea lor umană și cu suma evenimentelor (traumelor) care se adună pe parcurs. E tare haios faptul că mulți bărbați nu înțeleg un lucru elementar - nu te naști bărbat, bărbat devii! Ca să ajungi bărbat, ai nevoie de muncă susținută - de dezvoltare, de învățare, de înțelegere... de experiențe multiple și variate.

Un bărbat trecut prin viață știe ce înseamnă asumarea, știe ce înseamnă tentația, știe ce înseamnă angajamentul, intimitatea sau aventura. El știe ce înseamnă toate astea și poate să ia decizii mai ușor. Ăsta este și motivul pentru care fidelitatea îi sperie pe mulți. Ei încă nu au acumulat suficientă viață, suficiente experiențe, astfel încât să poată decide ce e bine pentru ei și ce nu.

Deși există șanse să-mi sară mulți în cap, voi puncta câteva diferențe dintre bărbați și băieți – diferențe pe care le-am găsit aici și care cred eu ca sunt importante.

1. Bărbatul este stabil din punct de vedere emoțional

Un bărbat înțelege că viața merge înainte și, atunci când o relație se termină, știe să spună „mulțumesc" și să meargă mai departe. Un băiat va căuta să treacă peste traume cu alcool, droguri sau, de ce nu, cu ajutorul altor relații.

2. Bărbatul știe să și-o țină în pantaloni

Experiența de viață îi ajută pe bărbați să-și respecte alegerile. Ei nu mai au nevoie să-și confirme potența cu fiecare tentație care le iese în cale. Atunci când aleg să trăiască lângă o singură femeie, ei sunt capabili să facă acest lucru în mod natural, fără eforturi. Bărbații nu mai sunt interesați de palmares... asta este o chestiune de care se ocupă băieții.

3. Bărbatul nu se laudă cu palmaresul lui

Doar băieții fac asta, crezând că vor crește în ochii femeilor. Oare? Nu cumva ei cresc în ochii fetelor? Un bărbat știe exact ce a trăit, știe exact femeile cu care a fost și nu are niciun motiv să se laude cu asta. Contează că ai avut 20 sau 100 de femei? Contează cifrele sau calitatea?

4. Bărbatul nu-și bate joc de femeia pe care o iubește

Maturitatea vine la pachet cu respectul – respectul de sine și respectul față de celălalt. Drept urmare, bărbatul nu-și bate joc de femeia pe care o iubește. El comunică în permanență cu ea, are grijă de ea, o ajută să se dezvolte. El știe că respectul contează mai mult decât o pereche de fese...

5. Bărbatul are curaj

Și pune punct relațiilor care nu merg. Ce sens are să te ascunzi și să mimezi o relație când este clar că ea nu mai există. Nu mai bine pui punct și faci ce vrei? Bărbatul știe acest lucru și acționează în consecință.

Sunt doar câteva diferențe dintre bărbați și băieți. Da, sunt ferm convins că băieții – indiferent de vârsta biologică – ruinează destine, ruinează fete; în timp ce bărbații încearcă să construiască femei.

Din păcate, uneori este foarte greu să transformi niște ruine în construcții impunătoare.

În căutarea gentlemanului pierdut

„Bărbații ar trebui să-și dorească să fie gentlemeni, pentru că nu există motive serioase să fie altceva" – excelent! Fraza asta am citit-o într-un articol de pe Elite Daily. Gentleman! Hm, ce înălțător sună.

O noțiune ce nu mai pare să (mai) rezoneze cu tumultul societății actuale, cu superficialitatea umană actuală, cu viața asta trăită pe repede înainte, fără reguli precise, fără valori, fără morală. Ce vorbă importantă – „nu există motive serioase ca bărbații să fie altceva decât gentlemeni".

Asta înseamnă că nu există motive serioase să fie porci, sexiști, needucați, mârlani, violatori de suflete. Ce înseamnă gentleman? Potrivit DEX-ului – „Bărbat cu comportări alese, cu caracter distins".

Adică bărbat educat, respectuos, cu un sistem de valori puternic, un bărbat care știe un lucru extrem de important – femeile merită să fie tratate corect! Este un bărbat care se respectă și respectă! Gentlemanul știe foarte bine că femeia nu este dușmanul lui, nu este competitoarea lui, ci floarea care îi poate lumina viața.

Sigur, de el depinde ce alege – dacă floarea are spini sau nu! În articolul din Elite Daily sunt prezentate zece lucruri pe care bărbații ar trebui să le facă pentru a (re)deveni gentlemeni.

Să aruncăm o privire:

1. Nu încerca să minți

Dacă tu îți dorești ceva și ea vrea altceva, e clar că lucrurile nu vor funcționa. Nu are niciun sens să o amăgești. Femeile nu sunt niște obiecte pe care le folosești și apoi le arunci. Dacă ai nevoie de un one night stand, poți să-l ai și fără să minți.

2. Dacă simți că nu merge, pune punct!

Dacă simți că lucrurile nu vor merge, că nu te vei înțelege cu femeia cu care ieși de ceva vreme, pune punct! Nu încerca să lungești lucrurile fără rost. Pierzi timpul... și pe al tău, și pe al ei.

3. Învață să o asculți

Oamenii vor să fie auziți, iar femeile nu fac excepție. Învață să le asculți. Vei realiza că sunt mult mai ușor de înțeles, în ciuda tuturor celor care spun că femeile nu pot fi înțelese.

4. Încearcă să o respecți

Femeia este o ființă, nu un obiect. Așa cum tu ceri respect, ar fi bine să te gândești că și ea își dorește același lucru. Cum poți să iubești o persoană pe care nu o respecți?

5. Respectă-i intimitatea

Nu încerca să-i cauți prin lucruri, să o controlezi. Un gentleman nu face niciodată așa ceva. Dacă simți că nu poți avea încredere în ea, încearcă să discuți cu ea, să-i spui ce ai pe suflet. Iar dacă lucrurile nu se pot schimba, mergi mai departe... singur.

6. Ajut-o să-și îndeplinească dorințele

Un gentleman nu este doar acel bărbat care deschide ușile și plătește notele de la restaurant. Un gentleman este un om plăcut, implicat, un bărbat pe care femeia se poate baza oricând. Ajut-o să-și îndeplinească dorințele. Ea este partenera ta, nu dușmanul tău.

7. Evită minciunile

Onestitatea este o mare calitate a unui gentleman. Cine are chef să stea într-o relație care-l obligă să-și mențină mereu garda sus? Încrederea este esențială pentru funcționarea relațiilor. De aceea nu este bine să minți.

8. Fă-o să se simtă specială

Toți vrem să ne simțim speciali – și bărbați, și femei. Iar un gentleman știe să-și facă iubita să înțeleagă cât de specială este. Nu este greu să facem asta, nu este o chestiune ce necesită eforturi considerabile.

9. Fă-o să se simtă protejată

Siguranță și protecție – două lucruri de care femeile au nevoie ca de aer. Când iubești, este firesc să ai grijă de iubita ta, să o faci să se simtă în siguranță lângă tine.

10. Nu o abandona

Nu o abandona atunci când are mai multă nevoie de tine. Este posibil ca, atunci când vei realiza ce greșeală ai făcut, să fie prea târziu.

Sunt zece lucruri simple, zece lucruri ce țin mai degrabă de bun-simț, de educație. Un gentleman nu este un zeu, nu este ceva utopic. El a existat, există și o va face în continuare. De ce? Pentru că există pe lumea asta și bărbați care înțeleg perfect faptul că nu există motive serioase să fie altceva decât gentlemeni.

Sensibil = prost! De când?

Serile trecute am avut parte de o experiență interesantă. Mă aflăm într-o mansardă din centrul Capitalei împreună cu iubita mea și căutam de zor un film la televizor. Nu trebuie să vă mai spun că e dif cil să găsești un film la TV sâmbăta seara. După îndelungi căutări, am găsit un film cu Omar Sharif. Nu cred că au trecut 5 minute și lacrimile deja îmi șiroiau pe obraji.

În dimineața aia fusesem la cimitir. Trecuseră zece ani de când bătrânul meu s-a ridicat la cer. Când l-am văzut pe Omar Sharif, m-a cuprins rapid un dor, o nostalgie și nu m-am putut abține. Am plâns ca un copil! Interesant este că, într-un fel, m-am simțit vinovat și i-am spus iubitei mele – „Iartă-mă!".

Ea m-a privit calmă, mi-a șters ușor lacrimile de pe obraji și mi-a spus – „Nu-i nimic, nu trebuie să-ți ceri iertare". În momentul ăla mi-a venit în minte un filmuleț pe care l-am văzut acum ceva timp. Este un filmuleț care vorbește despre toxicitatea frazei – be a man – cu toate efectele ei. În momentul ăla, mi-am dat seama că, în mod instinctive, m-am simțit cumva descoperit, vulnerabil, că m-am simțit slab. Rolurile de gen fuseseră călcate în picioare și ego-ul meu a reacționat!

Și știți ce? Chiar m-am bucurat că le-am călcat în picioare! Mi-am dat seama că acel „iartă-mă" de fapt nu îmi aparținea, ci era un stereotip – o replică de fugă, de teamă. Mi-am dat seama că, spre deosebire de copilărie, când am fost învățat să-mi separ inima de cap – la școală, în fața blocului, în viața sportivă, în hip-hop, în presă etc... – de data asta, inima și capul făceau echipă.

Mi-am dat seama că, în general, noi, bărbații, trăim într-o mare minciună. Trăim cu ideea că un bărbat trebuie să fie puternic, insensibil și închis ermetic mai ales în fața femeilor. Trăim cu impresia că un bărbat trebuie să fie un soi de spartan. Ei bine, se prea poate, numai că și spartanii își plângeau pierderile. Emoțiile sunt perfect umane – și la femei, și la bărbați. Iar încercarea societății de a bloca emoțiile masculine este o mare tâmpenie.

Câtă vreme tu nu poți să-ți înțelegi propriile emoții – alegând să le reprimi –, cum crezi că poți înțelege emoțiile unei femei? Cum crezi că poți trăi lângă o femeie când tu ești rece ca o piatră de mormânt? De când scriu pe blog, am văzut o grămadă de reacții „masculine", o grămadă de bărbați care râdeau superior spunând că sunt „gay", „pizdă" sau mai știu eu cum, sau că am trădat masculinitatea – doar pentru simplul fapt că aveam tupeul să scriu despre sensibilitate și emoții. Nu, nu am trădat-o, ci mi-am descoperit-o pe a mea – pe aia reală, nu pe aia impusă. Râdeți cât vreți... nu veți schimba absolut nimic. Uite că mie mi se întâmplă să plâng, nu văd nimic aiurea în asta.

Uite că eu nu consider că dacă plâng lângă persoana de lângă mine sunt vulnerabil sau slab. Sunt reacții emoționale firești, umane. Cum să existe vulnerabilitate atunci când iubești? Ce prostie e asta? Încetați să vă mai impuneți restricții. Inima nu poate funcționa în spatele unor uși de fier.

Cine crede că masculinitate înseamnă doar luptă, competiție, atitudine superioară și rece și bani trăiește într-o cumplită eroare. Din punctul meu de vedere, rolurile de gen ar trebui repuse în discuție, ar trebui rescrise. Motivul? Istoria ne-a arătat cu vârf și îndesat că vechile roluri de gen nu au funcționat!

E nevoie de un F5 în viețile noastre... nu credeți?

Bărbatul adevărat nu vrea o femeie cu care să se culce

„Bărbatul adevărat nu vrea o femeie cu care să se culce! El vrea o femeie lângă care să se trezească!"

Am văzut mai devreme o poză cu acest mesaj și mi se pare interesantă diferența de nuanță. Orice bărbat poate să-și dorească o femeie cu care să se culce, cu care să facă sex.

Sunt sigur că dacă ieși seara în club, poți repera lejer vreo 10-15 femei cu care ai putea să te culci. Sexul nu mai reprezintă o problemă în ziua de azi, dacă ai un minimum de prestanță. Femei dornice de o tăvăleală cu tras de păr găsești pe toate drumurile. Diferența dintre femeia cu care vrei să te culci și cea lângă care vrei să te trezești este însă uriașă.

Pe cea cu care vrei să te culci nu o prețuiești. Cu ea doar faci sex – un schimb de instincte, un schimb de pulsiuni și cam atât; o chestiune ce poate fi o experiență win to win. Femeia lângă care vrei să te trezești înseamnă mai mult de atât. Ea trece granița instinctului și urcă spre intim și, de ce nu, spre spiritual. Femeia lângă care vrei să te trezești provoacă angajamentul în bărbat.

Un bărbat care vrea să doarmă lângă o femeie lasă frâu liber intimității, se dezbracă de armuri, vrea mai mult, îi arată că vrea să meargă mai departe, că nu vrea să se rezume la un simplu coit. Aici mă duc cu gândul la Milan Kundera, care scrie așa în cartea „Insuportabila ușurătate a ființei": „Să faci dragoste cu o femeie și să dormi cu ea în același pat – iată două pasiuni nu numai diferite, ci aproape contradictorii. Dragostea nu se manifestă prin dorința de a face dragoste, asta se aplică la un număr nesfârșit de femei, ci prin dorința somnului în doi, dorință care se referă la o singură femeie".

Sigur, nu orice noapte dormită alături de o femeie garantează o relație ulterioară. De-a lungul timpului, mi s-a întâmplat să dorm de câteva ori alături de femei cu care nu am avut relații după consumarea nopților respective. Trebuie să spun însă că au fost nopți reci, seci! Cu toate acestea, cred că bărbații (nu toți) știu să-și dea seama care este femeia lângă care vor să se trezească. Este un lucru greu de explicat, tocmai pentru că implică o întreagă „conspirație" a simțurilor, o adevărată avalanșă de informații care pun la cale superbul moment al somnului în doi.

Sigur, contează și sexul dinainte de somn, însă atingerile trupurilor pe parcursul nopții, mâinile care se caută și se găsesc în somn, luările în brațe, mângâierile, respirațiile și apoi ochii semideschiși și zâmbetul de „bună dimineața" sunt elementele care fac diferența dintre femeia cu care vrei să te culci și cea lângă care vrei să te trezești.

Viața chiar este frumoasă atunci când soarele de dimineață se oglindește în zâmbetul ei.

Bărbații nu vor femei perfecte, ci femei interesante

Femeia perfectă este doar un concept de marketing. La fel și concursurile de miss. Acolo nu participă nici pe departe femei perfecte, ci femei numai bune de folosit în campanii de marketing. Acolo nu participă femei, ci figuri. Dacă ar fi perfecte, toți bărbații ar da buluc la concursurile de gen.

Realitatea nu arată deloc așa. Ba, mai mult, singurii bărbați interesați de concursurile de miss sunt doar cei interesați de femeile extrem de proaste. Să fim serioși, un bărbat normal la cap ar adormi lângă o femeie care nu știe să vorbească decât despre balene sau despre copiii din Africa? Nu, bărbații nu vor femei perfecte. Iar femeile care cred asta au mari șanse să rămână singure, contemplându-și „perfecțiunea" în oglindă în timp ce se întreabă – pe mine de ce nu mă vrea nimeni pentru o relație serioasă?

Bărbații nu vor femei perfecte, ci femei interesante. Adică femei care știu să-și poarte imperfecțiunile, femei care știu să poarte o conversație, care știu să fie sexy și cu subînțeles atunci când trebuie și ferme atunci când bărbatul sare calul, femei care știu să fie elegante și trashy în funcție de context, femei care te pot cuceri într-o clipă prin atitudine și siguranță.

Bărbații vor femei feminine, nu păpuși Barbie, sau măști – nu știu cine poate considera sexy o femeie care-și tatuează sprâncenele și își mărește buzele excesiv. Industria cosmetică a devenit cel mai mare dușman al bărbatului. De ce? Pentru că în loc să înfrumusețeze femeia, o depărtează de feminitate, o transformă într-un monstru respingător.

Or, cine crede că bărbații pică în șpagat când văd o față complet întinsă, fără niciun rid, o față plină de intervenții (sigur că se văd) se află într-o cumplită eroare. Bărbații vor femei interesante! Degeaba ai o mie de intervenții de înfrumusețare dacă atunci când deschizi gura îl pui pe fugă emanând frustrări și incultură.

Feminitatea este în strânsă legătură cu naturalețea, iar femeia interesantă este cât se poate de naturală. Nu sunt contra intervențiilor estetice, însă până acum nu pot spune că am văzut vreo femeie care să mă cucerească prin injecțiile făcute. În schimb, am cunoscut zeci de femei interesante, care m-au cucerit prin naturalețea lor.

De ce dai, mă, de ce?

De ce dai, mă, în ea? De ce?

Așa te-a învățat tac'tu? Să-ți faci dreptate cu pumnii? Era treaz tac'tu ăla? Sau era beat și o călca în picioare pe mă-ta? De ce dai, mă, în ea? Ce ți-a făcut?

Aaa, e a dracu'? Și? Așa rezolvi problema? Cu bătaie? Părăsește-o, cretinule; nu te obligă nimeni să stai lângă ea.

Cască bine ochii și ascultă ce-ți spun – NU AI DREPTUL SĂ O LOVEȘTI!

De ce dai, mă, de ce? Nu face ce spui tu? Păi, și ce-ți trebuie o femeie? Ia-ți un câine! La cât de educat ești, te descurci și cu laba.

De ce dai, mă, de ce? Nu e cum vrei tu? Păi, cine a ales-o, mă, eu?

Ia-ți alta dacă nu îți convine, dar nu încerca să te crezi Dumnezeu, nu-i modifica fizionomia. Nu ea e vinovată, ci tu!

De ce dai, mă, în ea? Vrei să o fardezi natural? Du-te la un curs de make-up! Crede-mă, o să-i facă plăcere să o machiezi profesionist. Pumnii nu țin loc de farduri, boule!

De ce dai, mă, de ce? Ești cocoș? Ești șmecher? Te crezi bărbat? Crezi că ai coaie? Dă în mine, mă, dacă te ține! Hai, să te văd cât de cocoș ești, că te bat doar cu cearcenele, idiotule. Cum poți să-i spui că o iubești după ce îi distrugi fața? Privește-o! Vezi ce i-ai făcut? Asta e iubire, animalule?

Locul tău nu e în societate, ci în rezervații, alături de alte animale ca tine. Să stați acolo închiși și să vă spargeți capetele ca niște bărbați cu coaie de sunteți.

Ai grijă ce faci, dacă mai aud o singură dată că te atingi de ea, o să ai de-a face cu mine!

Suntem mulți, animalule!

OPRIȚI VIOLENȚA DOMESTICĂ!

"Fie că vă place, fie că nu,
atunci când încrederea în tine s-a dus...
nu mai rămâne mare lucru...
ci doar frică, multă frică!"

VI. CÂND 1+1 = NOI!

Ce ne-a adus împreună?

Mi se pare cea mai bună întrebare pe care ți-o poți pune la despărțire! Atunci, în momentul ăla al analizei, cu bune și cu rele. Este o întrebare care elimină victimizările inutile, este o întrebare care îți poate deschide ochii foarte bine vizavi de alegerea făcută.

Așa cum am mai scris și cu alte ocazii, oamenii nu intră în relații din același motiv. Unii intră în relații pentru că nu vor să fie singuri, alții vor să-și întemeieze o familie (plus copii), alții vor sex, alții vor fun, alții vor statut, alții vor să-și ridice stima de sine, alții vor alinare... iar lista poate continua.

Tocmai de aia – „Ce ne-a adus împreună" – mi se pare o întrebare cât se poate de oportună la final de relație. Sigur, nu ar fi rău să ți-o pui și în timpul relației, pentru a vedea cum au evoluat lucrurile. „Ce ne-a adus împreună?" este acea invitație la analiză lucidă, acel mindfulness – un termen atât de la modă în zilele noastre. Faci frumușel un pas în lateral și începi să analizezi „de la botoșei la 43", vorba lui Mihai Mărgineanu.

Și dai firul înapoi și ajungi la momentul 0, momentul în care ai văzut-o. Ce te-a atras la ea? Tu în ce stare erai? Sunt alte întrebări foarte importante și am să vă spun și de ce. Foarte mulți oameni ajung în relații căutând remedii pentru suferințele lor. Mi s-a întâmplat și mie (așa-i că nu mai sunt bărbatul perfect? :)) Ce se întâmplă atunci când doi suferinzi ajung împreună? Încearcă să se aline unul pe celălalt. Încearcă să se ridice unul pe celălalt. Numai că se poate întâmpla ca unul să vrea să iasă de acolo, iar celuilalt să i se pară comod.

Și, uite așa, ajungi la disensiuni. Ce se întâmplă mai departe? Unul a lucrat cu el și a ieșit din zona gri și încearcă să-l tragă după el și pe celălalt. De partea cealaltă, cel care a rămas în zona gri se simte confortabil acolo și se simte atacat de dorința celuilalt de a-l scoate de acolo. Și ce face? Încearcă să-l tragă înapoi pe cel care a ieșit la lumină. Cum? Începe să-i anihileze personalitatea!

Nasol moment! Nasol, pentru că disensiunile se adâncesc, tensiunile se măresc, iar despărțirea devine o chestiune de timp. Atunci când unul se dezvoltă, iar celălalt refuză, echilibrul relației se strică grav. Și cu greu se mai reface! Se ajunge, practic, într-un punct în care cele două persoane își dau seama că nu mai au nimic în comun. Revenind la întrebarea din titlu, dacă răspunsul este „suferința"; ar fi bine să continui cu o altă întrebare – „Și tu cum te simți acum?"

Dacă răspunsul tău este „bine" sau „fericit", înseamnă că ieșirea din relație a fost un pas justificat și că nu are niciun sens să regreți. Mai devreme sau mai târziu, te-ai fi trezit din nou în momentul 0, adică atunci când te-ai îndrăgostit de o persoană care suferea... așa ca tine!

Oamenii care se joacă împreună rămân împreună

Joaca în cuplu mi se pare extrem de importantă. Ea sudează cuplul și cimentează intimitatea. Însă, pentru a putea vorbi despre joacă, trebuie să vorbim întâi despre timp. Și nu despre orice fel de timp, ci despre timpul petrecut impreună. Ei, bine, aici pot interveni probleme destul de mari. De ce? Pentru că fiecare intră în cuplu cu anumite obiceiuri de petrecere a timpului liber.

El vrea să iasă cu băieții la bere sau la fotbal, ea vrea să iasă la shopping cu fetele... De-a lungul timpului am cunoscut foarte puțini oameni care își doreau să renunțe la tabieturile lor pentru a avea activități în comun. În plus, bărbații și femeile se raportează diferit la ideea de romantism. Or, dacă și timpul liber este petrecut separat, cum putem avea pretenția de intimitate în cuplu?

Oare câți oameni își privesc partenerul de viață ca pe partenerul preferat de distracție? Ieri citeam într-o carte că pentru a avea parte de intimitate și de fericire în cuplu, avem nevoie de 15 ore petrecute împreună pe săptămană. Adică în doi! Or, asta înseamnă un mix de nevoi – cele feminine de bază (afecțiunea și conversația intimă) și cele masculine (împlinirea sexuală și compania recreativă). Aceste patru nevoi aduse împreună formează o construcție puternică, o bază a relației.

Drept urmare, atunci când intrăm într-o relație trebuie să învățăm să ne jucăm împreună și nu trebuie să ne fie frică să renunțăm la vechile obiceiuri de petrecere a timpului liber. Vom descoperi alte activități, extrem de plăcute, pe care le vom face în doi. O relație nu înseamnă doar orele petrecute în casă sau în weekend cu prietenii, ci mai ales orele petrecute în doi, fără prieteni... Eu chiar cred că partenerii care se joacă împreună rămân împreună. Fără joacă mi-e greu să cred că putem vorbi despre fericire în cuplu.

Orice lucru pozitiv pe care îl faci în relație este un preludiu!

„Orice lucru pozitiv pe care îl faci în relație este un preludiu!“ Mișto mesaj! Dar oare câți oameni țin cont de asta? Câți oameni sunt interesați de lucrurile bune pe care le fac partenerii lor? Când am scris că doar 5% din cupluri sunt funcționale – adică puțin peste orice marjă de eroare a oricărui tip de sondaj –, au existat oameni care mi-au spus că sunt nebun.

Eu nu cred că sunt! Mă uit în jur și văd atâta negativitate și atâta nervozitate în cupluri, încât stau și mă întreb care este motivul pentru care oamenii ăia mai stau împreună? Da, John Gottman are dreptate – „Orice lucru pozitiv pe care îl faci în relație este un preludiu“. Binele încântă, atrage, binele este sexy!

Binele are un erotism aparte!

Binele înseamnă bucurie sau, de ce nu, treapta ultimă – extaz! Nu am să înțeleg niciodată de ce oamenii preferă răul! Mai ales în cuplu. Când văd doi oameni care se ceartă, mă gândesc să le spun așa – „Hey, ce vreți voi să rezolvați, de fapt, aici? Problema sau pe voi înșivă?“ Sunt curios cum ar reacționa? Fac pariu că nu ar înțelege!

De fiecare dată când văd doi oameni care se ceartă, am senzaţia că văd doi aprigi duşmani. Asta şi sunt în acele momente cei mai mulţi oameni – duşmani! Ei vor să se anihileze reciproc. Motivul pentru care se ceartă nici măcar nu mai contează. Ei nu vor să rezolve problema. Ei vor doar să aibă dreptate! Vor să câştige!

„Băi, Vulpescule, tu eşti tâmpit? Păi, în lumea asta tu vorbeşti despre preludiu? Despre bine? Nu există prostiile astea!" – asta mi-a zis cineva la un moment dat. Mi-a zis-o cu o convingere crâncenă. Cumva m-am speriat. Mi-am dat seama că preludiul este un soi de dinozaur, că binele nu este de preferat și că până și sexul este înfăşurat în energii distructive.

Interesant este că pe acest fond de puternică negativitate vezi foarte mulţi oameni plictisiţi. Oare de ce? Ador discuţiile cu sens, ador preludiile care încep cu mult timp înaintea întâlnirii (uneori chiar luni de zile), ador să admir lucrurile frumoase făcute de persoana de lângă mine. Ador preludiul (binele)!

Oare sunt eu defect?

Minciunile mici formează un munte de decepții

Trăim într-o societate care ne recomandă să evităm conflictele. Și totuși, cu cât încercăm mai mult, cu atât reușim mai puțin. Părem din ce în ce mai violenți, din ce în ce mai agresivi și din ce în ce mai ascunși.

Ne mințim pe noi înșine că suntem bine și ne ascundem calmantele de privirile iscoditoare ale celorlalți, vrem să fim iubiți, dar nu suntem dispuși să ne deschidem pentru a primi iubirea dorită. În acest context, relațiile ard rapid, oamenii nu mai sunt dispuși să-și ia angajamente și, practic, „nimic nu ține o veșnicie" se transformă în „nimic nu ține mai mult de câteva luni".

Unde să fie buba? Nu cumva mințim cam mult? Nu cumva chiar și acele minciuni nevinovate sunt o otravă mult prea mare pentru noi? Recent am citit în „Huffington Post" o poveste foarte mișto a unui cuplu care practică Onestitatea Radicală. Ce înseamnă asta? Simplu – cei doi își spun absolut tot – de la problemele de la muncă și până la persoanele care le-au stârnit interesul emoțional sau sexual și până la e-mailurile sau sms-urile primite de la foștii parteneri. 0 secrete!

Hm, am stat și m-am gândit puțin la chestia asta și mi-am dat seama că această Onestitate Radicală nu e un lucru ușor de obținut, însă atunci când o atingi te ajută să funcționezi pe termen lung. Atunci când nu ai secrete și, practic, nu ascunzi nimic partenerului/ei de viață, nu ai nici cel mai mic sentiment de vină, nici cea mai mică mustrare de conștiință.

Ia gândiți-vă... câte lucruri ascundeți zilnic de partener? Câte fluierături, flirturi – mai mult sau mai puțin vinovate, câte dorințe, câte reacții... câte și mai câte? Acum gândiți-vă în ce măsură vă afectează pe voi aceste minciuni menite, chipurile, să-l protejeze pe celălalt? Nù cumva aceste minciuni, din ambele direcții (să nu vă închipuiți că celălalt nu trece prin același gen de experiențe), ne îndepărtează în loc să ne apropie?

Mie așa mi se pare! Practic, omitem comunicarea reală, dar vrem ca celălalt să aibă încredere în noi. Eu sunt de acord cu cei doi oameni care și-au spus povestea – MINCIUNILE, INDIFERENT CÂT DE MICI SUNT, SE ROSTOGOLESC ȘI FORMEAZĂ UN MUNTE DE DECEPȚII.

Acești oameni au decis să-și spună totul și vă rog să-mi dați voie să-mi scot pălăria în fața lor. Onestitatea (aia reală) cred că este extrem de importantă într-o relație. Fără ea, suntem doar niște prefăcuți care fug unii de ceilalți. Ce părere aveți?

P.S.: Chiar are cineva senzația că partenerul/a este atât de urât/ă încât să nu stârnească dorința altor persoane?

Cum îți dai seama că relația ta a expirat?

Relațiile au termen de valabilitate. Unele expiră mai devreme, altele mai târziu. Depinde de producător, de ingrediente și de spațiul de stocare. Dacă ai deschis o relație – așa cum faci cu o sticlă cu lapte – și o lași la soare sau uiți de ea, există mari șanse ca peste un timp să nu te mai poți apropia de ea din cauza mirosului oribil.

O relație este o „muncă" full-time – necesită implicare 100%. Dacă vrei să țină! Și da, e nevoie de implicare în doi. Degeaba unul se implică dacă celălalt este pasiv sau nu are niciun interes în acest sens. Nu va funcționa! Din păcate, foarte mulți oameni consumă multă energie doar la început, la faza de cucerire, după care iau în brațe ideea că relația merge de la sine după ce au început-o.

Greșit! Nimic nu merge de la sine.

Dacă faci asta, atunci relația ta va expira rapid. Aseară citeam un text interesant pe „Huffington Post". Era ceva de genul – „Cinci semne prin care îți dai seama că relația ta a expirat". În general, nu sunt adeptul acestor texte cu cinci, șapte, nouă sau zece semne sau al articolelor care sunt pline de sfaturi generaliste. Aici însă am găsit cinci lucruri de bun-simț, iar cei care au trecut de-a lungul vieții prin mai multe relații înțeleg perfect ce spun.

Deși fiecare relație are drumul ei, dinamica ei, semnele că ea expiră sunt evidente în oricare dintre cazuri.

Să le luăm pe rând:

1. Sexul dispare

Da, știu, se spune că în viața de cuplu intervine rutina și că interesul sexual se diminuează în timp. Okay, să spunem că e așa – deși dacă imaginația oamenilor funcționează, sexul nu are de ce să între în criză –, însă ce faci? Stai și aștepți să apară rutina sau îți întreții tot timpul viața sexuală? Sexul nu înseamnă totul în cuplu, însă este un element extrem de important. Atunci când dispare, în cuplu apar tensiuni și frustrări.

2. Nu mai petreceți mult timp împreună

La început nu concepeați să stați separați, iar acum nu mai știți cum să vă evitați? Ce vă spune asta? Nu vi se pare evident că nu vă mai doriți? În general, atunci când te îndepărtezi de celălalt, lași loc de noi provocări, iar pe acest fond ele nu ezită să apară.

3. Nu mai comunicați

Comunicarea este cea care menține vie o relație. Fără comunicare dispar toate – și sexul, și sentimentele. Cât timp poți să iubești un perete? În momentul în care ajungi să simți că trăiești alături de un străin, este timpul să pui punct și să mergi mai departe.

4. Vă certați mereu

Cunosc o grămadă de cupluri care se ceartă non-stop. Nu se mai ating, nu se mai doresc, ci doar se ceartă. Din orice! Ai senzația că au un singur scop – să se anihileze reciproc. Ei, bine, asta nu durează foarte mult și până la urmă unul dintre parteneri își bagă picioarele și pleacă. Asta înseamnă relație? Orgolii, nervi și tensiuni? Mă cam îndoiesc...

5. Nu mai există afecțiune

Și aici nu e vorba despre sex, ci despre gesturile simple de iubire – mângâieri, săruturi, atingeri, țineri în brațe, țineri de mână pe stradă etc... Dacă simți că relația s-a transformat într-un aisberg, ar fi bine să te gândești ce e de făcut. Este posibil să fie deja prea târziu.

Astea erau cele cinci semne din „Huffington Post". Mi se par de bun-simț. Le-am și trăit de câteva ori. Așa cum se întâmplă de fiecare dată... relațiile în care apar aceste semne se destrămă.

Și au trăit fericiți câteva luni

Zilele trecute am citit o chestie funny pe Facebook. Suna cam așa – „Și au trăit fericiți până la adânci bătrâneți. Întrebare – unde scrie împreună?" Așa ne-au învățat basmele – că eroii s-au îndrăgostit și s-au iubit până la adânci bătrâneți. Numai că viața nu e tocmai un basm. Îndrăgostirea trece, iubirea are nevoie de timp, iar oamenii manifestă o nevoie tot mai mare de nou și cât mai puțin timp de alocat acestei zone.

Și, uite așa, ajungi să te întrebi – „Unde scrie împreună?" Sigur, pe de altă parte, dacă intri într-o relație cu scopul de a atinge fericirea, deja ești pe jumătate nefericit. Zici că ești un bolid de formula 1 care are un pneu făcut franjuri, iar pilotul se roagă la Cel de Sus să-l ducă până la boxe. În general, este bine ca în relații să intri deja fericit. Întâlnirea dintre doi oameni fericiți este cea mai bună variantă. Altfel, relația aia se transformă într-o manta de ploaie pentru oameni necăjiți.

Or, dacă unul este traumatizat, rupt în suflet, iar celălalt este radiant și fericit... oare ce se întâmplă? Cine pe cine molipsește? Cum poate funcționa o relație dezechilibrată din start? Dacă amândoi sunt praf, lucrurile pot funcționa până apare prima trezire - niciodată, cei doi nu își revin în același timp.

Așa că e posibil ca acela care se trezește să-și dorească pe cineva trezit, deci, pa, relație... Cea mai bună variantă este relația începută de doi oameni deja fericiți, doi oameni împăcați și fericiți cu ei înșiși. Ei pot forma un cuplu funcțional, o construcție de durată. Restul nu fac altceva decât să-și administreze shoturi de adrenalină, să naufragieze pe țărmuri pustii.

Atunci când vezi relații începute de oameni fericiți, împăcați și asumați, te poți aștepta la formularea clasică - „Și au trăit fericiți până la adânci bătrâneți". În celelalte cazuri, există foarte mari șanse ca formularea clasică să prindă tușele moderne și să se transforme în „și au trăit fericiți câteva luni"... după caz!

Până unde poți avea încredere într-o persoană?

„Oricum, mulți nu te consideră normal. La ce subiecte abordezi, e clar că pari de pe altă planetă" - mi-a spus cineva într-un mesaj. Mi s-a părut funny - da, în România lui 2014, dacă îndrăznești să vorbești despre comportamente toxice, relații, iubire, suferinţă, amantlacuri, trădare etc... eşti de pe altă planetă.

Dacă nu pierzi timpul cu discuţii despre politicieni sau despre doctrine politice pe care oricum nimeni nu le respectă ... ceva nu e în regulă cu tine. Ba, mai mult, eşti un superficial pentru că îţi pierzi timpul cu subiecte ce ţin de substanţa vieţii de zi cu zi. Că ataci fondul şi nu forma. Sunt un nasol :)) Dar am încredere în ceea ce scriu. Am încredere în mine.

Că tot am ajuns la încredere, o altă persoană îmi spune de ceva timp că sunt un visător, că am prea mare încredere în iubire, în funcţionalitatea relaţiilor, că acord prea mare importanţă alegerilor de viaţă. Se prea poate să fiu un visător, însă haideţi să ne înţelegem – ce îl caracterizează pe un om, nu cumva suma alegerilor pe care le-a făcut în viaţă?

Întrebarea este – mai suntem dispuşi să avem încredere în alţii? Iubirea zburdă la liber pe net, însă atunci când vine vorba despre încredere... încep să curgă semnele de întrebare.

Veste proastă – iubirea nu poate funcţiona cu semne de întrebare, cum nu poate funcţiona în neîncredere. Până unde poţi avea încredere într-o persoană? Atunci când iubeşti... până la capăt! Aşa funcţionează lucrurile. În iubire nu funcţionează jumătăţile de măsură.

Cum poți să construiești un univers dacă tu nu ai încredere în persoana de lângă tine? Nu poți! Dacă nu ai încredere, nu ai curaj să faci nimic, ești ros de propriile îndoieli și, la primul semn ciudat, ești tentat să renunți.

Atunci când nu ai încredere, nu numai că nu ești deschis în fața iubirii, ci te ascunzi de ea. Fugi de iubire! Ți-e frică de iubire.

Atunci când iubești e musai să ai încredere în persoana pe care o iubești. Și nu, nu trebuie să te temi că vei suferi. Se poate să ajungi să suferi, e adevărat, însă trebuie să-ți asumi asta de la bun început. Astea sunt regulile jocului.

Dacă însă ținem cont că iubirea are nevoie de TIMP de construcție, atunci putem admite faptul că acel timp îți oferă suficientă plajă de analiză, de cunoaștere a celuilalt. Ești sigur/ă că ești dispus să acorzi timp iubirii? Foarte mulți oameni au ajuns să se bucure doar de shoturile de endorfine, de fluturii „începuturilor" de relație. De ce? Pentru că vor să fie beți, vor să guste doar din glazură, nu și din blat.

Ei știu că iubirea are nevoie de timp și de încredere, însă nu vor să „riște" să-și înstrăineze încrederea. Le e frică! Și atunci preferă doar perioada hormonală, pe care o consideră a fi cea mai frumoasă din viața unui om! Atât de frumoasă... încât trece repede!!!

Nu contest că îndrăgostirea nu e mişto, însă iubirea este incomparabil mai frumoasă. Cunoaşterea celuilalt, la fel... Încrederea în celălalt nu poate fi comparată cu nimic.

Cam asta înseamnă iubire – să îl cunoşti pe celălalt, să ai încredere în el, să-l descoperi, să-l laşi să te descopere, să construieşti un univers împreună, să te deschizi total. Asta nu implică orbire sau prostie, ci raţiune pură şi asumare. Orbirea apare doar în perioada hormonală. În iubire nu mai eşti orb, ci vezi foarte bine şi, mai ales, ştii foarte bine ce trăieşti.

Iubirea nu funcţionează cu semne de întrebare – ci cu încredere totală, asumare şi ochii larg deschişi.

De ce să lupţi pentru o relaţie?

Nu pot să înţeleg ce caută lupta în asociere cu relaţiile? Mi-e imposibil să înţeleg. Lupţi să ce? Lupţi să ai o relaţie? Lupţi să menţii o relaţie? Lupţi să salvezi o relaţie? Cam de fiecare dată când vorbeşti cu cineva despre relaţii, hop... apare şi termenul „luptă" în peisaj. E ca individul ăla care vine neinvitat la un eveniment şi dă iama în fursecuri.

Cine este dușmanul? Mi se pare cât se poate logic – dacă nu există dușmani, nu ai motive să lupți, nu-i așa? Să le luăm pe rând – lupți să ai o relație. Hm, asta mi se pare interesant – cu cine lupți? Cu ceilalți bărbați sau cu celalalte femei vei spune. Oare?

Chimia dintre oameni nu ține cont de mediul ambiant – ea se întâmplă și atât –, tu o vezi, ea te vede, mecanismele încep să funcționeze, vreți să vă apropiați, să vă cunoașteți, să vă atingeți, deci ceilalți oameni nu mai contează. Părerea mea!

Nimeni nu luptă pentru nimic, ci doar pulsează și savurează momentele alea de beție hormonală. Așa că lupta în acest context nu are sens. În plus, în momentul în care amesteci lupta cu chimia, dragostea nu mai este ceva natural, ci un semiviol...

Lupți să menții o relație. Cum vine asta? Păi, ce scârțâie dacă ajungi să lupți ca să păstrezi lucrurile într-o anumită zonă de normalitate? O relație funcțională implică doi oameni fericiți, doi oameni care merg în aceeași direcție. Ce să caute lupta aici? După părerea mea, lupta pentru menținerea unei relații este un act de intruziune – înseamnă că cineva nu are chef să meargă în direcția în care îți dorești tu.

Atunci când există doi oameni fericiți și asumați, lupta nu are ce să caute în discuție.

Lupți să salvezi o relație. Asta mi se pare cea mai haioasă și inutilă parte. Am trecut și eu pe acolo și ghiciți ce – nu am reușit să salvez nimic. De ce? Pentru că mortul nu se mai întoarce de la groapă. Ceea ce este stins și îngropat nu mai poate căpăta roșeață în obraji, să ne înțelegem.

Ce să salvezi? Ani de zile de necomunicare? Ani de zile de certuri? Ani de zile de refuz și nedorință? Diferențele dintre voi care erau evidente încă din primul moment? Din păcate, foarte multe cupluri decid să meargă la terapie după ce au terminat de gustat bucatele pregătite pentru parastasul de șapte ani. Parastasul relației lor!

Fac pariu că niciunul din cei doi nu își dorește să salveze altceva decât aparențele. Ei se duc la terapie pentru a se minți încă o dată că încearcă. În realitate, amândoi vor să fugă cât mai departe… unul de altul! Ani de zile nu au încercat nimic, ani de zile s-au neglijat, ani de zile și-au ruinat și rutinat relația, iar acum, brusc, i-a lovit în creștet lumina divină… Sorry, dar nu halesc așa ceva.

În plus, într-o relație în care nu mai funcționează nimic – nu comunicare, nu dorință, nu înțelegere, nu respect, nu sentimente… ce vrei să salvezi? Ești masochist/ă?

Iată cum lupta nu are ce căuta în relații. Da, știu, foarte mulți oameni privesc viața ca pe o luptă, ca pe un adevărat război, deci și relațiile sunt supuse aceluiași tratament. Ceea ce nu înțeleg acești oameni este că în acest război ei sunt propriul lor dușman. O relație nu se menține cu luptă și cazană, ci cu iubire și blândețe. Din acest motiv atât de puține relații rezistă ștampilei timpului. Lupta și războiul oferă adrenalină, dar și pârjol; iubirea aduce cu ea liniște și calm. Cine își dorește așa ceva în această lume isterică?

Dacă încrederea s-a dus

„Mulți oameni nu-și trăiesc viața pentru că-și trăiesc fricile". Citatul îi aparține lui Les Brown și l-am văzut pe peretele lui Anatol Basarab. Două ecrane mai jos, Cabral întreba – „Care a fost cea mai mare tâmpenie pe care ai făcut-o din gelozie?" Și mai jos, Mirela Retegan scria despre un obicei cât se poate de nasol – uitatul în telefonul celuilalt. Toate aceste exemple zugrăvesc fricile omului modern, slăbiciunile și lipsa de încredere în forțele proprii.

Da, ați citit bine, atât gelozia, cât și privitul în telefonul partenerului/ei au legătură cu propria slăbiciune și nu cu celălalt. Multă lume se întreabă de ce nu mai suntem în stare să menținem o relație mai mult de unu-doi ani? Un răspuns posibil ar fi ăsta – pentru că vedem oamenii cu ochii acoperiți de negativisim.

Am ajuns să nu mai vrem să vedem binele din oameni, ci doar răul; nu ne mai interesează calitățile, ci doar defectele... pe care le căutăm cu lumânarea. Am ajuns să căutăm răul dintr-o relație și nu binele. Nu vi se pare ciudat? Din păcate, această stare de fapt este generată de propria fragilitate și nu de partener/a.

În goana după omul puternic, după bărbatul adevărat și femeia independentă... lumea este plină de fricoși, de pesimiști, de oameni neîncrezători, de indivizi care nu vor să construiască nimic, ci doar să cadă... cât mai jos, cât mai dur. Iar gelozia este o boală nasoală de tot, care nu face altceva decât să distrugă cuplul. Gelozia nu are cum să sudeze un cuplu. Cum poți să trăiești lângă o persoană suspicioasă, o persoană care te bănuiește tot timpul de lucruri pe care nu le faci? Ai senzația că te și invită să calci strâmb!

De-a lungul vieții, au existat momente în care am avut încredere în persoane care nu meritau; am avut relații cu persoane care aveau o plăcere nebună să mă facă gelos. Au fost experiențe de viață din care am învățat o grămadă de lucruri, iar cel mai important este respectul. Respectul contează enorm într-un cuplu! Iar respectul și încrederea merg mână în mână. Să faci pe cineva gelos este simplu! Dai un telefon, aranjezi o „întâlnire" întâmplătoare cu o duduie și gata... s-a produs cutremurul. Întrebarea este - ce câștigi din prostia asta? Ați ghicit... nimic!

Să nu vă aud cu „testele". Nu există teste, ci doar răni provocate! Drept urmare - eu cred că pentru a putea respecta pe cineva, pentru a putea avea încredere în celălalt, trebuie să ne respectăm și să avem încredere întâi în noi înșine. Aici este cheia!

Fie că vă place, fie că nu, atunci când încrederea în tine s-a dus... nu mai rămâne mare lucru... ci doar frică, multă frică!

De ce intrăm în relații cu persoane nepotrivite?

„Ce o fi fost în capul meu?" este o întrebare pe care sunt sigur că și-au pus-o toți cei care au avut la viața lor măcar o relație cu o persoană nepotrivită. Am trecut pe acolo, știu ce înseamnă și e tare interesant să te uiți înapoi și să realizezi cât de mult te-ai schimbat. Ăla e momentul în care îți dai seama ce greșeli ai făcut și mai ales de ce.

Din păcate, hormonii dezechilibrează raţionalul, îndrăgostirea ne ia minţile – mai ales când suntem foarte tineri şi, practic, nu mai suntem atenţi la semnele evidente care ne arată încă de la bun început că persoana despre care credem că este soarele şi luna ar putea să ne ofere nişte surprize urâte.

Pe lângă acest fapt, nu ştiu de unde există chestia asta întipărită în mentalul colectiv – şi anume că toţi oamenii se potrivesc atunci când li se aprind călcâiele. Greşit! Nici vorbă! Faptul că te îndrăgosteşti de o persoană nu înseamnă că te şi potriveşti cu ea. Iar lucrurile încep să devină clare în momentul în care hormonii se potolesc. Şi totuşi, doar astea să fie motivele pentru care intrăm în relaţii cu persoane nepotrivite?

Nu, sunt mai multe. Zoso a dat share ieri unui articol care se referea la căsătorie – titlu era simplu „Cum ajungem să ne căsătorim cu persoane nepotrivite". Voi prelua ideile de bază din articolul cu pricina, pentru că sunt de părere ca înainte să ne facem griji cu privire la căsătorie, ar trebui să luăm în calcul relaţiile.

Iată câteva motive pentru care intrăm în relaţii sau ne căsătorim cu persoane nepotrivite.

1. Nu ne înţelegem pe noi înşine

În general, dacă întrebi o persoană ce-și dorește de la partener, îți va spune cam așa - „să fie bun, iubitor, cu simțul umorului, atractiv" etc... Zici că e descrierea unei mașini. Calitățile astea pot fi regăsite la foarte mulți oameni. Asta nu înseamnă că toți acei oameni se potrivesc cu persoana care a fost întrebată inițial.

Cei de la philosophersmail consideră că nu ar trebui să ne gândim în primul rând la aspectele pozitive ale celuilalt, ci ar trebui să ne preocupe ce nu suportăm. Iar aici ar trebui să pornim întâi de la noi. Atunci când îți cauți un partner/ă trebuie să știi exact ce vrei, ce ești dispus să accepți și ce nu. Doi oameni care știu exact care le sunt limitele se pot înțelege mai ușor decât doi oameni care caută parteneri „buni, iubitori, funny și atractivi".

2. Nu îi înțelegem pe ceilalți

Sigur, dacă nu ne înțelegem pe noi, este penibil să credem că îi vom înțelege pe ceilalți. Ideea de relație stă din capul locului pe nisipuri mișcătoare. Mai nou, este adusă pe tapet ideea de a-ți testa partenerul/a din punct de vedere psihologic. Da, ați auzit bine, ambii parteneri își fac teste prin care află ce părere are fiecare despre: autoritate, umilință, introspecție, intimitate sexuală, proiecții, bani, copii, îmbătrânire, fidelitate etc... Astea sunt informații care nu se obțin la o cafea decât dacă cei doi sunt psihologi sau au cunoștințe de specialitate. Deși pare cumva că robotizăm relațiile, tind să cred că această cunoaștere psihică a partenerilor este benefică pentru orice cuplu, mai ales dacă cei doi își doresc să funcționeze. Oare nu ne-am săturat să fim orbi?

3. Nu suntem învățați să fim fericiți

Nefiind învățați să fim fericiți, cei mai mulți dintre noi căutăm fericirea în dragoste. Și, de cele mai multe ori, ajungem să fim nefericiți. Dragostea nu este ceva de care să te agăți. În dragoste ar trebui să intri deja fericit. Ea ar trebui să-ți completeze fericirea deja existentă și nu să fie un motiv de fericire. „Ne căsătorim cu persoane nepotrivite pentru că persoanele potrivite nu se simt acceptate; pentru că nu asociem îndrăgostirea cu satisfacția" – scriu cei de la philosophersmail.

4. Singurătatea e nașpa

Asta e o idee pe cât de general răspândită, pe atât de penibilă. Nu, singurătatea nu e nașpa. O persoană singură poate fi fericită. Societatea este însă cea care-i pune o ștampilă urâtă pe frunte. În societatea actuală, singur = incapabil! Din păcate, cei mai mulți oameni fug de singurătate și atunci intră în tot felul de relații, fără să le pese dacă persoanele respective sunt sau nu potrivite pentru ei.

5. Puterea dragostei

Dacă până la jumătatea secolului 20 căsătoria era mai degrabă o afacere – în unele culturi încă mai este –, căsătoria se face acum din dragoste. Și, din păcate, foarte mulți oameni cred că dacă ești îndrăgostit e suficient sau că „dragostea mută munții din loc". Fals! Nu îi mută! Dacă te căsătorești doar pentru că ești îndrăgostit, există mari șanse să divorțezi pentru că ți-ai dat seama că nu ai nicio treabă cu partenera ta.

6. Școala iubirii

După căsătoria ca afacere și cea romantică, se pare că urmează căsătoria psihologică. Asta înseamnă un mix de sentimente și informații, un pachet care le asigură celor doi un ghid complet al propriei relații. Mie nu-mi sună rău deloc acest lucru.

7. Vrem să înghețăm fericirea

Foarte mulți oameni își doresc să atingă fericirea continuă. Acest lucru este imposibil. În viață există și momente de fericire, și de cădere, dar și foarte multe momente neutre, momente în care nu te gândești dacă ești fericit sau nu. Nici relația și nici căsătoria nu îți asigură garanția fericirii de durată. Asta este o muncă susținută în doi, zilnic...

8. Vrem să uităm de iubire

Fiecare om a trecut prin mai multe traume de-a lungul vieții sale, iar mulți cred că dacă se căsătoresc, rolul de tiran al iubirii asupra vieții lor se încheie. Greșit – el abia începe, iar cine crede că o căsnicie înseamnă doar lapte și miere...

Cam astea sunt câteva motive pentru care oamenii intră în relații sau chiar se căsătoresc cu persoane nepotrivite. Da, e adevărat, dragostea e oarbă, dar și suferința este de multe ori o notă de plată prea mare.

Puterea poate fi un afrodiziac, dar nu în cuplu

„În dragoste, bărbatul trebuie să conducă sau să fie egal. Pentru că puterea e un afrodiziac..." – o mostră de gândire coitală pură care mi-a căzut sub priviri aseară. Afirmația îi aparține „întâiului frustrat, pardon, blogger al țării"... da, băiatul ăla care scrie despre iubire și care își dă singur cu firma în cap prin astfel de afirmații ce țin mai degrabă de un medievalism intelectual decât de o gândire la zi, în ton cu secolul în care trăim.

Să o luăm pe rând – „bărbatul trebuie să conducă sau să fie egal". În viziunea lui, astea sunt singurele variante accesibile bărbatului. Bărbatul nu are voie sub nicio formă să fie condus de femeie! Niciodată! Interesant! Cât cocosim de chioșc. Păi, cineva care susține că bărbatul trebuie să conducă sau să fie egal - mai ales în dragoste - le aruncă pe toate femeile în zona inferiorității.

Dacă bărbatul trebuie să conducă sau să fie egal, înseamnă că femeia trebuie să fie condusă sau să fie egală. Pentru ea nu există a treia variantă! Acum, dacă scoatem excesul de vrăjeală din ambele formulări, adică „sau egal/ă", rezultă că „în dragoste, bărbatul trebuie să conducă, iar femeia să fie condusă".

Ce modalitate interesantă de a le aplica cititoarelor tale un golden shower cu boltă! Atunci când vorbești despre dragoste și aduci în context poziții de putere - adică bărbatul la conducere și femeia supusă –, te poți aștepta la orice ... mai puțin la dragoste. Jocurile și pozițiile de putere în cuplu nu sunt normale, ci toxice! Am mai scris despre asta.

Doar oamenii nesiguri și temători vor să obțină puterea în cuplu. Iar partea cu femeia care nu este capabilă să-și facă propria viață, având nevoie de un „vulture" protector, nu prea mai ține în vremurile actuale. Din ce în ce mai multe femei trăiesc pe „barba lor", din ce în ce mai multe femei au viața lor – casă, mașină, bani... statut.

Din ce în ce mai puţine femei mai au nevoie de susţinerea financiară a bărbatului. Aşa că toate clişeele din cărţile de seducţie au nevoie de un upgrade. Acum câteva ore, o prietenă a lăsat un comentariu la un post de ieri.

Ea scria aşa – „Mi-aş dori să dispară cuvântul «puternic» din vocabularul discuţiilor despre femei şi bărbaţi şi să-l înlocuim cu asumat. Când unul e puternic, automat logica îţi spune că celălalt e slab şi iar alimentăm războiul tâmpit dintre sexe".

De acord cu acest comentariu – puterea poate fi un afrodiziac, dar nu în cuplu! Puterea este toxică în cuplu! Un cuplu înseamnă un parteneriat, înseamnă echipă şi nu doi inamici, doi adversari aflaţi tot timpul în competiţie. În cuplu nu este vorba despre luptă, despre cine câştigă mai mult, cine este mai iubitor, cine este mai bun şi cine nu.

Acolo unde apar astfel de manifestări, vorbim despre o doză uriaşă de toxicitate. În plus, dragii mei, încetaţi cu prostia asta cu bărbatul puternic. Este doar o vrăjeală pentru bărbaţii nesiguri pe ei. Puterea nu este un factor care-ţi asigură fericirea în cuplu. În niciun caz atunci când este exercitată asupra celuilalt. Puterea este o chestiune interioară. Iată ce a scris Marvin Allen – terapeut şi scriitor – despre căsnicia sa: „Supriza mariajului meu a fost faptul că soţia mea a vrut mai mult de la mine decât bani și sex. Nu a fost suficient că munceam 16 ore pe zi, nu a contat că eram un amant neobosit, nu a contat că am renunțat la prieteni, la alte femei, la sport și pescuit. Ea a dorit mai mult de la mine, ceva ce am simțit imposibil de oferit - intimitate". Deci? Cum e treaba cu bărbații puternici? Da, sunt de acord cu „întâiului frustrat, pardon, blogger al țării" când spune că „mascul te naști, bărbat devii sau nu", cu o completare - ca să devii bărbat, trebuie să te cureți bine de clișee!

Cea mai mișto poveste de dragoste e cea cu happy-end

Toată lumea visează la povești de dragoste care țin o veșnicie, toate lumea visează la ceva unic, de nedescris, toți visează la dragostea perfectă, la dragostea aia hollywoodiană. Zilele trecute am întrebat o prietenă: „Care e cea mai mișto relație de dragoste?"

Ea mi-a răspuns: „Care?"

– Cea mai mișto poveste de dragoste este cea cu happy-end!, i-am spus eu.

Sunt sigur că dacă i-aș fi văzut fața, ar fi fost o experiență de senzație.

– Ai uitat de everlasting love, mi-a spus ea râzând.

– În cazul în care există acea everlasting love, i-am răspuns eu.

Sincer, eu cred că există, însă nu este obligatoriu să existe în cuplu. Sigur, dacă două persoane reușesc să-și conserve iubirea toată viața, este excelent, este varianta ideală. Toată lumea își dorește asta (sper).

Și totuși, istoria recentă arată că mult prea puține relații mai rezistă tăvălugului social, prea puțini oameni îngenunchează în fața carnalului, neglijând spiritualul... totul arde pe repede înainte, iar la primul semn de oboseală, de rutină, înlocuim în loc să reparăm.

În aceste condiții, este aproape iluzoriu – dar nu imposibil – să vorbim despre povești de dragoste de lungă durată. Tocmai de aia consider că cea mai mișto poveste de dragoste este cea cu happy-end. De ce spun asta? Pentru că dacă o relație debutează ca o ploaie de vară și se încheie ca un uragan, omul nu rămâne cu ceea ce a fost frumos în timpul relației, ci cu ceea ce a fost urât, cu traumele și rănile de pe suflet... semne care se vindecă foarte greu.

După părerea mea, o adevărată poveste de dragoste nu se încheie cu nervi și ură, ci cu conștientizare, cu o îmbrățișare și cu zâmbetul pe buze - ambii parteneri realizează că povestea lor s-a încheiat, își mulțumesc și merg mai departe. Asta este povestea de dragoste care nu se încheie niciodată, pentru că de fiecare dată când cei doi se vor revedea, se vor privi că doi îndrăgostiți - nu vor fi ranchiunoși, nu vor avea resentimente, ci se vor bucura de revedere, își vor aduce aminte de lucrurile frumoase și își vor îmbăia sufletele cu experiența superbă a poveștii lor.

Da, știu, acest lucru nu prea se întâmplă. Și e și normal din moment ce un procent uriaș al relațiilor nu sunt, de fapt, povești de dragoste, ci bătălii de orgolii. Bătăliile de orgolii se termină cu războaie, cu răzbunări, cu ură... cu mânie... cu gânduri de genul - „sper să moară". O poveste de dragoste este lină ca un lac de primăvară... ea se încheie frumos și continuă peste ani la fel de frumos, doar că dragostea se transformă într-o prietenie frumoasă.

Nefiind o persoană care să fi avut parte de acea everlasting love (timpul nu e pierdut, totuși), spun că pentru mine, cea mai frumoasă poveste de dragoste este cea cu happy-end. Iar happy-end nu înseamnă „au trăit fericiți până la adânci bătrâneți", ci „s-au respectat până la adânci bătrâneți".

Când 1+1 nu fac NOI

„Dragostea este o așteptare neîncetată a loviturii" – o perspectivă extrem de sumbră găsită într-o carte a lui Milan Kundera. O perspectivă sumbră care ne transformă în niște masochiști, în niște sadici ai sentimentelor. Și, oare, nu suntem?

La școală am învățat că 1+1 fac doi. În viața reală însă, nu prea avem chef ca 1+1 să facă NOI! Din ce în ce mai des aud idei care mai de care mai haioase vizavi de relații. „Eu fac asta, EL nu vrea" – cam așa sună raportările multor oameni la propriile relații. Separare! Aproape că nu mai auzi NOI!

Trăim în era în care individul contează, și nu PUNTEA! Cine mai are nevoie de punte? Trăim în era în care contează doar ideea de EU! NOI este un termen învechit, dacă a existat vreodată cu adevărat. Azi suntem EU și TU și ne încăpățânăm să ne iubim fără să obținem un NOI.

Vrem totul fără să fim pregătiți să oferim ceva! Doar nu suntem tâmpiți să stricăm economia lui EU! În contextul ăsta, nu cumva Kundera are dreptate? Nu cumva, în multe cazuri, dragostea chiar este o așteptare neîncetată a loviturii? Ce lume haotică... O lume în care auzi idei precum – „Femeia trebuie iubită, nu înțeleasă" – hm, interesant, cum poți iubi ceva ce nu înțelegi? Cum poți construi ceva alături de o persoană pe care nu o înțelegi (și, de multe ori, nici măcar nu vrei) și cu care nu te poți înțelege?

Cum poți forma acel NOI în condițiile astea? Cum poți construi acea punte, dacă tu aștepți de la bun început lovitura finală? Ce sens mai are? Nu e mai confortabil să îmbrățișezi separatismul sentimental? Dă-o naibii de aritmetică, cui îi trebuie? Ia, gata! 1+1 nu fac doi, ci 5... că așa vreau EU! Dă-l dracu' de NOI. Putem fi EU și TU... cât mai separați și cât mai îndrăgostiți. Iar lovitura... lovitura... o auzi? Vine!

O relație înseamnă libertate

„Poți să faci ce vrei, câtă vreme faci ce zic eu". Vă sună cunoscut? Se întâmplă în foarte multe relații și se numește control sau luptă de orgolii. Unii oameni nu intră în relații pentru iubire, ci pentru asuprirea celuilalt. Au o poftă nebună de a-l călca pe celălalt pe gât. Aici nu se poate vorbi despre iubire, ci despre anihilare, despre închisoare. Iubirea nu are nimic războinic în ea.

Toxicitatea unor astfel de relații este evidentă. Din păcate, în loc să evoluăm, să fim liberi, să ne dezvoltăm fără probleme în relații, nu știm cum să-l controlăm pe celălalt, suntem bănuitori, ascunși, necomunicativi, temători. De-a lungul anilor am văzut o grămadă de relații în care cei doi mai degrabă își puneau bețe în roate decât să se sprijine. Ce fel de iubire e asta?

Mai mult, am văzut cazuri în care cei doi habar nu aveau cum se simțeau unul lângă celălalt, atât de fricoși erau. „Nu mi-e bine, dar ce vrei să fac? Să o iau de la capăt? Pe ăsta măcar îl cunosc" – am auzit în disperare asemenea scuze. Ca să nu mai spun că am întâlnit oameni care erau împreună de ani de zile și nu știau nimic unul despre celălalt.

Prea mulți oameni se raportează greșit la ideea de relație, la ideea de iubire în cuplu. Mulți o confundă cu o închisoare, cu o constrângere, cu suferința. FALS! O relație funcțională este formată din doi oameni fericiți și liberi! Da, ați citit bine – LIBERI!

„Cum adică liberi? Păi, și dacă și-o trage cu alta?" – se va găsi cineva să întrebe. Păi, tocmai asta e, nu și-o trage! Un om care se simte liber, se simte iubit, simte că este lăsat să fie el într-o relație, un om care vede că este sprijinit să se dezvolte nu profită de acest lucru, nu își taie singur craca de sub picioare. Nu are de ce. Omul fericit este fericit și nu are motive să-și complice existența.

Atunci când un om este controlat, sufocat, condiționat, simte nevoia să evadeze, vrea să fugă.

Cui îi place să i se pună zilnic un mare pantof pe moacă? Nimănui! Sunt oameni care îmbrățișează cu „profesionalism" rolul de victimă, așa cum există și asupritori de profesie. Cu toate acestea, controlul nu va dura la nesfârșit.

Într-o relație în care se dau lupte pentru putere, partenerii nu se obosesc să se cunoască între ei, nu se obosesc să se aprecieze, să se sprijine cu adevărat, să se iubească. Ei vor doar să se anihileze reciproc. Sunt doi tirani care se întâlnesc între aceiași pereți – la înghesuială!

Doi oameni care îmbrățișează iubirea și libertatea de cuplu cresc împreună, sunt liberi, au sentimente frumoase, sunt încrezători, nu se tem de eventualele influențe exterioare, sunt oameni care construiesc acea superbă punte a iubirii. Ei comunică permanent fără să se teamă că îl supără pe celălalt, fără să se simtă vulnerabili, ei au sufletul curat.

Da, știu, sunt puțini. Asta nu înseamnă că nu există. Or, câtă vreme există, înseamnă că putem prelua acest exemplu, nu-i așa? De ce rămânem în continuare sclavii războaielor dintre noi? Mi se pare de neînțeles. Atunci când înțelegi că celălalt nu este un obiect, nu este o casă, un teren, un stilou, ci un om liber, care simte și are nevoi similare, atunci renunți la toată lupta asta pentru putere în cuplu.

Abia atunci înțelegi că relația nu este o închisoare, ci pură libertate. Atunci reușești să înțelegi iubirea!

Când se termină, de fapt, o relație?

O relație nu se termină în momentul în care spui – „Draga mea, lucrurile nu mai funcționează, așa că mai bine ne despărțim" sau când ți se „dau papucii". O relație nu se termină în momentul în care ai pus punct și îți vezi de treaba ta. Dacă ar fi atât de ușor, toată lumea ar fi liniștită, nimeni nu ar mai lua antidepresive.

Din păcate, lucrurile sunt ceva mai complicate. O relație este o construcție complexă pe mai multe planuri – body, mind, spirit. O relație – și aici vorbim despre sentimente – înseamnă intimitate, pasiune, angajament. Astea necesită timp de construcție, necesită implicare, necesită „efort", necesită disponibilitatea de a-ți pune viața la dispoziția celuilalt.

Iar când toată această construcție se rupe, efectele nu întârzie să apară – de la mânie la sentimente de abandon, de la autosabotare la negare, oamenii trec prin tot felul de stări în funcție de nivelul lor de dezvoltare.

Încă nu am văzut un om care să fi ieșit curat dintr-o relație sentimentală. Este posibil să existe, însă eu încă nu l-am întâlnit. Am trecut prin mai multe relații, unele mai toxice, altele mai puțin toxice, și am realizat un lucru destul de simplu – nicio relație nu se termină atunci când spui stop!, atunci când decizi să nu te mai vezi cu persoana respectivă.

Nu, relația mai durează o vreme. Se consumă acel așa-zis doliu, perioada aia în care continui să vorbești despre relația ta, perioada aia în care nici nu vrei să auzi de persoana respectivă, însă, în același timp, ești curios să vezi ce face (pentru ca nu cumva să afli că e fericită), este perioada aia de cădere.

Dacă te mănâncă necuratul să te bagi într-o relație nouă în starea asta, nu vei face altceva decât să otrăvești o persoană nevinovată. Iar dacă ambele persoane intră într-o relație în perioada de „doliu", atunci poate ieși măcel. De aceea cred că e bine ca, după fiecare relație încheiată, să luăm o pauză de reconstrucție – atât femeile, cât și bărbații. Nu vă lăsați amăgiți de chimie!

Degeaba apare chimia dacă sufletul este în mii de cioburi – nu va funcționa! În plus, s-a dovedit că, în perioada asta de cădere, există condiții mai mari de apariție a chimiei. Parșivă viața asta, nu? Dar și extrem de frumoasă. „Şi atunci, când se termină, de fapt, o relaţie" – veţi întreba?

Eu cred că o relaţie se termină atunci când nu mai vorbeşti despre ea, când nu te mai gândeşti la ea, atunci când nu ai nicio problemă să te întâlneşti cu fosta/ul, prezenţa ei (lui) nu îţi mai stârneşte nicio stare. În momentul ăla poţi considera că o relaţie este terminată, în momentul ăla poţi considera că te-ai întors la tine… Iar asta necesită timp!

"Fix oamenii care caută dovezi de iubire oferă dovezi de lipsă de respect."

VII. IUBIREA E O CURVĂ

Iubirea e o curvă

Am întâlnit-o în pub. Era cam 22.30, fumul de țigară depășea limitele normale pentru mine, un fost fumător înrăit, dar muzica era una plăcută. Uitasem cum e să ieși iarna în locuri frecventate de fumători.

Stătea pe scaunul înalt de bar, sorbea fără chef dintr-un mojito și privea fără direcție. Rimelul i se prelinsese pe obraji, semn că plânsese serios de curând.

Rujul nu mai avea acea strălucire pe buzele ei, așa cum știam... Atitudinea ei nu mai era dreaptă și sigură, ci ușor dezordonată.

Iubirea părea dărâmată, arăta ca o persoană care nu a mai avut concediu de foarte multă vreme.

– Ce faci iubire aici?, am întrebat-o.

– Beau! Uit, vreau să uit, nu știu, Andrei, habar nu am ce fac aici... Fug de casă, de lume, de mine, de toate...

– Hey, stai puțin, să ne înțelegem, ia-o ușor, ce s-a întâmplat?, am întrebat-o făcându-i semn barmanului să-mi dea un suc de mere.

– Nu mai pot, Andrei, sunt disperată, viața mea nu mai are sens. Nu mă mai simt utilă, nu mai știu care e locul meu în lumea asta. Nu mai am încredere în mine, nu mai am încredere în oameni, sunt depresivă, beau, fumez mult... nu dorm, am coșmaruri și am ajuns să iau calmante.

– Nu pot să cred asta. Ultima dată când ne-am întâlnit radiai...

– Ultima dată. Ce bine a fost atunci... Mai ții minte? Ce bine ne-am simțit? Cât am zâmbit? Mai ții minte cum m-ai condus până acasă? Era vară, cer senin, a fost frumos...

– Păi... și? Ce s-a întâmplat de atunci?

– Nu știu, Andrei, lucrurile se schimbă rapid.

– Adică?

– Păi, în domeniul meu (am uitat să vă spun, „iubirea“ lucrează în zona serviciilor), piața este în continuă mișcare, iar strategiile se schimbă într-un ritm amețitor. Oamenii habar nu au ce vor, Andrei. Asta e problema. Mi-e din ce în ce mai greu să lucrez cu ei. Pe vremuri erau dispuși să accepte strategii de dezvoltare pe doi-trei ani, urmate de un plan de dezvoltare pe termen lung, poate chiar pentru toată viața. Acum nu, nu mai vor așa. Acum vor Iubire AICI ȘI ACUM. Parcă s-au tâmpit. Nu știu cine le-a băgat prostia asta în cap. Cum adică, Andrei, aici și acum? Ce pot face eu pentru ei AICI și ACUM?

– Nu știu, nu m-am gândit. Sunt șocat de ceea ce aud.

– Și încă nu știi nimic, Andrei. Ei vor aici și acum, dar sunt din ce în ce mai speriați, din ce în ce mai agresivi și mai mincinoși. Practic, nu mă lasă deloc să-i cunosc. Nici pe ei nu vor să se mai cunoască, dar țipă toată ziua că vor iubire. Ce șanse am să muncesc corect într-un asemenea mediu ostil?

– Te înțeleg... mi-aș lua câmpii în locul tău.

– Am ajuns să iau Xanax, Andrei. Nu mai pot, nu mai înțeleg nimic. Și știi ce e și mai trist? Că după ce că apelează la serviciile mele, având pretenția să obțină beneficii pe loc, atunci când nu obțin rezultatele dorite îmi mai trimit și OPC-ul pe cap. Parcă sunt cretini, Andrei. Cum să îi trimiți iubirii OPC-ul pe cap?

– Asta chiar e o glumă bună, i-am spus râzând.

– Hai, te rog, nu mă lua la mișto și tu... Destul că...

– Iartă-mă, iubire, dar nu m-am putut abține.

– Da, știu, e okay. Nu pot să mă supăr pe tine.

– Știu și îți mulțumesc.

– Sunt tristă, Andrei. Azi am pățit-o rău de tot...

– ...?

– M-a făcut una curvă. Cică habar nu am ce-i aia viață și iubire profundă. Auzi la ea „iubire profundă". Credeam că sunt singură la părinți, Andrei. Știi ceva? Ți-a zis mama ceva vreodată?

– Nu.

– Mi-a spus că planurile mele sunt prostii, că promovez sexul și înțelegerea în loc să promovez spiritualitatea și conectarea la sursă. Mi-a spus că nu are cum să aibă încredere în mine, pentru că sunt prea aranjată pentru a fi credibilă. Mi-a spus că arăt că o curvă îmbrăcată așa... Tu ce crezi, Andrei?

– Păi... hai să ne uităm puțin – tocurile sunt decente, pantofii arată bine... pantalonii sunt office, cămașa este descheiată cât trebuie, sacoul e okay, coafura nu e trashy, machiajul cred că a fost în regulă, dar acum nu mă pot pronunța pentru că ai plâns... Mi se pare că totul e în regulă pentru cineva care lucrează în zona serviciilor. O fi avut femeia o zi mai proastă.

– Curvă, Andrei? Curvă? Cu ce am greșit să fiu jignită în asemenea hal de orice persoană cu probleme grave de identitate? Femeia aia nu are nevoie de iubire... Andrei, ci de terapie, așa cum am și eu nevoie. Nu mai suport atâta presiune!

– Iubire, capul sus, viața e frumoasă. O să vezi că dacă înveți să nu mai iei totul personal, lucrurile se vor rezolva ușor.

– Of, măcar de ar fi așa... Mă duci acasă?

– Sigur, doar nu vrei să te las pe străzi la ora asta.

– Rămâi la mine?

– Vrei?

– Sigur, vreau să fiu ținută în brațe. Cer prea mult?

– Nu. Nu ai cum să-mi ceri prea mult.

– Tu cum ești?

– Bine. S-a cam așternut praful pe strategia aia pe termen lung pe care mi-ai făcut-o, dar, na, ce să fac, nu-mi place graba. Doar mă știi...

– Ești ușor demodat, prietene, spune zâmbind. Și? Nimic?

– Ei, hai că-ți povestesc când ajungem la tine...

– Auzi, știi cumva vreun terapeut bun? Parcă nu aș mai lua pastile.

– Sigur că știu. Nici nu trebuie să iei pastile. Nu rezolvi nimic, doar îți păcălești stările.

– Îmi dai numărul de telefon?

– Sigur, hai că rezolvăm acasă.

– Ce dor îmi era de o plimbare.

– Şi mie.

Jocul geloziei sau jocul umilinţei

Joacă, joacă... dar să ştim şi noi. Ador femeile, recunosc, le iubesc, însă jur că nu le înţeleg uneori. Unele am impresia că se plictisesc cumplit lângă un bărbat iubitor. Cel puţin asta am simţit de câteva ori pe parcursul vieţii. Am avut senzaţia că sunt un dinozaur care nu corespunde vremurilor în care trăieşte. Calm, dornic de relaţii aşezate, normale, bazate pe comunicare şi respect; am avut parte fix de opusul acestora – adică de relaţii disfuncţionale, pline de minciuni şi umilinţă. Interesante experienţe, eliberatoare aş spune.

Fiind un om inteligent, nu am răspuns cu aceeaşi monedă. Da, poate că voi fi considerat prost pentru că am preferat să nu fac la fel, însă ce rost ar fi avut? Fiecare face fix cât poate, fix cât îi permite nivelul de dezvoltare umană. Unii ajung mai sus, alţii stau pe loc, iar alţii nici măcar nu ştiu că există o cale, ciupind frânturi de viaţă pe care le înghit fără să le guste. Femeile alea au trecut prin viaţa mea tocmai pentru a-mi arăta ce înseamnă AŞA NU!

Ador femeia care se joacă, femeia vie, glumeață, femeia care știe să iubească. Nu râdeți, inclusiv iubirea se învață. Îmi place și joaca, mai puțin un anumit gen de joacă.

Unele doamne îl numesc jocul geloziei. Eu îl numesc lipsă crasă de respect!

Ei bine, eu asta nu pot să înțeleg – de ce trebuie să faci nefăcuta... câtă vreme ți-e bine? De ce trebuie să te mănânce în popou să dai cu piciorul la tot ce poate fi frumos?

Sunt unul dintre bărbații care și-au luat motive de gelozie la greu. Uneori am stat și m-am gândit – „Oare chiar scrie prost pe fruntea mea?" De fiecare dată mi-am dat seama însă că acele femei nu știau să trăiască altfel decât umilindu-și partenerii.

Ele gravitau într-un pattern. Nu puteau icși din el, atât de slabe și neîncrezătoare erau. Și atunci ce făceau? Simplu – tot posibilul ca să te facă să te simți ultimul gogoșar din borcan, iar la acest capitol femeile se pricep de minune.

Bineînțeles că niciuna nu m-a iubit. E evident! O persoană care iubește o altă persoană nu are niciun motiv să-i stârnească gelozia. Cică „te-am testat". M-ai testat să ce? Să vezi cum reacționez când se pișă cineva pe mine?

Nu mai bine îmi spuneai ce vrei? Poate te lăsăm să o faci direct, fără intermediari... Se numește comunicare și puține persoane știu ce înseamnă cu adevărat.

Testele sunt bune doar la școală și doar când sunt grilă. Acolo, dintr-o singură căutătură, îți dai seama că ești descalificat.

În viață, ele sunt o mizerie și nu fac altceva decât să te îndepărteze. Nici vorbă să fie exerciții de iubire. Iubirea nu include emoții distructive, să ne fie clar!

Cine gâdește așa este adormit! Cine gândește așa habar n-are ce înseamnă iubire, respect, prietenie și mai ales comunicare. Am fost stârnit și testat în toate felurile și de fiecare dată când s-a întâmplat asta, nu numai că nu am iubit-o mai mult, ci am simțit, pur și simplu, scârbă.

Uneori îmi venea să le strâng de gât când vedeam cât de primitiv gândesc, cât de clișeistic, habarnist chiar. Mai aveau și tupeu să spună – „Lasă, dragă, că ce nu te omoară te întărește".

Sau te bagă în spital, aş completa eu. Am fost pe aproape – sigur, nu din cauza geloziei, ci a caracterului infect al unor persoane. Da, există și asta! Se numesc femei cărora le place să fie rele, hehehe...

Acum să vă explic de ce nu este bine să-ți faci partenerul/a gelos/ă. Atunci când iubești pe cineva și îl faci gelos, îl dezechilibrezi complet, îl faci să se gândească – „Băi, stai așa, ce se întâmplă? De ce face asta? Ceva nu îi convine? Ce? Dacă are o problemă, de ce nu îmi spune în față? De ce trebuie să mă facă să mă simt prost?"

Ei bine, așa cum se întâmplă de fiecare dată, dacă te scarpină scăfârlia să-i spui doamnei că ceea ce tocmai a făcut este o lipsă evidentă de respect, ai pus-o! Ți se va spune textual – „Știam eu că ești gelos și că vrei să mă controlezi!"

Figura tăurașului Ferdinand e nimic pe lângă figura ta după ce auzi asemenea cuvinte. Da, tocmai ce te-ai trezit în curte cu un coș plin cu pisici care zgârie rău, gest firesc după plonjeul superb executat peste gard.

Ea niciodată nu face nimic, ea nu este vinovată de nimic, TU EȘTI! Nu e tare? Mie îmi place genul ăsta de gândire oarbă, complet neasumată. Însă, din nefericire pentru toți cei care practică jocurile astea, ele sunt doar niște invitații la despărțire.

Cel puțin pentru mine asta înseamnă. Chiar dacă nu mă car imediat (repet, uneori am excesiv de multă răbdare), devin atent și urmăresc cu mai mult interes anumite lucruri.

Culmea e că, după ce ai fost prins într-o asemenea „joacă", începi să vezi toate celelalte lucruri care până atunci ți se păreau firești sau nesemnificative – abuzurile emoționale, cicăleala, egoismul, măștile... cam tot.

Şi, uite aşa, un test prostesc se transformă într-un bilet dus către cele patru zări și, ghici ce, ea nu are loc în peisaj! Ea doar ți-l cumpără!

Jocul geloziei este o tâmpenie și, practic, este o dovadă a faptului că cealaltă persoană nu te respectă (de iubire oricum nu poate fi vorba).

Ce lume interesantă, nu vi se pare? Fix oamenii care caută dovezi de iubire oferă dovezi de lipsă de respect. Interesant, ba chiar fascinant, aş spune.

E foarte mişto să acumulezi experiențe de viață. Lucrurile astea te ajută să vezi altfel viața, să crești, să evoluezi, să înveți. Asta am făcut și eu – am crescut, am evoluat, am învățat.

Am învățat să-mi curăț reacțiile nervoase, am învățat să râd atunci când văd asemenea semnale și am învățat să iert. Le-am iertat pe toate. Este cea mai bună soluție. Şi este o soluție naturală atunci când te ierți întâi pe tine.

Cine te face gelos, în mod voit, nu te merită! Țineți minte asta! O regulă de aur în viața asta spune așa – nimeni nu e de neînlocuit! Și mai e una – nicio persoană nu îți aparține vreodată!

Așa că vă dau un sfat – ce ar fi să ne bucurăm frumos de ceea ce avem, de viață, de oamenii dragi, de persoanele care se află în viața noastră sau care tocmai au intrat, sau urmează să apară și să încercăm să nu ne mai batem joc de noi înșine și mai ales de ceilalți?

Viața chiar e frumoasă și merită trăită cu zâmbetul pe buze, nu cu vene care stau să pocnească pe gât!

Cei care vor vene pe gât pot să-și facă un partid.

Noi, ceilalți, adică cei care ne dorim să trăim frumos, departe de mizeria caracterelor adormite, ar trebui să încercăm în fiecare clipă să fim recunoscători pentru ceea ce avem. Ce ziceți, se poate?

De ce nu învățăm nimic din greșelile noastre?

„Oamenii chiar ar putea învăța ceva din propriile greșeli, dacă nu ar fi preocupați cu negarea lor". Excelentă pildă! Și adevărată!

Chiar ieri discutam cu o prietenă pe tema asta și mi-am dat seama că oamenii continuă să facă aceleași greșeli pentru că nu-și dau seama că, de fiecare dată când le fac, pierd mult mai mult timp cu negarea decât cu învățarea.

Este adevărat, nu toată lumea învață ceva din propriile greșeli. De ce? Simplu!

Pentru că pentru a putea învăța ceva trebuie întâi să conștientizezi faptul că ai greșit. Iar aici intervine marea problemă. Foarte mulți oameni refuză să accepte faptul că au greșit. Orgoliul lor este atât de puternic, încât, pur și simplu, refuză să accepte că au greșit.

Nici măcar nu se chinuie să facă o analiză și să vadă ce s-a întâmplat. Nu, dau vina pe ceilalți – cel mai ușor lucru posibil – și merg mai departe.

Și ce se întâmplă? Bineînțeles că repetă aceeași greșeală la nesfârșit.

Orgoliul este cel mai mare dușman al învățării! El nu te lasă să înveți din greșeli. Nu te lasă, pentru că îți spune tot timpul – „Ești perfect, nu ai greșit cu nimic, nu e vina ta”.

Bullshit!!

Nicio relație nu se încheie din vina exclusivă a unuia dintre parteneri. Da, știu... orice despărțire doare. Însă, haideți să fim serioși – o relație care se destramă nu implică o singură persoană.

În relația aia ai existat și tu, ceea ce înseamnă că dacă s-a încheiat și tu ai avut partea ta de vină – fie și dacă ne gândim că ai acceptat să intri sau să continui relația, deși era evident că nu are niciun viitor.

Așa cum spuneam, este greu să înveți ceva din propriile greșeli fără să conștientizezi că ai greșit. E mai simplu să te victimizezi – asta îți aduce și un plus de atenție din partea celorlalți – și mult mai complicat să-ți analizezi deciziile și să încerci să înțelegi ce te-a făcut să alegi astfel.

Am auzit de o grămadă de ori formularea – „Știu exact ce greșeală nu voi mai repeta". După câțiva ani am auzit aceeași partitură – și vă rog să mă credeți... era vorba despre aceeași greșeală.

Da, avem patternuri pe care le repetăm, chiar și sub diferite forme, patternuri pe care este extrem de greu să le corectăm sau să le schimbăm.

N-ai cum să schimbi comportamente dobândite în ani și ani de zile în câteva luni. Este imposibil. Trebuie reinstalat tot sistemul, iar asta cere timp și exercițiu.

Iar atunci când intervine și orgoliul... oho, atunci să te ții. Da, știu, schimbarea este singura constantă în Univers, însă, la nivel comportamental, schimbările se produc foarte greu și doar după o conștientizare atentă și un lucru cu tine pe o perioadă foarte lungă de timp. Da, de asta nu învățăm nimic din propriile greșeli – pentru că suntem prea mândri și prea ocupați cu negarea lor!

Nu dragostea e oarbă, ci prostia

Tot aud oameni care spun că dragostea e oarbă și că nu știi niciodată ce alegi. Îmi pare rău să-i dezamăgesc, însă nu dragostea e oarbă, ci prostia!

Da, puteți sări în sus, puteți să mă înjurați, însă suntem proști – toți suntem proști! Suntem proști, repeziți și, deși jurăm că învățăm din greșeli, nu învățam nimic, ba chiar le repetăm cu și mai mare aplomb.

Dragostea nu poate fi oarbă atunci când îi oferi timp să se dezvolte. Atunci când o grăbești, o transformi în prostie. Și, slavă Domnului, suntem proști la greu până când ne dăm seama unde greșim.

Cu cât ne grăbim mai tare, cu atât suntem mai proști. Punem rapid proiecții asupra celorlalți, începem să simțim fluturași, ne credem îndrăgostiți și începem să visăm – vacanțe, călătorii, miere, roz, copii, căsătorie ca în povesti... scene de film!

Păi, asta și sunt - SCENE DE FILM ... SIMPLE ÎNCHIPUIRI!

Pentru că în realitate lucrurile stau exact pe dos. În graba noastră de a obține iubirea mult dorită, omitem semnalele care ne arată foarte clar, de multe ori de la bun început, că persoana pe care credem că o idealizăm nu e nici pe departe persoana aia pe care o proiectăm în minte.

Și, uite așa, în momentul în care îndrăgostirea se diminuează, nu mai rămâne nimic, ba chiar ne dăm seama că am fost orbi și, evident, suntem dezamăgiți - „Viața asta e de căcat".

De fapt, nu am fost orbi, ci proști! Și nu, nu viața e de căcat, ci noi!

Dragostea nu e niciodată oarbă. Dragostea e asumată, dragostea are nevoie de timp de dezvoltare, de o construcție firească. Doar prostia e grăbită, doar prostia vrea întotdeauna să ajungă prima.

Dragostea nu e o cursă de 100 m pentru titlul mondial, ci o cursă de maraton în care, dacă nu știi să-ți dozezi efortul, abandonezi.

Din păcate, cei mai mulți dintre noi își consumă energia cu mult înainte de începerea cursei.

N-ai cum să iubeşti şi să te porţi urât

Purtarea şi simţirea fac echipă în iubire! Şi nu orice fel de echipă, ci una imbatabilă! Haideţi să fim serioşi, nu poţi să spui că iubeşti şi să te porţi urât! Este complet împotriva logicii. Nu ai cum să simţi frumos şi să te porţi urât! Ar însemna să fii defect!

Ar însemna să ai grave probleme cu capul! Sau să minţi că iubeşti, ceea ce se întâmplă destul de des în relaţii... din păcate. Iubirea înseamnă bine – ea nu poate fi asociată cu purtări sau emoţii distructive. Iubirea nu are ciorne! Atunci când scrii iubirea, zilnic, scrii direct pe curat!

Nu ai nevoie de mâzgăleli, ci doar de linişte, calm, respect şi zâmbete... multe zâmbete! Oamenii care se iubesc pe bune zâmbesc! Aţi văzut vreodată oameni care se iubesc şi nu zâmbesc deloc, ba, mai mult, sunt încruntaţi? Nasoală trebuie să fie iubirea lor!

Iubirea nu are nevoie de apret!

Mai devreme mi-a sărit în ochi un citat. El spune cam aşa: „Cea mai importantă formă de dragoste are legătură cu modul în care te comporţi faţă de ea, nu cu ce simţi pentru ea". Citatul îi aparţine lui Steve Hall şi nu sunt de acord cu el. Faptul că te comporţi exemplar nu este o dovadă de iubire, ci de bună creştere.

Nu poți să iubești fără să simți! Fără simțire, comportamentul exemplar se rezumă la maniere și atât. Dacă adaugi și simțire în peisaj, atunci construiești formula iubirii – simțire și purtare în slujba binelui, în slujba frumosului. Purtarea și simțirea fac o echipă imbatabilă în iubire!

Oamenii care spun „te iubesc", dar te atacă, te condamnă, te cicălesc, te desconsideră constant... nu te iubesc! Ei doar abuzează de tine! Te storc de energie ca pe o lămâie. Iar când nu vor mai avea nevoie de tine, te vor arunca la coș... asta dacă nu cumva te trezești tu între timp și te cari. De asta tot spun și cred că nu mă voi opri niciodată – încercați să alegeți oameni care nu vă abuzează!

Nu mai acceptați balast în viețile voastre! Nu vă mai mințiți cu ideea că iubirea înseamnă suferință! Nu înseamnă! Mai bine singur și liber decât într-o pușcarie a comportamentelor distructive! Viața este atât de frumoasă, încât zău că nu merită să acceptăm abuzurile altora!

Trăiți, iubiți, zâmbiți și bucurați-vă! În fiecare zi, în fiecare secundă! Bucurați-vă că sunteți sănătoși, că puteți alege, că puteți zâmbi și mai ales că puteți spune NU!

Este primul semn al libertății umane – să știi că poți spune NU și să te folosești de acest drept!

Atunci când reușești să spui NU, reușești, în sfârșit, să schimbi ceva în viața ta!

Iluzia unei mari iubiri

Iubirea produce isterie. Căutarea iubirii mai precis. Și mai scurt, căutarea acelei mari iubiri, o iubire alimentată de clișee și așteptări vecine cu nevroza. Din capul locului trebuie spus că iubirea este o nevoie și nu o dorință. Din păcate, cei mai mulți tratează iubirea ca pe o dorință și nu ca pe o nevoie. Ei își doresc acea mare iubire mai degrabă pentru a se afișa, să trăiască îi interesează prea puțin. De aia se și plictisesc atât de repede. Neavând nici cea mai vagă idee ce înseamnă iubirea, unii oameni ajung să se plictisească de bine, spunând sec: „Nu este ceea ce îmi doresc, nu asta e marea iubire".

Oamenii au tendința să compare, fără să înțeleagă că nicio relație nu seamănă cu alta, așa cum niciun om nu seamănă cu altul. De la perioada vieții în care ai o relație și până la omul care apare în acel moment cu un anumit scop în viața ta, totul se mișcă, totul e schimbare. Or, câtă vreme lucrurile se petrec astfel, este imposibil să compari o relație cu alta, ba chiar este stupid să faci asta.

Și, uite așa, în căutarea acestei mari iubiri, oamenii riscă să devină nevrotici, riscă să-și construiască așteptări uriașe, așteptări dublate de șanse la fel de mari de a fi dezamăgiți. De altfel, nici nu știu dacă oamenii ăștia caută marea iubire sau o și mai mare dezamăgire. Uneori am senzația că varianta B are mai mult sens. Țin minte că vorbeam la un moment dat cu Dan Chișu despre conceptul de „the one", de „suflet pereche" și am ajuns la concluzia că de-a lungul vieții întâlnim mai multe suflete pereche în funcție de perioadă, de priorități și de dezvoltarea noastră ca oameni.

E firesc să fie așa, pentru că într-un fel iubești la 18 ani și cu totul altfel la 25 sau 35 de ani. Trăind într-o continuă schimbare, conceptul de „suflet pereche" trebuie updatat, dacă nu cumva pensionat. Oamenii nu mai știu să trăiască aici și acum, azi, în prezent. Ei trăiesc mereu mâine, căutând ceea ce speră că există pe undeva prin lumea asta mare. În realitate, acea mare iubire este o iluzie ce nu îi lasă să trăiască, să se bucure de ceea ce au.

Trebuie să recunoaștem că ideea de „suflet pereche" se bucură de un marketing al naibii de bun, ba chiar generează dependență. „Sufletul pereche" este un drog, frate geamăn cu dezamăgirea. De aceea, cred că ar trebui să încetăm să visăm la cai verzi pe pereți, la feți-frumoși, la iluzii, ar trebui să încetăm să ne setăm aşteptări fanteziste și ar trebui să ne bucurăm de ceea ce avem. În primul rând de noi și apoi de situațiile care se ivesc în viața noastră... deloc întâmplător.

Marea iubire nu există! Nu, ea nu este un bolid 4×4 alb și cu geamuri fumurii – ăsta e doar un concept manelistic. Iubirea există pur și simplu și curge la fel ca viața noastră. Tocmai asta asigură frumusețea vieții...

Te iubesc până când viața ne va despărți!

„Te iubesc până când moartea ne va despărți!" – mi-e teamă că acest jurământ a devenit un soi de poveste. Totul arde repede în aceste vremuri și cred că inclusiv jurămintele noastre au nevoie de mici update-uri. Astfel, cred că mai corect ar fi să jurăm așa – „Te iubesc până când viața ne va despărți!". Ținând cont de faptul că prea puține cupluri mai ajung să îmbătrânească împreună, am senzația că e mai bine să jurăm pe viață decât pe moarte.

Ne place sau nu, circuitul relațiilor arată cam așa: dragoste-pasiune-plictis-ură! Ăștia sunt pașii. Iar despărțirea suportă grade diferite de ură în funcție de orgoliile celor implicați. Oricât de calm aș fi, am avut parte de multe despărțiri cu schimb de amabilități. Drept urmare, m-am gândit să vă ofer câteva replici „de final", replici pe care nu prea ai cum să nu le auzi pe parcursul vieții.

1. Nu te-am iubit niciodată sau aș vrea să nu te fi cunoscut niciodată

În general, când vrei să îl rănești pe cel de care te desparți, mai ales dacă a făcut-o rău de tot, îi arunci o jignire de genul ăsta sau, mai direct, dacă ești femeie, nu îi spui doar că nu l-ai iubit niciodată, ci că nu a reușit să te satisfacă niciodată. Nu știu ce au femeile astea cu penisul nostru de îl atacă atât de mult, mai ales după ce l-au iubit o bună perioadă de timp? Și, uite așa, de unde eram furnizorii de orgasme, ne transformăm în impotenții perfecți. Bravos!

2. Mai bine rămânem doar prieteni

Bullshit! Nu cred neam că poate exista prietenie între doi oameni care au experimentat jumate de Kama Sutra. Când se termină, se termină. Cred că sunt puține cazurile de prietenie după sex și sentimente.

3. Nu ești bun deloc la pat, am stat cu tine din milă

Asta nu denotă un suflet caritabil, ci pură ipocrizie. Ca și contraargument, îi poți arăta toate pozele din albumul de familie și postări cu inimioare de pe Facebook, însoțite de texte de genul „being happy with my bby <3 <3" după care îi poți da un Oscar pentru cea mai bună comedie.

4. Sper să mori singur

Așa, și? E ceva rău în asta? Nu ne naștem singuri și murim la fel?

5. Nu știi ce pierzi

O, ba da! Ai să râzi, dar știu chiar foarte bine ce pierd... De aia și plec :))

6. Alta că mine nu mai găsești

Păi, cine a zis că vreau alta ca tine? Ce, sunt masochist? Sunt cretin să plec de la una și să dau peste soră-sa? Nu, draga mea, ești unică, rămâi unică, la tine acasă...

7. Nu e vorba de tine, eu sunt de vină. Meriți ceva mai bun

Asta înseamnă de fapt – „Nu te mai doresc, mi s-a luat până peste cap și am nevoie de ceva mai bun". Poate fi un touch down în anumite momente. Dacă duduia a citit câteva cărți, ai pus-o! De ce? Pentru că îți poate răspunde sec – „Stai calm, colegul de la muncă e de zeci de ori mai tare ca tine".

8. Am nevoie de spațiu. Nu știu ce vreau

Dacă ai nevoie de spațiu, îți dau eu cât poftești. Sfatul meu este să stai singură și să nu încerci să distrugi și altă persoană...

9. Părinții mei oricum nu te-au plăcut niciodată

Ei, bravos, reîntoarcerea la origini. Așa, și? Ai senzația că eu i-aș fi halit vreodată?

10. Cel care te va lua de nevastă va fi un om extrem de norocos

Când spui asta, ții degetele încălecate la spate. În realitate, îl compătimești grav pe următorul nefericit pentru că știi exact prin ce chinuri va trece. Dacă ești suflet milostiv, poți aprinde o lumânare pentru el la biserică, dar ai grijă să nu o pui la morți. Nu încă :))

11. Cred că ar trebui să ieșim și cu alți oameni, să vedem ce se întâmplă

Nu mai bine îi spui că ți-o tragi cu altcineva și încheiați vrăjeala? Mi se pare fair așa... Sau ai chef de swing și nu știu eu?

12. Am nevoie de o pauză, și cred că o să facă bine relației

Potrivit psihologilor, pauza e o prostie și nu are cum să facă bine relației. De cele mai multe ori, această pauză înseamnă doar amânarea despărțirii.

13. Nu mai ești cel/cea de care m-am îndrăgostit

Asta se întâmplă după ce proiecția inițială dispare. În multe cazuri, oamenii proiectează imagini asupra celorlalți, în sensul în care îi văd cum vor ei să-i vadă și nu cum sunt de fapt, iar după un an, când chimia inițială dispare, dispare și proiecția și, astfel, cel de lângă nu mai e cel de care te-ai îndrăgostit. El este însă același om care a fost la început. Funny, nu?

Vorba dulce mult aduce

În cele nouă zile petrecute la Paris, am avut o problemă – nu înțelegeam de ce toți oamenii din zona serviciilor sunt politicoși și au mai tot timpul zâmbetul pe buze? Mi-a fost greu să înțeleg asta. După vreo două zile am realizat că oamenii aia erau extrem de relaxați și că nu aveau niciun motiv să se poarte altfel.

Începând cu stewarzii de la Air France și până la vânzătoarea de la patiseria din colț, toată lumea zâmbea și vorbea frumos. Recunosc, am trăit nouă zile superbe, m-am simțit excelent, poate și din cauza acestor oameni care te relaxează prin comportamentul lor, care îți dau o stare de bine atunci când te întâmpină în magazinul lor. De aia m-am enervat de fiecare dată când am văzut români agresivi și zgomotoși.

Ce dracu' se întâmplă cu noi? Chiar nu putem să preluăm și ce este frumos de la străini? O fi greu să aplicăm proverbul nostru, care spune că „Vorba dulce mult aduce"? Sau această cultură a resentimentului, impusă de 45 de ani de comunism, ca să nu spun 70 de ani, ne-a îmbolnăvit cronic de ură? În România, când intri într-un butic, ai senzația că vânzătorul tocmai a pus mâna pe toporul de sub tejghea. Te întâmpină cu sictir și te servește la fel.

Este blazat, nu-i face nicio plăcere că se află acolo și, fac pariu, că în cele mai multe cazuri, crede că tu ești un jeg. Oriunde te uiți, îți dai seama că românii suferă de ură cronică. Pe YouTube este o adevărată cascadă de lături; pe Facebook, fiecare încearcă să fie mai deștept și nu știe cum să-i dea la gioale celuilalt; prea mulți își folosesc inteligența pentru a distruge; la televizor vezi doar bălăcăreli, în presă citești despre toate nenorocirile posibile... cuplurile au ajuns să fie adevărate războaie... Ce se întâmplă oameni buni?

Chiar nu putem să fim civilizați? Chiar nu ne putem relaxa? Chiar nu ne putem lepăda de ridurile de pe frunte? Nu putem renunța la venele ce stau să sară prin piele?

Zilele trecute, eram la terasă şi îi spuneam unei femei că nu ar fi rău să-şi sune bărbatul din când în când şi să-i spună că-l iubeşte. Mi-a spus sec – „Lasă, dragă, că ştie că-l iubesc", după care a început să-l facă de căcat. Ce fel de iubire e asta?

În loc să schimbăm modul în care ne privim unii pe ceilalți, alergăm în disperare după clişee de doi bani. Netul e plin de sfaturi despre cum ar trebui să fie bărbatul adevărat sau femeia adevărată. Mă doare fix în cur de toate astea. Nu sunt un bărbat adevărat, să ne înțelegem. Am 96 de kilograme, cearcăne cât China, ceva burtică... nu sunt nici pe departe un Adonis, bogat nici atât, aşa că mi se rupe dacă nu intru în clubul dezirabilității. Chiar nu mă interesează toate astea. Mă interesează în schimb să fiu OM.

Mă interesează să evoluez, să învăț de la alți oameni, să mă dezvolt constant, să ies din mizeria care ne-a fost aşezată pe umeri în ultimii 70 de ani. Nu, în 1989 nu am câştigat dreptul de a ne fute în gură. În 1989 am câştigat dreptul de a fi OAMENI. Nu înțeleg de ce ne încăpățânăm să nu înțelegem asta?

În iubire, nimic nu e întâmplător

Te-ai întrebat vreodată de câte ori ai trecut pe lângă iubire pe stradă? De câte ori ai stat cu ea la masă și ai refuzat-o din motive cât se poate de stupide? „Nu era tocmai în trend îmbrăcat/ă", „Freza parcă era de Igiena SA", „Avea câteva kilograme în plus", „Nu părea de încredere", „Avea așa un aer dubios", „Vorbea prea frumos ca să fie adevărat" etc... Știu, îți place să te joci, ești ca acel jucător la loto care, în fiecare joi și duminică, după ora 20.30, stă călare pe net așteptând să-i iasă numerele jucate.

Și tu faci la fel cu iubirea. Crezi că e o loterie! Greșit! Nu e! De aia nici nu îți iese. Pentru că o iei la mișto. O pui pe seama întâmplării, numai că ghici ce – în iubire, nimic nu e întâmplător. Și asta tocmai din cauza faptului că iubirea nu este o loterie, ci o construcție. Chiar nu te-ai săturat să vezi că de fiecare dată ies alte numere? Nu crezi că întreaga ta mentalitate scârțâie?

Ar fi cazul să nu mai iei iubirea la mișto, să nu te mai iei la mișto. Cu cât te iei mai tare la mișto, cu atât ai șanse mai mici să ai parte de ceea ce-ți dorești. Nu spun să devii un apretat/ă, ci doar să-ți schimbi puțin gândirea. Iubirea nu este o întâmplare, nu este o loterie... ea trebuie construită.

Ca orice casă, iubirea are nevoie de timp pentru a fi gata.

Ea are nevoie de fundație, de schelet, de umplutură și apoi de acoperiș. Tu, în schimb, ce faci? Începi de la acoperiș! Ai văzut vreodată un acoperiș care să reziste într-o mlaștină? Așa ziceam și eu – se scufundă! Așa că ar fi bine să te hotărăști ce vrei? Parteneri de sex care corespund anumitor standarde de imagine? Sau un partener alături de care să construiești o iubire adevărată? Sunt două lucruri diferite – partenerii de sex sunt ca niște shoturi într-un bar – le dai repede pe gât și aia e; partenerul alături de care să construiești o iubire adevărată este un vin vechi pe care îl deguști într-un cadru frumos. El îți stârnește toate simțurile.

De tine depinde. Tu trebuie să îți dai seama ce îți dorești și să acționezi ca atare. Iubirea este o construcție pe mai multe planuri – fundația este iubirea de sine. Ăsta este primul pas. Cum poți să iubești pe altcineva dacă nu te iubești pe tine? E imposibil? Ce poți să-i oferi celuilalt dacă tu ești deșert pe dinăuntru? Sigur, poți să-i oferi cuvinte, însă acel „te iubesc" sună sec în gura unei persoane care nu se iubește. Un om care spune „te iubesc" ezitant, printre dinți sau bâlbâit... nu crede ceea ce spune și, aș băga mână în foc, nici nu simte.

Un om care iubește o spune hotărât, sigur pe el. Pentru că știe exact ceea ce simte. Iubește asumat. Scheletul casei este chiar faza incipientă a relației, atunci când pasiunea și intimitatea funcționează la turație maximă. Urmează umplutura, care înseamnă pasiune, intimitate, la care se adaugă și angajamentul. Amândoi pun umărul la ridicarea acestei construcții, amândoi vor să definitiveze ceea ce au început împreună. Iar acoperișul este tocmai iubirea! Iubirea este vârful, este ultimul pas... și asta se întâmplă tocmai pentru că are nevoie de timp ca să crească.

Așa ca terminați cu prostiile, terminați cu clișeele astea – „iubirea e o loterie" – și puneți mâna pe niște cărămizi. Altfel, la prima furtună vă veți trezi fără nimic.

Fără imaginație, iubirea nu are nicio șansă

„Fără imaginație, iubirea nu are nicio șansă" – Romain Gary. „Criza dorinței este criza imaginației" – Esther Perel. Două citate care pun bazele unei teme interesante de discuție – ce rol are imaginația în relațiile noastre? În primul rând, să vedem ce înseamnă o relație. Unii ar spune că este o întâmplare fericită, eu aș spune că este o construcţie migăloasă, un mecanism complex, ce necesită efortul comun al celor doi parteneri.

Da, ştiu, mulţi oameni preferă să se raporteze la relaţii din unghiul hollywoodiano-clişeistic, însă haideţi să fim puţin realişti – o relaţie nu înseamnă doar norişori roz, pupici şi mângâieri. O relaţie este un proces ce necesită în primul rând timp, ca şi iubirea. Ei, bine, după părerea mea, lucrurile încep să se rupă atunci când cantitatea de hormoni (îndrăgostirea) începe să se atenueze, iar relaţia se îndreaptă spre pasul superior – spre iubire, adică spre construcţia care implică pasiune, intimitate, angajament.

Acel moment de tranziţie de la îndrăgostire la iubire poate genera mari confuzii şi, implicit, decepţii – în acest moment, mulţi oameni pun în balanţă „ceea ce era în momentul întâlnirii lor şi ceea ce se petrece în derularea şi consolidarea unei relaţii" – aşa cum spune Jaques Salome. Şi aşa pot apărea decepţiile, nemulţumirile, ba chiar dorinţa de evadare, de a o lua de la început alături de o altă persoană.

Deşi sună bizar pentru unii, foarte mulţi oameni se rezumă doar la shoturile de îndrăgostire, la drogul hormonilor şi nu vor să meargă mai departe la paşii superiori ai relaţiilor. Mai mult, observ foarte mulţi oameni care se gândesc din start la faptul că pasiunea moare oricum într-o relație sau că orice relație este supusă plictiselii. Nu pot fi de acord cu asta. Dacă ar fi așa, ar însemna ca nicio relație să nu țină mai mult de trei ani.

Și aici ajung la ceea ce spune Esther Perel – „Criza dorinței este criza imaginației". Mai pe românește spus – dacă vrei să existe dorință, trebuie să ai grijă cum îl privești pe celălalt. Nu vi se pare că are sens? Dacă vrei să nu te trezești strivit de amprenta timpului, este necesar să lucrezi zilnic la modul în care îl privești pe celălalt, pe tine și relația voastră. O relație nu este o baltă care pute, ci un râu care curge. Drept urmare, așa trebuie să fie și modul în care cei doi se tratează unul pe celălalt.

Mai mult, nimeni nu vorbește despre creativitate într-o relație. În schimb, mulți se raportează la relație ca la o pușcărie, ca la o îngrădire. Fals! O relație fericită este o relație creativă, este o relație formată din doi oameni cu imaginație, doi oameni dispuși să creeze împreună, doi oameni dispuși să participe împreună la succesul construcției lor. Iar aici imaginația chiar are un rol important, ea participând la cunoașterea realității și a viitorului, a posibilului.

Dacă gândirea este cumva închistată în reguli, imaginația este liberă... așa cum ar trebui să fie și relația. Imaginația omului nu are limite, așa cum ar trebui să fie şi relaţiile noastre. Bineînţeles că dorinţa dispare dacă cei doi se transformă în duşmani, dacă singurul lor scop în cuplu este anihilarea celuilalt.

Cum poți să dorești o persoană pe care o detești din tot sufletul, o persoană care nu ți se pare bună de nimic? Îți trebuie o oarecare doză de masochism, nu credeți?

Eu sunt de acord cu Romain Gary – „Fără imaginație, iubirea nu are nicio șansă". Din păcate, prinși în vâltoarea socialului, uităm să analizăm ceea ce este mai important pentru noi – modul în care interacționăm cu celălalt și, în loc să fim creativi, liberi, jucăuși, ne transformăm în niște tirani, în niște asupritori infometați, fără să ne dăm seama că prin propriile comportamente și construcții mentale ne ruinăm șansele de a fi fericiți.

Rutina – ucide sau întreține iubirea?

Oamenii se tem de rutină ca dracu" de tămâie. Sigur, nu l-am întâlnit pe ucide-l toaca pentru a vedea dacă se confirmă această vorbă, însă am întâlnit mulți oameni care se sperie doar când aud cuvântul rutină. Rutina este cumva cel mai mare dușman al omului modern. Într-o lume în care totul se schimbă, într-o lume a superofertelor, într-o lume a reducerilor sezoniere, omul nu vrea să aibă parte de rutină în viața lui, cu atât mai puțin acasă.

Și, uite așa, partenerii de cuplu ajung un soi de saltimbanci, de bufoni ai regelui, de creativi din cele mai tari agenții ale lumii – obligați să fie originali la comandă.

În lumea cererii și ofertei, partenerul de cuplu (femeie sau bărbat) este obligat să-și updateze zilnic oferta pe care i-o propune celuilalt. Altfel va fi judecat și condamnat pe vecie pentru RUTINĂ în formă repetată. Okay, frână, vă propun să ne gândim puțin – oare rutina chiar ucide iubirea sau, de fapt, o cimentează?

Așa cum am mai scris și cu alte ocazii, spre deosebire de îndrăgostire – care este un cocktail de substanțe secretate de creier –, iubirea vine la pachet cu alte atuuri – pasiune, intimitate și angajament –, fiecare dintre ele având propriile particularități. Iubirea are nevoie de timp, de cunoaștere, de exercițiu în doi... deci de rutină! Îndrăgostirea nu are nevoie de rutină, ci doar de arderi! Aici se face diferența și de asta cred că îndrăgostirea este preferată de mulți.

Iubirea are nevoie de rutină... Ooops, oare ăsta să fie motivul pentru care atâția oameni fug de rutină? Pentru că de fapt fug de iubire? Este o variantă. Ce înseamnă rutină? DEX-ul zice așa – „Capacitate câștigată printr-o practică îndelungată; (depr.) obișnuință de a acționa sau de a gândi totdeauna în același fel. Totalitatea obișnuințelor sau a prejudecăților considerate ca fiind un obstacol în calea noului, a creației sau a progresului".

Practică îndelungată! Păi, iubirea are nevoie de practică îndelungată. Ce înseamnă o relație de lungă durată? Practică îndelungată ... ceea ce înseamnă rutină, nu-i așa? Cum poți să trăiești o lungă perioadă de timp lângă o persoană fără să o cunoști, fără să îi accepți bunele și relele, fără să experimentezi traiul în doi?

Ce ar fi un sportiv fără rutină? Un Messi care ar da tot timpul mingea în tribună. Ce ar însemna un dansator fără rutină? Un păcălici de care ar râde toată lumea. Încearcă să dansezi tango din prima. Îți iese? Fac pariu că te poți trezi cu o entorsă de toată frumusețea. Nu iese... Ca să ajungi un bun dansator de tango ai nevoie de mii de ore de repetiții. Și atunci, de ce ai senzația că în iubire e altfel?

Și în iubire ai nevoie de mii de ore de repetiții, de mii de ore de practică – doar așa poți ajunge un iubit/ă bun/ă. Vorba aia – repetiția e mama învățării! Așa e și în iubire. Sigur, e frumos să mergi în vacanțe, la club, restaurant, film etc... să faci tot felul de nebunii, însă haideți să fim serioși - 90% din timp înseamnă practică de cuplu, înseamnă atingeri, mângâieri, comunicare, colaborare, parteneriat.

Străzile Parisului le poți vedea și singur, însă căldura din ochii ei s-ar putea să nu o mai întâlnești prea curând. La film poți merge și singur, însă îmbrățișările și mângâierile ei pe obraji sunt priceless. Da, ia gândiți-vă bine, cât de mult contează gesturile mici, mărunte? Nu cumva contează mai mult decât vacanțele și ieșirile la club? Sigur, unii vor spune că este o chestiune de gust. De acord...

Revenind la rutină, eu cred că ea îți asigură acea stabilitate a cuplului, stabilitate care-ți permite să începi să descoperi și să experimentezi lucruri noi... în DOI! Adică acele lucruri pe care nu te gândești să le experimentezi alături de o persoană pe care nu o cunoști. Atunci când cei doi se cunosc perfect, când se știu ca pe propriile buzunare, ei pot trece la un alt nivel, pot începe activități în doi care le pot picanta viața de cuplu.

Mi se pare că cei mai mulți oameni se raportează greșit la rutină. Nu, rutina nu este un pericol, ci o bază care-ți asigură explorarea unor lucruri noi.

Rutina poate fi un pericol doar pentru cei care se tem să cunoască sau care se tem să se deschidă în fața partenerilor lor. Ei sunt cei care fug de iubire (rutină) pentru că, de fapt, fug de ei înșiși.

În concluzie, ce face rutina – ucide sau întreține/întărește iubirea? Eu spun că întreține și întărește iubirea, dar, așa cum am scris mai sus, răspunsul variază de la individ la individ, în funcție de cum ne raportăm la ideea de rutină.

Smerenia – magnetul pentru bărbați și femei

Femeile pică în șpagat după bad boys, bărbații sunt vrăjiți de femeile cu atitudine bitchy, de femeile „hard to get" – sunt câteva clișee pe care le auzi sau le citești la tot pasul. Okay, este posibil ca aceste lucruri să funcționeze pentru one night standuri... pentru că în cazul relațiilor pe termen lung, atât bărbații, cât și femeile par să caute altceva.

Deși ar putea părea ciudat pentru mulți, în această lume în care relațiile sunt niște adevărate teatre de război, oamenii apreciază o atitudine despre care nu se vorbește foarte des. O atitudine ce contrazice descrierea masculului alfa sau portretul femeii independente, cel puțin în acceptul media al acestora.

Potrivit unui studiu efectuat în Statele Unite, o trăsătură de caracter ce are un rol important în alegerea unui partener, atât pentru bărbați, cât și pentru femei, este smerenia. Da, ați citit bine – smerenia, adică atitudinea respectuoasă, plină de modestie și de bună-cuviință. Potrivit rezultatelor studiului american, aroganța și egoismul nu sunt comportamente care să te facă să fii un partener romantic bun.

Nu vi se pare funny ca tocmai trăsătura de caracter de care fug cei mai mulți oameni să conteze cel mai mult în alegerea unui partener pe termen lung? Ce înseamnă atitudine umilă în viziunea psihologilor care au efectuat acest studiu? Simplu. Oamenii care au această atitudine pot depăși dorințele de putere și superioritate în cuplu – o problemă ce macină poate prea multe cupluri – și, astfel, pot pune relația pe primul plan.

Să pui relația pe primul plan și nu orgoliul personal... hm, cam greu, nu credeți? Dacă ne uităm în jur, vedem cam multe orgolii și prea puțină modestie! Autorii studiului consideră că atitudinea plină de modestie te face atractiv în ochii celorlalți și te protejează împotriva uzurii timpului – o chestiune cu care se confruntă cam orice relație. Mai mult, se pare că smerenia și modestia sunt trăsături importante atât în formarea relației, cât și în procesul de reparare a relațiilor romantice.

O persoană care prezintă aceste trăsături de caracter poate vedea precis punctele tari și slăbiciunile partenerului, poate accepta cu ușurință criticile și complimentele și este o persoană generoasă care sare constant în ajutorul celorlalți. În timp ce oamenii smeriți încearcă tot timpul să-și mențină relația vie, aroganții acționează defensiv, neagă faptele rele și dau constant vina pe victime. Iată, deci, că într-o societate care te invită să epatezi, într-o societate care te îndeamnă să te lupți cu orice mijloace pentru a-ți atinge scopurile, smerenia este o trăsătură căutată atât de bărbați, cât și de femei atunci când intră în discuție criteriile de alegere ale partenerilor pentru o relație de lungă durată.

Iubirea nu presupune sacrificii

Iubirea presupune sacrificii! Nu știu de unde a apărut ideea asta, însă mi se pare o mare tâmpenie. Trecând peste aspectul sacrificiului religios, despre care nu vreau să vorbesc, chiar nu cred că iubirea are nevoie de vreun sacrificiu. Serios... ce sacrificii? În plus, haideți să ne gândim ce înseamnă sacrificiu? La DEX scrie așa – „Renunțare voluntară la ceva (prețios sau considerat ca atare) pentru binele sau în folosul cuiva sau a ceva. Jertfire de sine!" Întrebarea este: la ce renunți atunci când iubești? De ce trebuie să renunți la ceva atunci când iubești? Și, mai ales, de ce trebuie să renunți la sine?

Asta e cea mai mare prostie – renunțarea la sine pentru binele sau în folosul cuiva. Asta nu e iubire, ci sclavie! Renunțarea la sine este un chin, este dependență voluntară de o altă persoană. Iubirea nu înseamnă asta... În iubire nu sacrifici nimic. În iubire construiești și te bucuri de sinele tău. Sinele tău vine în întâmpinarea sinelui celuilalt pentru a forma o punte de legătură. În iubire nu își au locul sacrificiile. Nici măcar atunci când unul suferă de o boală incurabilă, celălalt nu se sacrifică. Celălalt rămâne alături tocmai pentru că își iubește partenerul/a. El iubește... nu sacrifică nimic.

Iubirea este cel mai frumos lucru care se poate întâmpla în viața unui om. Jur că nu înțeleg de ce unii vor să o asocieze cu suferința? Mi se pare o mare viclenie, o idee extrem de periculoasă. Atunci când iubești, nu trebuie să sacrifici nimic, ci doar să te bucuri de frumusețea ei. Sacrificiul „din iubire" se numește sinucidere și nu are nicio legătură cu iubirea, ci cu dereglările psihice.

Am mai auzit, de-a lungul vremurilor, o altă tâmpenie – ne-am sacrificat și am rămas împreună pentru copii. O altă gogomănie – și copiii ăia au trăit într-o păcăleală de familie, mulți dintre ei crescând cu vina și rușinea indusă de ambii părinți (ar trebui să-ți fie rușine... la câte sacrificii am făcut pentru tine). Ăsta nu e sacrificiu, ci masochism!

Nu, iubirea nu presupune sacrificii, ci deschidere. Cei care cred că trebuie să renunțe la ceva pentru iubire cred că au o problemă cu tentațiile. Cei care cred că iubirea nu presupune sacrificii – și aici intru și eu – au înțeles un lucru foarte clar: iubirea este o construcție, o alegere personală, o etapă superioară a dezvoltării personale... un drum pe care intri asumat și conștient.

Sacrificiile chiar nu au loc în acest peisaj.

Iubirea nu are nevoie de câini de pază

Iubirea nu are nevoie de câini de pază și nici de ziduri groase de protecție. Astea sunt atributele fricii. Iubirea nu trebuie păzită. Dacă ajungi să faci asta, înseamnă că ceva nu e în regulă. Cine ar putea să-ți fure iubirea? Cum putem fi atât de fragili încât să credem că cineva ne poate fura iubirea?

Cum poate cineva să creadă că undeva, în lumea asta mare, există oameni specializați în spargeri de suflete? Știu, există celebra formulare – „spărgători de relații sau de căsnicii". În realitate, persoanele astea nu sparg nimic. Ele doar speculează iubirile nesigure, iubirile fragile, nisipurile mișcătoare. Acolo își fac loc, acolo acționează.

Degeaba pui câini de pază, degeaba încerci să controlezi, degeaba închizi iubirea între ziduri de piatră dacă iubirea este fragilă, nesigură, fricoasă. Apropo de ziduri de piatră, mi se pare foarte funny cum la căsătorie, oamenilor li se urează „casă de piatră". Ce urâtă urare! Parcă le spui – „De acum încolo, iubirea voastră se va muta la Alcatraz, corpul C, celula 160. Succes în detenție".

Acum câteva zile, am prezentat o tombolă pentru nunți și am vorbit puțin despre asta, despre această „casă de piatră". Și le-am zis acelor oameni – 121 de cupluri care urmau să se căsătorească – să nu se mai gândească la casa de piatră, ci la grădina iubirii lor. Să o ude zilnic, să aibă grijă zilnic de florile iubirii lor pentru că altfel, dacă acestea se vor usca, acea casă de piatră nu îi va ajuta la nimic.

Iubirea nu poate fi închisă între patru pereți de teama hoților de sentimente. Ea nu fuge la apariția primei tentații. Dacă se întâmplă asta, înseamnă că nu a fost iubire și poți spune un „mulțumesc" din tot sufletul. Când iubești, lași ușa larg deschisă. Oricine poate intra, dar nimeni nu poate fura nimic.

Tocmai asta dă frumusețe iubirii – deschiderea, libertatea... Libertatea aia în doi. Există, nu vă speriați. Există și este tare frumoasă. Cum poți construi iubirea dacă pleci la drum cu ideea că relația sau căsnicia înseamnă o pierdere a libertății? Ce fel de iubire poate fi aia?

Mie îmi sună a chin! Cum poți construi iubirea dacă pleci la drum cu ideea că cineva încearcă să ți-o fure? Ce fel de deschidere e asta? Mie îmi sună a frică! Iubirea nu înseamnă constrângeri și privare de libertate – aia se numește sclavie. Atunci când iubești, ai parte de libertate... acea superbă libertate în doi.

Din păcate, iubirea ține din ce în ce mai puțin, pentru că foarte puțini oameni mai au chef să muncească, nimeni nu mai pare dispus să construiască, nimeni nu mai are chef să stropească zilnic grădina iubirii.

Din ce în ce mai mulți se mulțumesc cu acele shoturi de chimie, cu acele senzații de zbor, după care pică în depresie, își acoperă sufletul cu bălării și așteaptă resemnați următorul shot. Mulți oameni se tem de iubire. Se tem de iubire tocmai pentru că ea este diferită de acea stare de beție sentimentală – este o stare matură, superioară... mult mai liniștită!

Iar liniștea sperie, plictisește, iar noi ne dorim să fim nevrotici!

„Să mai copilărim puțin. De ce atâta grabă?" - își spun unii. „Iubirea trebuie să vină fără să faci eforturi, ea este un dat" - spun alții. Ehe, dacă ar fi atât de ușor. Iubirea este însă o construcție complicată. De aceea, orice om este capabil să se îndrăgostească, însă nu oricine este capabil să iubească. Iubirea nu înseamnă doar vară, soare, distracție. Iubirea înseamnă și iarnă, și viscol, și zăpezi...

Din păcate, foarte mulți oameni intră în iubire murdari pe tălpile sufletului, intră cu teamă, speriați, ba chiar disperați pe alocuri și impun rapid restricții, controale, vămuiesc iubirea! Fără să-și dea seama, ei transformă iubirea în obsesie, în chin, își sufocă partenerii, după care se plâng că lumea e rea și că au ghinion, că nimeni nu stă lângă ei. De aici și până la răzbunare mai este doar un pas.

Nu, lumea nu este rea, însă iubirea nu acceptă tălpi murdare de noroi, suflete otrăvite. Ea funcționează doar pe curat! Pesemne ăsta este și motivul pentru care în lumea asta există atât de puține iubiri curate. Oamenii au uitat să se șteargă pe suflet. Unii chiar refuză acest lucru. Și ne mai mirăm că România este pe locul 5 în topul european al țărilor depresive.

Pe mine nu mă miră. Oamenii ajung să-și dorească să fie iubiți, refuzând iubirea prin propriile comportamente. Ce ironie...Ca să revin la ideea de bază, iubirea înseamnă libertate, câinii de pază nu au ce căuta în peisajul ei. Niște pisici simpatice sunt suficiente.

Iubirea nu înseamnă putere și control

„Când iubirea este lipsită de putere, ne îngrijim de ceilalți pe socoteala noastră. Când puterea este lipsită de iubire, îi rănim, îi jignim și îi abuzăm pe ceilalți... tot pe socoteala noastră" – este un citat din cartea „Dragoste sau dependență?", de Brenda Schaffer. Mi se pare începutul perfect pentru un text în care mă voi referi la jocurile de putere din cuplu.

Am întâlnit mulți oameni care cred că jocurile de putere din cuplu sunt normale, că un cuplu în care o persoană deține puterea (controlul) sunt normale. Veste proastă – NU SUNT! Orice ar spune aceste persoane, jocurile de putere sunt comportamente manipulative care produc inegalitate în relație. Prin aceste jocuri, o persoană devine superioară, iar cealaltă inferioară – o relație de genul asupritor și asuprit.

Rădăcina acestor jocuri se află în copilărie. Cei care apelează la asemenea jocuri sunt cei care în copilărie au învățat că dragostea și puterea reprezintă moneda de schimb, ceva ce poți să obții dacă joci anumite roluri. Potrivit Brendei Schaffer, „folosirea jocurilor puterii pentru a obține un avantaj asupra partenerului reprezintă una dintre trăsăturile semnificative ale relațiilor nesănătoase. În contextul căutării iubirii, puterea izvorăște din stima de sine (potența personală) și nu din controlul exercitat asupra celorlalți".

Cei care se folosesc de jocurile de putere trăiesc cu iluzia că puterea nu ajunge pentru două persoane și că, obligatoriu, unul dintre parteneri trebuie să dețină controlul. Ei sunt ferm convinși că dacă nu obțin controlul, viața lor va fi nesigură. De fapt, aici este cheia – NESIGURANȚA!

Temându-se, ei nu fac altceva decât să își transforme partenerii în victime – un lucru profund nesănătos. În realitate, oamenii însetați de control evită să-și confrunte propriile îndoieli, propriile nesiguranțe, confundând lipsa de control cu pierderea sinelui. Cum se manifestă cei care se folosesc de jocurile de putere?

Iată câteva exemple: dau sfaturi, dar refuză să primească sfaturi; dau ordine și pretind enorm de la ceilalți; încearcă din răsputeri să diminueze stima de sine a celorlalți; îi judecă pe ceilalți, le sabotează succesul, caută tot timpul nod în papură; fac promisiuni pe care nu le respectă; îi sufocă pe ceilalți; îi privesc de sus pe ceilalți; iau decizii în locul celorlalți, neavând încredere în capacitatea lor de a lua decizii, încearcă să-i schimbe pe ceilalți, îi abuzează pe ceilalți atât verbal, cât și emoțional sau sexual, caută cu orice preț să aibă dreptate... etc.

Așa cum vedeți, o serie întreagă de manifestări toxice. Atunci când jocurile de putere se transformă într-un stil de viață, este extrem de greu să renunți la ele, deoarece maschează spaime inconștiente sau reprimate. Cu toate acestea, oamenii însetați de control ar trebui să înțeleagă două lucruri elementare: 1. singura putere de care dispunem este cea asupra propriei vieți și 2. jocurile de putere în cuplu produc nefericire.

De ce *„te iubesc"* nu e suficient?

„All you need is love" – frumoase versuri cântate de Beatles. Și totuși, în acel „love" se ascund mult mai multe lucruri decât bătăi accelerate de inimă și ochi dați pe spate. Trăim vremuri în care din ce în ce mai mulți oameni se întreabă de ce nu mai țin relațiile? Ce se întâmplă cu oamenii?

Eu cred că întrebarea ar trebui să fie alta – „Oare oamenii chiar mai vor să aibă relații lungi?" După părerea mea, foarte mulți oameni se tem să aibă relații lungi, deoarece pleacă din start la drum cu ideea că tot ce este de lungă durată este condamnat la plafonare, la plictis, la rutină. Plecând cu această mentalitate, oamenii se închid într-o anumită zonă de confort și își blochează orice șansă de dezvoltare în cuplu.

Și, uite așa, relația lor debutează cu artificii pe tavan, cu emoție și priviri pline de subînțeles și apoi se transformă într-un schimb complezent de „te iubesc"-uri. Contactul vizual este din ce în ce mai rar, atingerile la fel, libidoul se stinge la rândul lui și, în loc să-și spună cuvinte frumoase, partenerii de cuplu ajung să facă schimb de „amabilități", ajung să-și puncteze doar defectele, participând activ la distrugerea relației lor.

Dacă ne uităm în jur, realizăm că foarte puțini oameni înțeleg că „te iubesc" nu este suficient. Declarațiile sunt 0 barat atunci când atmosfera de cuplu este distrusă. Degeaba îi spui partenerei că o iubești, dacă toată ziua i-ai distrus stima de sine spunându-i că nu e bună de nimic.

Acel „te iubesc" este fals, sună ca un lighean aruncat pe scări. Ieri-seară citeam o chestie foarte mișto pe net. O specialistă în probleme de familie sublinia importanța atmosferei de cuplu, a modului în care partenerii continuă să se aprecieze reciproc pe termen lung.

Femeia făcea trimitere la copii, care au nevoie de remarci pozitive atunci când fac lucruri bune și se întreba – pe bună dreptate – „De ce adulții ar fi diferiți?" Ea puncta corect faptul că oamenii reușesc să se aprecieze doar în perioada de început a relațiilor, în perioada hormonală, ulterior totul schimbându-se radical.

„Atunci când cuplurile se formează, partenerii știu să se facă să se simtă iubiți reciproc, valorizați, speciali. Însă această atenție dispare total odată cu trecerea anilor. Practic, cu cât stăm mai mult împreună, cu atât avem tendința să vedem lucrurile care nu ne convin, semn că, în realitate, iubirea nu poate fi tolerată de toată lumea. Când ajungi în acest punct, să îi spui te iubesc nu mai este deloc suficient. O relație funcțională ține, în primul rând, de constructul mental, de modul în care partenerii reușesc să pună pozitivul în fața negativului. Atunci când scoți în față aspectele pozitive, reușești să conservi valorile relației tale" – spune specialista americană în probleme de familie.

Și cred că are sens. Din păcate, lumea în care trăim este lumea lui NU – „nu ești bun", „nu te mai vreau", „nu ai făcut cutare lucru", „nu mai pot" etc.

„Nu" este „normalul" cotidian. Or, dacă nu reușim să rescriem acest normal și rămânem în continuare sclavii acestei lumi a lui NU, este greu de crezut că vom reuși să menținem o relație pe termen lung.

Nimeni nu este atât de puternic încât să înghită otravă la nesfârșit. Drept urmare, pentru a fi cu adevărat fericiți, pe lângă „te iubesc" trebuie să asezonăm și gânduri bune. Altfel, totul e degeaba, e fațadă!

De ce părăsim atunci când iubim?

Se spune că iubirea poate muta munții din loc! Se spune că iubirea rezolvă orice problemă! Nu cred o iotă din toate aceste lucruri! Nu, iubirea nu poate muta nimic din loc și nu poate rezolva nimic, câtă vreme nu este cu dublu sens. O iubire nu poate fi completă dacă rămane fără răspuns.

Atunci când o iubire este unidirecțională, ea este schilodită, este incompletă, este doar o semiiubire. O iubire completă implică două suflete. Nu poți să faci o punte atunci când ai un singur cap de pod. Pur și simplu, nu ai pe ce să-ți sprijini construcția la celălalt capăt și totul se surpă.

Oamenii nu pleacă dintr-o relație doar atunci când sunt înșelați sau abuzați.

Nu, oamenii – și aici mă refer și la bărbați, și la femei – decid să plece și atunci când iubesc la maximum. Da, ați citit bine – plecăm chiar și atunci când iubim puternic. Doar noi! Ceilalți nu fac asta! Ceilalți doar se bucură de o relativă zonă de confort. Pe scurt, ceilalți sunt acolo, dar nu sunt implicați cu adevărat. Aici vorbim despre relații pe jumătate, despre parteneriate frânte. Sunt relații în care un partener este prezent, iar celălalt este prezent... dar, de fapt, nu prea e.

Atunci când iubești și te vezi nevoit/ă să pleci este cumplit. Este mai rău decât atunci când afli că celălalt a călcat strâmb. Acolo vorbim despre un contract încălcat cu bună știință. Aici vorbim despre un contract încălcat prin neprezentare și lene. Justice Schanfarber, consilier de relații, are un sfat dureros pentru bărbați – femeile pleacă din cauză că bărbatul lor nu este prezent!!!

Asta nu înseamnă că are pe altcineva sau că este un om rău. Nu, pur și simplu, se culcă pe o ureche și crede că dacă i-a cucerit sufletul soției sau iubitei acum vreo două secole... sufletul ăla a rămas veșnic cucerit. Fals! Ăsta este și motivul pentru care există persoane care pot fi (și uneori se și lasă) cucerite chiar de sub nasul partenerilor. Atunci când intri într-o relație, trebuie să ai grijă de sufletul celuilalt în fiecare zi. De sufletul tău și de sufletul celuilalt. Așa funcționează o relație.

Lenea nu face casă bună cu relațiile funcționale. Și nici dezinteresul. Ce trebuie să faci ca să nu-ți pierzi partenerul/a? Să îl/o vezi!!! Să-ți faci timp să-l/o vezi! Este extrem de important. Vă lansez această întrebare, mai ales celor care sunteți angrenați în relații/ căsătorii – voi vă vedeți partenerul/a?

Zilnic? Știți ce îl/o preocupă, ce frământări are, ce dorințe are? Ascultați cu atenție?

Eu fac pariu că, în cele mai multe cazuri, relațiile sunt ca niște corăbii aflate în derivă – doi oameni care nu știu foarte bine de ce sunt împreună, doi oameni care nici măcar nu se mai privesc atunci când ies în oraș, doi oameni care nu se mai țin de mână, de ținut în brațe nici mai vorbesc, doi oameni care-și spun „te iubesc" din obligație, nu din simțire profundă, doi oameni care-și consumă zilele fără știe prea bine de ce; două suflete ce pot fi oricând cucerite... de altcineva! Sper să mă înșel!

Lenea este dușmanul iubirii

„Nu lăsa pe mâine ce poți face azi" – proverbul ăsta funcționează pe toate palierele vieții, nu doar în zona profesională. Și în iubire funcționează perfect. Dacă lași pe mâine ce poți face azi în iubire, mâine s-ar putea să fie prea târziu.

Mâine s-ar putea să te întrebi cine e străina aia care trece prin față ta în sufragerie? Lenea este marele dușman al iubirii! Iubirea este creație, curgere, imaginație, dezvoltare, exprimare... nu băltire! Iubirea este acțiune, nu luptă! Acțiune, nu competiție!

În iubire trebuie să faci, nu să stai! Dacă stai, iubirea continuă să curgă... pe lângă tine! Nu poți să spui „lasă că te iubesc mâine“ atunci când partenera vrea să fie iubită acum.

Mâine se va transforma în poimâine, poimâine se va transforma într-o săptămână, săptămâna în lună; iar iubirea se va transforma în cenușă! Asta vrei? Okay! Fă-o! Dar o faci pe riscul tău!

Întrebarea este – de ce te-ai agitat la început? De ce ai acționat la început când ai cucerit-o (sau l-ai cucerit)? Ca să te odihnești după aia? Ca să dormi? Gata? I-ai înfipt „steagul“ și te-ai liniștit?

Iubirea nu funcționează așa. Iubirea este că o bază militară, dar fără război – în iubire exersezi în fiecare zi, în iubire te pregătești mereu, în iubire te dezvolți mereu... în doi!

Iubirea nu se servește nici în doze mici, nici cu program. Iubirea nu se servește după ora 19.00, când ajungi acasă de la muncă, ci 24 din 24. Obositor job, nu-i așa? :)) Iubirea este sau nu! Nu există iubire mai multă sau mai putină. Iubirea este sau nu! E simplu! Nu am cunoscut niciodată o persoană care să fi dormit toată viața în iubire. Este interesantă formularea „to fall in love" – să cazi în iubire! Cred că despre asta e vorba atunci când vorbim despre lene – cazi lat, răpus de iubire!

Mai mult îmi place formularea „to stay in love" – asta înseamnă să stai activ, să te miști, să acționezi, să fii atent, să fii prezent cu totul, fără jumătăți de măsură! Asta înseamnă să iubești – „to stay in love" și nu „to fall in love"! Cei care cad în iubire lasă pe mâine ce pot face azi; cei care stau în iubire fac și azi, și mâine, și poimâine – acționează mereu!

Iubirile la întâmplare nasc mari frustrări

„Din iubirile la întâmplare se nasc cele mai mari catastrophe" – Ortega y Gasset. Iubirile la întâmplare nasc mari frustrări. Sunt acele iubiri-șansă, sunt acele încercări disperate de găsire a ceva după care tânjești foarte mult. Și, atunci când îți dorești ceva foarte mult, ce faci? Greșești!

Ignori semnele clare care îți indică faptul că lucrurile nu au șanse să meargă și speri că se vor rezolva pe parcurs. Numai că timpul trece și îți dai seama că lucrurile nu numai că nu se redresează, ci se înrăutățesc. Oamenii au devenit adevărați maratoniști în cursa către iubire. Se pregătesc de maraton la greu, însă clachează la cursa de 100 de metri garduri.

Ce înseamnă 100 de metri garduri? Potrivirea sexuală! Foarte mulți oameni trec ușor peste nepotrivirea sexuală. Nu o iau în considerare ca pe ceva care contează cu adevărat în ecuația iubirii. Ba contează! Foarte mult chiar! O viață sexuală satisfăcătoare pune bazele unei relații de lungă durată. O viață sexuală de coșmar naște frustrări uriașe, nemulțumiri, mânie și, de ce nu, deschide ușile spre infidelitate.

Dacă tot am ajuns la potrivirea sexuală, vă rog să-mi permiteți să spun că potrivirea se simte din primul moment. Ea nu este un furnal care are nevoie de încălzire de durată pentru a funcționa – ea există sau nu. Din prima clipă! Din păcate, multe persoane speră ca nepotrivirea inițială să se transforme pe parcurs în potrivire. Mare greșeală!

Și, uite așa, din speranță apar frustrările, nesiguranța, ba chiar căderea în neîncredere... După părerea mea, degeaba te înțelegi bine – cel puțin aparent – cu cealaltă persoană dacă sexul scârțâie de la bun început. Sexul este un vulcan ce poate arunca energii negative atunci când nu funcționează. Și nu ezită să o facă!

Ce este iubirea? Pasiune, intimitate, angajament! Fără pasiune – adică fără zona erotică, sexuală –, iubirea este incompletă! Intimitatea suferă, iar angajamentul este pus sub un mare semn de întrebare. De ce să stau lângă o persoană cu care nu mă simt bine? Nu neglijați potrivirea sexuală, nu subestimați puterea sexului în cuplu, nu idealizați iubirea.

Trăiți, iubiți și faceți sex (sau dragoste)! Sexul este ceva frumos atunci când este bun. Când este prost... mai bine pleci decât să îl repeți.

Gelozia nu este un semn al iubirii

„Dacă nu ești puțin gelos, nu iubești" – vă sună cunoscut? Nu înțeleg de ce gelozia este asociată iubirii! Oare chiar au legătură? Nu cumva gelozia reprezintă o problemă ce poate distruge cuplurile?

De-a lungul anilor am întâlnit femei cărora le făcea plăcere să mă facă gelos. Dar trebuie să recunosc – nu mi-a plăcut niciodată să ofer motive de gelozie. Da, am mers pe ideea – „Ce ţie nu-ţi place, altuia nu-i face". Chiar şi aşa, am întâlnit geloase de profesie. La vremea respectivă nu înţelegeam care e problema. Acum, la maturitate, mi-am dat seama că orice aş fi făcut, ele ar fi fost geloase oricum.

De ce? Pentru că problema se afla la ele, nu la mine! Potrivit unui studiu efectuat de curând, gelozia romantică este o problemă serioasă pentru o treime din clienţii cabinetelor de consiliere. Şi totuşi poate vă veţi întreba ce stă la baza geloziei? Răspunsul l-am găsit la Gwendolyn Seidman – profesor de psihologie la Albright College.

Iată ce se află în spatele geloziei:

1. Self esteem scăzut

2. Instabilitatea emoţională

3. Sentimentul de nesiguranţă şi posesivitatea

4. Dependenţa de partener

5. Sentimentul de inadecvare în relaţie (teamă că nu eşti suficient de bun pentru celălalt)

6. Teamă că vei fi părăsit/a sau că nu vei fi iubit/a destul

După cum vedeți, toate aceste „calități“ ale geloziei nu au nicio legătură cu iubirea pentru partener, ci cu propriile frici. Gwendolyn Seidman spune fix ceea ce am înțeles eu pe propria piele, după ani de zile de întrebări fără răspuns – gelozia nu se referă la tine, ci la cel care este gelos.

În condițiile în care partenerul este gelos, cea mai bună variantă, cea care funcționează cel mai bine, este asigurarea partenerului/ei că sentimentele tale sunt aceleași. Potrivit studiilor, oamenii care fac acest lucru se bucură de relații mult mai stabile. Bine, bine, veți spune – dar ce fac dacă eu sunt cel gelos?

Profesorul Seidman prezintă câteva soluții și pentru această problemă.

1. Evitați situațiile ce pot genera false suspiciuni. Studiile arată că geloșii au tendința de a monitoriza Facebook-ul, e-mailul sau mesajele partenerilor. Cu cât caută mai mult, cu atât au senzația că găsesc motive de gelozie. Și așa intră într-un cerc vicios din care ies foarte greu.

2. Lucrați cu dumneavoastră. Încercați să vă creșteți încrederea în sine și în propria relație.

3. Dacă sunteți gelos, încercați să discutați cu partenerul, însă aveți grijă cum o faceți – sarcasmul și acuzațiile nu vă vor ajuta. Trebuie să discutați

direct, dar nu cu ostilitate. Soluțiile găsite în doi sunt de preferat.

Sigur, există și cazuri în care gelozia este perfect justificată de acțiunile celuilalt. Aici însă am vrut să mă refer la „geloșii profesioniști", la acele persoane nesigure care găsesc motive de gelozie în orice. Drept urmare, propun să nu mai asociem gelozia cu iubirea. Ele nu au nicio legătură. Iubirea înseamnă încredere, gelozia înseamnă nesiguranță!

"Atunci când îți negi sinele
și vrei să pari ceea ce nu ești,
te doboară chiar și o simplă adiere de vânt."

VIII. FERICIREA ARE CHIPUL TĂU

Omul bun, dușmanul de moarte al omului mai bun

„Bun“ sau „mai bun“? Tu ce vrei? Ce urmărești? Între „bun“ și „mai bun“ există o diferență uriașă de nuanță. De curând am avut o discuție în contradictoriu cu o persoană care își propusese să mă ilumineze :)) A zecea persoană de acest gen care mi-a ieșit în cale în ultimele șapte luni. Al zecelea individ cu comportament paranoid, al zecelea purtător de adevăr absolut, al zecelea cunoscător de cale – singura cale , al zecelea om care vrea să își impună propriul adevăr, deși nu i-a cerut nimeni ajutorul.

Nu despre asta vreau însă să vorbesc. Ci despre diferența dintre „bun“ și „mai bun“. El își dorea să fie mai bun. El se pregătea să fie mai bun – era țelul vieții lui. Să fie mai bun decât alții! El trăia din luptă și nu înțelegea cum de sunt atât de calm în discuția cu el.

Răspunsul meu l-a enervat la culme – „Diferența este simplă – eu vreau să fiu bun, deci finalitatea sunt eu. Eu nu lupt cu nimeni, ci mă dezvolt pe mine, vreau să fiu eu bun. Nu mă interesează să lupt cu alții. Nu am de ce. Diferența dintre noi este că tu nu urmărești bunătatea, ci competiția. Tu vrei să fii mai bun. Pe tine nu te interesează să te dezvolți tu, nu te interesează propria bunătate, tu vrei să fii mai bun decât alții. Tu ești luptător, te interesează să câștigi orice dezbatere de idei. Te hrănești cu aceste competiții pe care eu le găsesc ridicule". Evident că a sărit că ars!

Așa cum era de așteptat, nu a ezitat să-mi spună că sunt efeminat. Ce putea să-mi spună un iluminat care se pregătește de confruntări? :)) Zar de fugă – „Vulpescule... nu ești bărbat!" Ăsta este scopul vieții lui – confruntarea, victoria! Sunt mulți oameni care urmăresc asta. Foarte mulți vor să fie mai buni!

Nu îi interesează să fie buni, ci mai buni, scopul lor fiind direcționat către ceilalți, nu către ei. De asta cei mai mulți sunt extrem de fragili. Dacă le-ai luat competiția, i-ai terminat – nu-și mai găsesc rostul. Sunt persoane nevrotice, care prezintă tușe paranoide. Diferența dintre „bun" și „mai bun" este uriașă. A fi bun înseamnă iubire, înțelegere (de sine și nu numai), acceptare, toleranță. A fi mai bun înseamnă război! Or, în război nu există iubire, toleranță, acceptare, ci doar anihilare.

La ce bun? Cu ce te ajută lupta asta? Cu nimic. Pe mine mă interesează să fiu bun, să mă cunosc, să mă dezvolt, să fiu că un lac liniştit. Uragenele mă indispun! Atunci când eşti dispus să te cunoşti, să lucrezi cu tine, să te înțelegi, să te iubești, te interesează doar propria evoluție, tu vrei să fii bun. Iar când reușești asta, totul se schimbă în jurul tău. Când interiorul este liniştit, și exteriorul devine la fel.

Când vrei să fii mai bun, nu te interesează să te cunoşti pe tine, ci doar să îi învingi pe ceilalți. Te pregătești de zor de luptă și îți păstrezi sufletul neliniștit. Oare cât crezi că poți duce războiul ăsta? Cu ce preț? Cu ce finalitate? Te încântă atât de mult diplomele, premiile? Merită?

Un om care reușește să se cunoască, să se dezvolte nu are de ce să mai lupte cu cineva. El înțelege care este rolul lui și face totul cu plăcere și iubire. În acest context, rezultatele sunt extraordinare și, ghiciți ce, nu ezită să apară!

Omul care vrea să fie mai bun se bucură de victorii de scurtă durată. Interiorul lui este tulbure, este agitat, iar el este din ce în ce mai nevrotic, tocmai din cauza vieții pe care o duce. Omul care luptă se luptă în principal cu sine și cu fiecare luptă pe care o câştigă la exterior, pierde una la interior. El se va simți întotdeauna atacat de omul bun. Nu îl va înțelege și își va dori să îl domine. Omul bun este cel mai mare dușman pentru omul care vrea să fie mai bun, tocmai pentru că nu îl poate controla.

Ăsta este și motivul pentru care oamenii buni au fost uciși de-a lungul vremurilor. Ei nu luptau cu nimeni, însă siguranța lor deranja. Cam asta este diferența între „bun" și „mai bun". Pe mine mă interesează să fiu bun, chiar dacă știu că sunt cel mai mare dușman al oamenilor care vor să fie mai buni. Evident, așa mă consideră ei; pe mine chiar nu mă interesează competiția.

Fericirea înseamnă libertate de alegere

Societatea ne învață că relațiile sunt adevărate călătorii cu destinație prestabilită. Încă din copilărie ți se spune că va veni momentul în care te vei îndrăgosti, după care îți vei dori să întemeiezi o familie pe care este musai să o păstrezi până la sfârșitul zilelor. Drept urmare, atunci când intri în viață, atunci când intri pe piața cuplărilor, ai deja setat un obiectiv clar – iubirea veșnică.

Este ca și cum ți-ai cumpăra o vacanță, iar atunci când ajungi la destinație ești obligat să urmezi un program strict, fără niciun fel de abatere. „Heey, dar eu am chef să stau la piscină, să mă relaxez, să beau un vin bun. Sunt în vacanță, nu în lagar" – vei spune. Ce ți se va răspunde? Vei fi făcut pachet și trimis înapoi acasă.

Așa se întâmplă și cu relațiile – de fiecare dată când vei da greș, de fiecare dată când relația ta se va încheia cu o despărțire, te vei simți ca ultimul gogoșar din borcan, vei auzi o voce care îți va spune: „NU ești bun", „NU ai fost în stare să îți îndeplinești obiectivele", „Ești un nasol, un incapabil, un rebut social!!!", „Rușineee!!!"

Care este efectul? Vei începe să urăști obiectivul presetat! Vei începe să urăști ideea de iubire veșnică! Ți se va părea o cursă fără șanse de reușită și vei fi tentat să nu mai intri în următoarea cursă. Întrebare – Unde scrie că o relație trebuie să urmeze un pattern obligatoriu? Și dacă nu face asta, nu este la fel de bună? Dacă este, pur și simplu, o relație fără o direcție precisă, este automat o relație supusă eșecului?

De unde prostia asta? De unde a apărut acel TREBUIE în relațiile romantice? De unde această constrângere? Doi oameni se pot simți bine împreună și fără să aibă neapărat un scop. Fericirea nu este un scop suficient? Doi oameni se pot iubi și fără să se căsătorească. Doi oameni pot fi fericiți și fără să aibă copii. Este alegerea lor! De ce trebuie să fim toți la fel?

Fericirea înseamnă libertate de alegere, nu drumuri asfaltate sau căi prestabilite pentru toți. Așa cum unii aleg să circule pe autostradă, alții o iau la picior prin lanul de porumb, bucurându-se de această călătorie. Așa cum unii aleg să stea la hotel, alții își pun cortul pe munte. Așa se întâmplă și în relații – unii aleg patternul prestabilit, sperând să-și realizeze obiectivul; iar alții, pur și simplu, trăiesc, fără să se gândească la vreo destinație anume.

Există greșit și corect în această ecuație? Eu cred că nu, câtă vreme fericirea poate îmbrăca nenumărate forme!

În viață poți decide pe cine lași să te facă să suferi

„În viață nu poți decide dacă vei suferi sau nu, însă poți decide pe cine lași să te facă să suferi" – este o replică văzută într-un trailer la cinema. Sunt de acord! Așa este... În viață nu ai cum să decizi dacă vei suferi sau nu, câtă vreme pot apărea evenimente care te pot face să suferi și pe care nu le poți influența în vreun fel.

Evenimentele neprevăzute, care îi vizează în special pe cei dragi, te pot face să suferi. Un deces în familie este, fără îndoială, un mare generator de suferință; divorțul părinților, la fel etc... Asta nu înseamnă că nu poți controla lucrurile care te vizează direct. Da, în viață poți decide pe cine lași să te facă să suferi sau, așa cum spune Frederic Beigbeder, „Poți fi statuia care își rezervă dreptul de a decide ce porumbei se cacă pe ea".

Și, chiar e recomandat să faci acest lucru, mai ales în lumea asta plină de toxicitate. „Toxicitate", „oameni toxici", „comportamente toxice", „femei castratoare"... sunt termeni din ce în ce mai întâlniți în socialul actual. Acum 15-20 de ani, nimeni nu folosea acești termeni – poate doar psihologii, deși domeniul nu era atât de căutat ca acum.

Da, oamenii toxici există cam peste tot și e aproape imposibil să nu te întâlnești cu ei. De multe ori ți se poate întâmpla să te și combini cu ei. Eu am fost as în relații cu femei toxice. Am căpătat atâta experiență, încât aș putea scrie câteva cărți pe tema asta. Da, am fost și eu în postura în care am spus – „Viața mea a fost un coșmar"... m-am îmbătat și eu cu minciuna asta. Cine m-a obligat să tolerez un coșmar? Viața trăită în necunoaștere, într-un pattern greșit, viața trăită neasumat, la voia întâmplării!

Viața mea a fost un coșmar o bună bucată de vreme pentru că am permis asta – EU! Am fost unicul vinovat pentru asta! Dacă nu permiteam, nu se întâmpla să ajung jos, în genunchi, nu se întâmpla să am nevoie de ajutor din exterior, neştiind cum să ies din impas. Naivitatea se plăteşte! Iar eu am fost naiv și, în loc să spun NU, am mers pe ideea – iluzorie – că pot să duc! Nu am putut!

Nu vă grăbiți să vă zâmbiți în bărbie – toxicitatea dărâmă fără probleme un ins de 100 de kilograme care a făcut sport și care stă bine la capitolul psihic. Toxicitatea este că apa – trece prin cele mai mari blocuri de piatră –, are nevoie doar de timp.

Am simțit-o și trăit-o pe pielea mea. Iar atunci când am schimbat, atunci când am conștientizat, m-am iertat și am iertat persoanele toxice din viața mea... am învățat două lucruri extrem de importante – 1. în viață trebuie să știi când să spui NU și 2. am învățat să-i miros rapid pe toxici.

La prima vedere, sunt persoane atractive, care știu foarte bine să joace teatru, te fascinează prin prezență, tupeu și, de ce nu, inteligență. Dacă nu cunoşti nimic despre narcisici sau paranoici (și sunt doar două comportamente toxice), ți-o poți fura grav! Toxicii știu să te domine, știu să te conducă, sunt specialişti în tehnici de manipulare... reci și egoiști până la cer și înapoi.

Am cunoscut la viața mea o grămadă de asemenea persoane, așa cum am cunoscut destule femei care făceau un sport din castrare! O bună bucată de vreme, ani de zile, am cunoscut toate fațetele relațiilor toxice, am cunoscut tot felul de comportamente, tot felul de gelozii, tot felul de tehnici de exterminare a sinelui.

Am acceptat să intru în acest lagăr de concentrare cu un masochism care acum mă miră. Abia în momentul în care am conștientizat ce mult am greșit că nu am știut când să spun STOP, abia atunci am fost capabil să schimb complet patternul!

În momentul ăsta, am ajuns să miros imediat toxicii, am ajuns să îi ignor complet... am ajuns să le dejoc imediat orice încercare de atac și, practic, am învățat să mă feresc de ei. Să nu care cumva să credeți că o persoană toxică se schimbă!

Nu! Nu se schimbă niciodată!

În concluzie... da, în viață poți decide pe cine să lași să te facă să suferi, iar dacă o faci... ar fi bine să-ți asumi asta!

Dacă începi să spui că nu ai nicio vină, te minți singur.

Tu cine ești?

Te-ai uitat în oglindă în ultima vreme? Nu, nu în ecranul telefonului, atunci când îți faci selfie și urci poza pe Instagram. Nu, nu în oglinda aia mică din poșetă, atunci când îți împrospătezi glossul la restaurant. În oglindă, dimineața, când ești stâlcită de somn și te duci să te speli pe față.

Ai stat măcar două minute să te privești? Te-ai întrebat măcar o dată în gând - eu cine sunt? Știu, e greu să răspunzi la această întrebare trăind într-o societate isterică, o societate ce te obligă, practice, să joci teatru. Și totuși, ce crezi că rezolvi dacă te acoperi de măști? Pe cine crezi că păcălești? Și mai ales pentru cât timp?

Da, cunosc placa - „lumea este rea", „bărbații buni sunt deja luați, iar restul sunt gay", „iar iubirea este un lux". Întrebarea este - tu cât ești dispusă să te deschizi în fața iubirii? Cât de mult ești dispusă să le arăți celorlalți cine ești tu cu adevărat? Ești sigură că mai știi cine ești? De care mască vrei să mă îndrăgostesc?

De aia de fată bună, care zâmbește, face glume, este iubitoare și grijulie? De aia de femeie independentă, rece, interesată doar de carieră - care plânge în pernă atunci când rămâne singură? De femeia isterică... aia care se transformă într-un demon biped din orice fleac?

De femeia nepăsătoare și duală, care calcă strâmb fără să-i pese ce simte celălalt? De visătoarea care a ajuns la 35-40 de ani și încă nu a întâlnit prințul pe cal alb? De femeia puternică și dură care are geanta plină de Xanax?

Tu care dintre astea ești? De cine vrei să mă îndrăgostesc? Cum poți să ceri iubire necondiționată când tu îți autocondiționezi viața? Cum poți să ai pretenții să apară în viața ta un bărbat deschis și iubitor când tu ești închisă ca o pușcărie de maximă securitate? Cum vrei să apară un bărbat serios în viața ta când tu lansezi doar mesaje cu tentă sexuală?

De ce te temi să te deschizi? Pentru că ai făcut-o cu alte ocazii și ți-ai luat-o? Așa, și? Asta înseamnă că s-a terminat orice șansă de a obține fericirea?

De ce te autosabotezi? De ce crezi că adevărata ta față este naspa, plictisitoare și neinteresantă? Dă-mi voie să-ți spun un lucru, chiar dacă doare – ai o părere foarte proastă despre tine! Nu te iubești deloc! Dar aștepți pe cineva care să te iubească!

Nu ți se pare că ceri imposibilul? Cum crezi că vei putea vedea soarele când tu ai tot timpul jaluzelele trase? Te-ai gândit vreodată că este posibil ca, la un moment dat, un bărbat căruia i te prezinți o bună bucată de vreme într-un fel să ajungă să te întrebe – dar tu cine ești?

Ce îi vei răspunde? Eu am trecut prin asta și, crede-mă, nu e deloc funny. Niciun bărbat normal la cap nu vrea să se îndrăgostească de femeiacameleon. Niciun bărbat normal la cap nu vrea să fie păcălit. Crezi că e funny să cunoşti patru-cinci măşti la un om? Crede-mă – în general, ne îndrăgostim de prima!

Crezi că e mişto să te intebi – eu de cine m-am îndrăgostit de fapt? Vrei să nu ajungi în situația în care bărbatul să te întrebe „cine ești?" Atunci fă bine și oprește-te în fiecare dimineață în baie, pentru 2 minute, și încearcă să-ți răspunzi la această întrebare.

În momentul în care vei afla cine ești, niciun bărbat nu te va mai întreba asta și te vei putea bucura de lumină alături el. Până când nu vei face acest exercițiu, vei continua să suferi singură în întuneric. Eu nu te cert, ci doar îți spun atât – cu cât încerci mai mult să pari ceea ce nu ești, cu atât îți blochezi mai tare șansele de a fi fericită!

Alegerea îți aparține.

Fericirea se vinde prost!

„10 pași pentru a obține fericirea", „Fericirea în cinci pași", „Trei sfaturi de la oameni cu adevărat fericiți"... sunt pline site-urile și blogurile de astfel de sfaturi. Nu am văzut nici măcar un articol care să te învețe cum să ajungi nefericit. Ăsta este și motivul pentru care consider că fericirea pierde, fără drept de apel, războiul de marketing cu nefericirea.

În timp ce oamenii „cu adevărat fericiți“ îți prezintă fericirea în trei, cinci sau 10 pași, cei care se ocupă de nefericire te invită să nu faci nimic. Nu trebuie să faci nimic ca să te „bucuri“ de nefericire. E moca! Pur și simplu, stai și o guști, ca pe o shaorma cu de toate. Aici se face diferența – la gust! Fericirea necesită mișcare, iar neferirea este sedentară, dar are gust și culoare. Fericirea pare ceva simplu, fad, tern... atât de simplu încât refuzăm să o obținem. „Ce fericire, domnule, te ții de prostii, nu vezi că am treabă?“ Am ajuns să desconsiderăm fericirea, ba chiar am ajuns să spunem că ar fi ciudat să fim tot timpul fericiți. Pe scurt, ce plictisitoare ar fi o lume plină de oameni care zâmbesc, se respectă, se ajută, se înțeleg?

Wow, deci suntem cumva dependenți de competiție! Da, cred că despre asta este vorba – într-o lume populată de oameni fericiți, competiția dispare, nu își mai are rostul. „Bine, bine, și atunci ce mai rămâne“, întrebăm noi, cei care nu prea știm ce înseamnă altfel. Ce să rămână, exact lucrurile de care nu avem acum parte și la care tânjim cu disperare.

Rămâne fericirea. Eu cred că cei care se ocupă de fericire ar trebui duși la reciclare, ar trebui să facă cursuri moderne de marketing. La cum predau fericirea, în acest moment, merită mai degrabă câteva șuturi în cur. E ca și cum v-aș spune – „Salut, sunt Vulpescu și de aici mă ocup eu de fericirea ta!" Nu aș putea face una ca asta chiar dacă eu aș fi acel om „cu adevărat fericit" (nu am cunoscut în viața mea unul). Nu aș putea și nu mi-aș permite să fac asta... și știți de ce?

Pentru că în orice persoană care încearcă să vă predea fericirea se ascunde o sământă de profitor!

Fericirea strigată este, de fapt, nefericire cu fard

Nu am încredere în oamenii care-și urlă fericirea în public sau pe diverse rețele de socializare. Urmăresc anumite persoane care fac asta și realizez că sub poleiala fericirii se ascund multe tristeți. De altfel, dacă nu aș putea face diferența dintre real și vrăjeală, aș bănui asemenea persoane de schizofrenie curată.

Din punctul meu de vedere, oamenii care urlă „Sunt fericit/ă“ spun, de fapt, „Sunt nefericit/ă; ajutor“. Așa percep eu această pseudofericire țipată din toți rărunchii – ca pe o nefericire machiată strident, ca pe o damă crescută la pension, ce vrea să pară curvă de periferie. Ce motive ar avea un om fericit să-și țipe fericirea în gura mare? Omul fericit se vede din satelit. El este luminos la față, radiază, e viu, zâmbește mult și nu este interesat să afle toată lumea ceea ce este vizibil.

Omul fericit plictisește pentru că nu stârnește reacții, nu stârnește compasiune, milă, ci doar invidie. El este plictisitor și enervant pentru cei mulți și asta pentru că fericirea zguduie ego-urile celor din jur. Nefericiții fug de omul fericit, îl izolează, îl evită, pentru că el este periculos pentru ei – el nu luptă cu nimeni, nu urăște pe nimeni, el trăiește și se bucură de asta. Or, atunci când cineva urlă în gura mare – „Sunt fericit“ –, nu vi se pare că, de fapt, este un nefericit deghizat care caută mila celorlalți?

Nefericirea generează confort, adună mângâieri... fericirea nu are nevoie de așa ceva. Ea există și atât. De aceea nu am încredere în cei care-și urlă zilnic fericirea. Mi-e teamă că, în cele mai multe cazuri, sub acele farduri există un ten cu prea multe impurități... Nu mi-ar plăcea să trăiesc o poveste de dragoste hollywoodiană. Acolo sunt prea multe lacrimi, prea multă încrâncenare, prea puțină trăire.

Înțeleg de ce atâtea persoane aleargă după acea poleială a(i)urită și nu îi condamn, însă ar fi de preferat ca fiecare să încerce să-și trăiască propria poveste, că de la Iisus încoace parcă ne identificăm prea mult cu modele impuse și prea puțin cu noi înșine.

Rețeta fericirii

Într-o lume nefericită și suferindă, toată lumea caută disperată rețeta fericirii. În această goană nebună, fericirea ajunge să flirteze cu nevroza sau, de ce nu, cu schizofrenia. Fericirea se transformă, astfel, într-un must have, într-un drapel pe care mulți vor să-l fluture deasupra capului. Din păcate, nu prea se poate să obții fericirea continuă, fericirea veșnică, chiar dacă mulți încearcă.

Tocmai asta oferă însă frumusețe vieții – suișurile și coborâșurile, momentele de fericire alternate cu cele de nefericire adâncă, albul și negrul ce țin în brațe toată paleta de culori. Fericirea nu se găsește la farmacie și nici în cărți. Sigur, cărțile te pot ajuta să înțelegi niște lucruri; iar farmacia îți poate coafa stările de nefericire, de depresie... însă nu ajunge în zona profundă.

Fericirea se găsește în fața oglinzii!

După părerea mea, primul pas spre fericire este primul pas spre baie, dimineața, când te ridici din pat. Ăla este primul semn care-ți indică faptul că, cel puțin din punct de vedere fizic, te-ai trezit. Ajuns în baie, dă-ți cu apă rece pe față și apoi privește bine în oglindă. Dacă ți se pare că oglinda e murdară – dă-ți o palmă! Apoi întreabă-te cine dracu' e individul(a) ăla(aia) din oglindă și, mai ales, ce are cu tine de îți dă palme?

Atunci îți vei da seama că „dușmanul" din oglindă ești tu. Este momentul în care și psihicul îți spune că te-ai trezit. Din acest punct, lucrurile ar trebui să fie simple – nu ar trebui să pierzi mai mult de 10 minute cu analiza. În primul rând, trebuie să îți iei puțin viața la puricat... pe toate planurile. Ce îmi lipsește ca să fiu fericit? Iubirea? Okay, de ce nu am parte de ea? Eu ce vină am în toată schema asta? Ce pot face ca să schimb situația asta?

Dacă simți că oglinda îți joacă feste sau că vocea interioară îți spune că îți pierzi vremea, mai dă-ți o palmă! Analizează-ți pe rând toate laturile – munca, viața personală, sexul, prietenii și vezi cum stai. Nu ezita să-ți pui întrebări! Nu, nu ești nebun, ci doar vorbești cu tine. E cât se poate de normal. De câte ori ai avut ocazia să faci asta? Spune drept!

Momentele din fața oglinzii sunt singurele momente ce nu pot intra în zona de timp pierdut. Alea sunt cele mai importante pentru tine. Acolo ești tu cu tine, acolo poți să-ți pui întrebări, acolo te poți analiza, acolo poți vedea ce ai greșit, ce poți face ca să îndrepți lucrurile... De ce? Pentru că în fața oglinzii te privești în ochi! În fața oglinzii este greu să te minți singur. Ăsta este și motivul pentru care cei mai mulți oameni se tem de oglindă. Fug de ea ca dracu' de tămâie.

Oamenii care se mint singuri nu se simt bine în fața oglinzii și vor să fugă cât mai repede de acolo. Cauți rețeta fericirii? Atunci, oprește-te... nu mai încerca să fugi de tine. Privește-te bine în ochi, deschide-ți sufletul, pune-ți întrebări, iar atunci când simți că doare... poc... mai dă-ți o palmă! Adevărul doare la început, însă pe parcurs, pe măsură ce începi să îți răspunzi la întrebări, el se transformă într-un drum extraordinar, iar individul(a) din oglindă, care-ți dă palme, nu mai este dușmanul, ci prietenul tău cel mai bun.

El(ea) îți va spune în fiecare dimineață cum stai, ce trebuie să faci, ce trebuie să păstrezi și ce trebuie să schimbi. În concluzie, nu mai căuta rețeta fericirii aiurea, nu încerca să o iei de la mine sau de la alții...

ea se află la tine. Trebuie doar să-i permiți să ți se arate. Fericirea nu se obține fără efort, ci doar prin exercițiu.

Calea către fericire este implicarea

Asta spune Coelho într-un interviu publicat azi pe site-ul Adevărul.ro. Sunt de acord. Implicarea este esențială, indiferent că vorbim despre persoană sau cuplu. Atunci când trecem de la persoană la cuplu, implicarea este obligatorie dacă vrei să ai parte de o relație funcțională. Scriitorul identifică o problemă majoră cu care se confruntă foarte mulți oameni atunci când intră într-o relație – nu vor să înțeleagă că timpul trece și că oamenii se schimbă.

Astfel, foarte mulți oameni (bărbați și femei) își doresc ca partenerii lor să rămână la fel ca în ziua în care s-au îndrăgostit – lucru practic imposibil. Mai mult, este o cerință aberantă din moment ce nici ei nu mai rămân la fel. Și atunci, ce trebuie să știm dacă vrem să facem o alegere corectă?

„Pentru a face alegerea corectă, trebuie să înțelegi că o căsnicie (relație aș completa eu) nu e un lucru static. Este dinamic și într-o continuă schimbare. Poți rămâne căsătorit cu aceeași femeie timp de zece ani și să crezi că este aceeași persoană cu care te-ai însurat, dar nu este așa. Ea a evoluat și, cel mai probabil, la fel și tu" – spune Coelho.

Și atunci, cheia întregului proces de transformare a relației este exact IMPLICAREA! Asta înseamnă că ești acolo, că participi la acea schimbare, că o accepți și o sprijini zilnic. În momentul în care pornești la drum cu ideea că omul de lângă tine rămâne la fel peste ani... atunci ai mari șanse să trăiești o dezamăgire uriașă. Ca să nu mai vorbim despre proiecții. Fac pariu că cei mai mulți dintre noi au auzit cel puțin o dată în viață formularea asta – „Nu mai ești cel/a de care m-am îndrăgostit".

O proiecție de toată frumusețea, o adevărată cianură a oricărei relații. Atunci când hormonii se potolesc, persoana respectivă își dă seama că partenerul/a nu este nici pe departe ceea ce a crezut și atunci bate în retragere sau, pur și simplu, renunță. Partenerul/a nu are neapărat o vină, a fost tot timpul la fel... însă nu a fost văzut nici măcar o secundă așa cum este, ci s-a trezit pe cap cu una bucată proiecție.

Pe tot parcursul relației, până când hormonii s-au liniștit, nu a fost el/ea, ci o iluzie a celuilalt – un vis, o proiecție... altcineva. Nasoală povară! Iar asta se întâmplă în cazul oamenilor care nu vor să înțeleagă dinamica relațiilor, oameni care se agăță de primul moment și vor să-l prelungească o viață, ceea ce este imposibil.

Oamenii care proiectează nu se implică în mod real. Ei doar își îmbracă partenerii în aceleași haine. Iar atunci când hainele dau semne de uzură sau partenerul/a pare că-și dă seama ce se întâmplă, își iau hainele și pleacă spre o altă țintă. O relație funcțională, fericită, cere implicarea ambilor parteneri. Doar așa poți trece peste etapele dezvoltării unei relații, doar așa poți merge mai departe fără să cedezi la prima greutate.

Altfel, fără implicare și fără iubire, nu poți spera să ai un cuplu.

Nici eu nu mai am răbdare

„Nu mai am răbdare pentru anumite lucruri. Nu pentru că am devenit arogant, ci, pur și simplu, pentru că am ajuns la un punct din viața mea în care nu îmi doresc să pierd timpul cu lucruri care nu îmi plac sau mă rănesc. Mi-am pierdut dorința de a-i mulțumi pe cei care nu mă plac, să-i iubesc pe cei care nu mă iubesc și să le zâmbesc celor care nu îmi zâmbesc. Nu mai pierd nici măcar un minut cu cei care mint sau vor să manipuleze.

Nu îmi plac conflictele și comparațiile, așa cum nu îmi place trădarea între prieteni. Nu mă înțeleg deloc cu cei care nu știu să facă un compliment sau care nu știu să-ți spună o vorbă bună. Exagerările mă plictisesc și îi accept cu dificultate pe cei care urăsc animalele. Dar, peste toate, pot spune că nu am răbdare cu cei care încearcă să-mi pună răbdarea la încercare" – este un text atribuit inițial actriței Meryl Streep, dar care îi aparține, de fapt, scriitorului Jose Micard Teixeira.

Mi-a plăcut foarte mult textul ăsta. Când l-am citit, am stat și m-am întrebat: „Oare cât timp am pierdut cu oameni care nu meritau atenția mea? Oare câtă vreme am crezut că trebuie să mă fac plăcut în ochii tuturor, oare cât timp am iubit persoane care nu m-au iubit, le-am zâmbit unor oameni care nu își doreau să-mi zâmbească, oare cât timp am trăit în conflicte și comparații?"

Enorm de mult, însă nu regret, pentru că exact timpul ăsta pierdut l-a definit pe Vulpescu ăsta care scrie acum, pe individul ăsta care-și expune viața și ideile în fața tuturor. Prin acea pierdere uriașă de timp, ce a generat un anumit nivel de disconfort fizic și psihic, am câștigat timpul care mi-a mai rămas în această viață. Mi se pare un deal rezonabil. Da, nici eu nu mai am răbdare cu cei care mă atacă, în ciuda calmului meu „britanic".

În ultimul an, și mai ales de când mi-am lansat blogul, am învățat un lucru foarte important – oricât de mult te-ai împăca cu ideea că ceea ce faci este bine, întotdeauna vor exista oameni care îți vor căuta nod în papură! Nu-ți pierde timpul cu agresivii, egoiștii, otrăviții! Nu merită!

Acolo unde există critică argumentată, constructivă... analizează și învață ce trebuie învățat. Oricine îți poate da un sfat util, oricine îți poate arăta o greșeală pe care tu nu o vezi din interior. Ăștia sunt oameni care îți vor binele. Acolo unde există insulte și revărsări de lături gratuite, nu îți bate capul... block și mergi mai departe. Nu la tine este problema, ci la ei.

După ce le dai block, ei își vor găsi rapid o altă țintă, deci nimeni nu are nimic de pierdut. Da, așa e – oamenii toxici nu merită să le aloci nici măcar o secundă din timpul tău. Poți să le aloci timp doar în două cazuri – 1. dacă ești psiholog și 2. dacă îți cer ajutorul. Altfel, ei trebuie lăsați în lumea lor. Da, nu mai am răbdare, recunosc, însă asta nu mă face arogant, ci doar un om care vrea să-și managerieze timpul pentru fericirea lui și a oamenilor din universul sau apropiat.

Câtă vreme sunt liber, iar libertatea înseamnă alegere, am dreptul să aleg să spun NU oricărui individ care îmi atacă liniștea și fericirea.

Cum ne autosabotăm fericirea!

Oamenii nu mai par dispuşi să creadă în iubirea de lungă durată. O caută, şi-o doresc, dar par să nu mai creadă în ea. Sunt din ce în ce mai traumatizaţi, suferinzi, mai agitaţi, deprimaţi, sunt dezamăgiţi de acest concept care le dă atât de multe dureri de cap. Mulţi dintre ei caută mai degrabă confortul şi mai puţin iubirea.

Vorba aia – călduţ să fie, că ne descurcăm şi fără iubire. Şi totuşi, oamenii de ştiinţă consideră că tocmai acel confort pe care îl acceptăm de multe ori ne sabotează şansele de a fi fericiţi. Un studiu neurologic efectuat recent a scos la iveală faptul că oamenii care experimentează iubirea romantică de lungă durată prezintă reacţii la nivelul creierului similare cu cei care abia s-au îndrăgostit.

Cum definesc ei dragostea romantică? Un mix de intensitate (unii îi spun intimitate), angajament şi interes sexual. Potrivit cercetătorilor, acest gen de iubire a fost asociat cu satisfacţia maritală, cu starea de bine, cu o stimă de sine ridicată şi cu longevitatea relaţiilor. Astfel, cercetătorii susţin că dacă un cuplu reuşeşte să-şi menţină intensitatea, angajamentul şi interesul sexual fără să permită să apară semne de iubire obsesivă, atunci iubirea romantică poate fi menţinută pe termen lung.

Pentru asta este nevoie însă de energie și de devotament! Adică de implicare 24 din 24! „Dacă lucrurile par atât de simple, ce ne blochează drumul spre fericire?" - vă veți întreba. Iluzia! Iluzia confortului! Psihologul Robert Firestone o numește „fantasy bond" (relație iluzorie).

Ce înseamnă asta? Iluzia unei conexiuni pe care o formează cuplul și care înlocuiește adevăratele acte ale iubirii - cum ar fi afecțiunea și relaționarea. Fantasy bond apare atunci când formarea unei relații devine mai importantă decât substanța ei. Aici vorbim despre oameni mult mai interesați de ideea de a fi într-un cuplu (frică de singurătate), decât de ceea ce simt de fapt.

În momentul în care iluzia s-a instalat, unul sau ambii parteneri renunță la sine, la valorile lui, la opiniile lui, crezând că se va dedica unui întreg care oricum nu există. Tot acest proces apare din dorința de a obține siguranță. Or, însăși pierderea identității persoanei dăunează grav iubirii romantice. Mixul de angajament emoțional, intelectual și fizic este necesar pentru a menține iubirea în viață.

Din păcate, mulți oameni renunță la acest mix în favoarea unui aranjament sigur. Astfel, partenerii nu mai sunt individualități, ci un soi de extensii ale celorlalți. În general, acest lucru se întâmplă tocmai pentru că foarte mulți oameni nu pot tolera iubirea, nu pot concepe ideea că trebuie să le pese de cineva din afară.

În cazul acestor fantasy bond, oamenii „se iubesc" în spatele zidurilor de apărare. Practic, pe tot parcursul relației, ei nu fac altceva decât să se apere, în loc să aibă încredere și să investească unul în celălalt. O relaţie iluzorie îţi asigură un anumit nivel de siguranţă, însă „îţi paralizează emoţiile pe care le stârneşte iubirea – grija existenţială, teama de a pierde, dorinţa sau respingerea".

Or, atunci când blochezi suferinţa, blochezi şi bucuria, blochezi practic tot. Şi te mai întrebi de ce eşti nefericit... Şi, uite aşa, în loc să trăiască, să curgă, să simtă, să aştepte provocări în cuplu... oamenii îşi setează rutine menite să le păstreze intacte zidurile de apărare. În condiţiile astea, menţinerea celor trei elemente – intensitatea, angajamentul şi interesul sexual – devine aproape imposibilă.

Şi atunci, cum să ai parte de fericire? Când totul se rutinizează din ideea de a avea parte de siguranţă şi confort? După cum vedeţi, nimeni nu ne pune beţe în roate, ci noi. Noi suntem sabotorii propriei fericiri prin alegerile pe care le facem. Vrem să avem parte de iubire pe termen lung? Asta depinde doar de noi şi de dorinţa noastră de a investi energie şi devotament.

Cum arată un om puternic?

Observ în jurul meu o cursă nebună după statutul de om puternic. Este o cursă la startul căreia se înscriu atât femeile, cât și bărbații. Toată lumea fuge ca dracu' de tămâie de slăbiciune, de vulnerabilitate, toată lumea vrea să se transforme, să găsească rețeta cyborgului perfect.

Sunt convins că mulți oameni nici măcar nu mai găsesc utilitatea propriilor sentimente. Dacă ar putea, fac pariu că ar renunța total la ele. La ce bun? Ce să facă cu ele? De fiecare dată când le-au folosit, au suferit cumplit. De fiecare dată când au suferit, sufletul lor s-a rupt în bucăți, iar ei nu prea au știut cum să lipească bucățile la loc...

Am fost acolo, deci știu cum e să te simți secat de vlagă, lipsit de motivație și, de ce nu, inutil. Însă tocmai starea asta mi-a oferit o lecție extrem de importantă – VIAȚĂ E FRUMOASĂ! Știu că sună a sirop, însă viața chiar e frumoasă, mai ales atunci când înțelegi cum stau lucrurile. Când înțelegi, greutățile nu mai sunt atât de apăsătoare.

Eu am înțeles și am învățat să schimb ceea ce nu funcționa. Am înțeles că viața nu înseamnă luptă. Asta este cea mai mare iluzie pe care poți să o trăiești. Societatca te îndeamnă să lupți, să ajungi mai bun, însă asta nu te ajută pe tine în mod real, ci pe unii care trebuie să facă profit. Tu doar cari pianul pe scări și cam atât.

În momentul în care societatea aproape că te obligă să te transformi într-un teuton, tu te desparți de sine... în încercarea de a deveni puternic. Or, tocmai ideea de om puternic te face slab. De ce? Pentru că îți negi sinele, te simți obligat să îmbraci niște haine care nu ți se potrivesc. Te transformi în sclavul lui TREBUIE!!!

Îți sufoci propria ființă, propria simțire, te transformi într-un robot. Din păcate, oricâte măști ți-ai pune, oricâte lacăte ai așterne peste suflet, sinele este acolo și lucrează. El are drumul lui! Un om care va fi cumva doar pentru că TREBUIE nu va fi niciodată puternic, ci doar o marionetă extrem de fragilă, care va claca la prima zguduială.

Eu nu cred că trebuie să fim puternici. Eu cred că este suficient să fim așa cum suntem – diferiți, frumoși, imperfecți, cu bune și rele, cu lacrimi și zâmbete, cu cearcăne și riduri, cu atingeri și certuri, cu neînțelegeri sau prietenie... cu tot ce înseamnă a fi OM!

Că să citez un prieten – „Am fost destul timp bărbat. Acum mă mai diluez puțin".

Are dreptate! M-am transformat în spritz. Am luptat destul cu toată lumea, am arătat destul cu degetul, am consumat prea multă energie în această cursă haotică după statutul de om puternic. Rezultatul a fost taman pe dos și, fără să-mi dau seama, m-am trezit în genunchi. A fost nevoie de câteva luni de zile de dezvoltare personală ca să-mi dau seama că vreo 20 de ani m-am luptat cu mine.

Nu aveam niciun dușman extern. Dușmanul era în mine, eram chiar EU! Din momentul în care am înțeles, am renunțat la luptă, iar lucrurile s-au limpezit încet, încet. Persoanele toxice au dispărut rând pe rând din viața mea, trecutul s-a așezat cuminte la locul lui, culorile au revenit în ochii mei, lumea nu mai este atât de nașpa ca înainte, frumosul este vizibil cam oriunde privesc, prezentul este calm, iar furia internă a dispărut.

Mulți vor spune că am devenit slab. Nici vorbă! Abia acum am devenit puternic. Da, omul puternic nu este cel care face anumite lucruri pentru că i se spune cum TREBUIE să fie, omul puternic este cel care este împăcat cu sine. Omul puternic nu este un robot, ci omul împăcat cu sine. Atunci când ești împăcat cu sinele... nimic nu te mai poate doborî.

Atunci când îți negi sinele și vrei să pari ceea ce nu ești, te doboară chiar și o simplă adiere de vânt.

Tu cum te vezi?

Viața îți oferă ceea ce atragi. Depinde foarte mult pe ce pattern ești setat. Depinde foarte mult prin ce lentile privești viața. Însă foarte important este modul în care te vezi. Am întâlnit foarte mulți oameni care vedeau doar napalm în jur, vedeau totul în negru, fără să realizeze că negru era sufletul lor, fără să-și dea seama că lentilele prin care priveau lumea erau murdare. Atunci când ești dezechilibrat, există foarte mari șanse ca și modul în care ți se arată lumea din jur să fie la fel.

Atunci când ești tulburat pe dinăuntru, vrei să lupți, vrei să te lupți cu toată lumea... fără să-ți dai seama că, de fapt, lupți cu tine, că tu ești, de fapt, dușmanul tău. Atunci când ești liniștit, așezat, asumat, realizezi că nu ai niciun motiv să lupți și că lucrurile au un curs cât se poate de natural, ce nu necesită eforturi din partea ta. Trebuie doar să-ți așezi barca pe curent și nu contra lui. Ieri am citit un text scris pe Catchy.ro de Mirela Retegan. Este vorba despre un test care întărește ceea ce am scris mai sus.

După ce am citit acest text, am realizat că, fără să-mi dau seama, l-am aplicat și eu mai multor persoane. Nu cu aceleași cuvinte, evident, însă l-am aplicat.

Și, după cum veți vedea, este un test ce poate funcționa atât pentru femei, cât și pentru bărbați. Este un test simplu care te ajută să-ți radiografiezi ușor viața, alegerile... deciziile pe care le-ai luat. Ei bine, atunci când întâlnești o persoană revoltată, o persoană supărată pe viață, pune-i întrebarea următoare – cum vezi persoanele de sex opus?

Dacă este femeie, îți va spune cum îi vede pe bărbați; dacă este bărbat... îți va spune cum le vede pe femei. Mai departe, întreabă cum vede persoanele de același sex. Apoi întreabă cum vede o relație și, mai ales, cum vede viața? După ce răspunde la toate aceste întrebări, spune-i să se gândească, evident, în funcție de răspunsurile de date, ce parteneri/e a atras, în ce măsură corespunde descrierii făcute persoanelor de același sex, ce fel de relații a construit și, mai ales, cum este propria viață?

Mi se pare un exercițiu foarte mișto, un exercițiu care îți dă posibilitatea să-ți vezi propria viață. Pentru unii este posibil să doară puțin, însă cred că este un exercițiu util. Mi-e greu să cred că un bărbat care crede că femeile sunt curve a atras în viața lui altceva decât curve; așa cum mi-e greu să cred că o femeie care crede că bărbații sunt porci a atras în viața ei bărbați iubitori și corecți.

Mi-e greu să cred că cineva care crede că relațiile sunt din start supuse eșecului a reușit să construiască vreo relație funcțională, așa cum mi-e greu să cred că o persoană care crede că viața e de căcat are o viață frumoasă și împlinită. Da, fie că vă place sau nu, totul ține de propria construcție mentală, decizia vă aparține... întotdeauna! Nu degeaba spun unii că ești ceea ce gândești!

CUPRINS